DEWCH AT EICH GILYDD

Dewch at eich gilydd

Meg Elis

ISBN 978-1-907424-79-3

Cyhoeddwyd gyda chymorth ariannol Cyngor Llyfrau Cymru.

Cyhoeddwyd ac Argraffwyd gan Wasg y Bwthyn, Lôn Ddewi,
Caernarfon LL55 1ER
gwasgybwthyn@btconnect.com

I Anwen Read
am fod yn ffrind, ac am gadw'r ffin.

DIOLCHIADAU

Rwy'n hynod ddiolchgar i Wasg y Bwthyn am eu hyder ynof, am waith golygyddol gofalus ac ysbrydoledig Marred Glynn Jones, ac i'r holl staff am eu gwaith gofalus a thrylwyr yn llywio'r gyfrol trwy'r wasg.

Fedra'i ddim diolch digon i'r Athro Angharad Price o Ysgol y Gymraeg, Prifysgol Bangor nac i'm cyd-fyfyrwyr ar y cwrs Ysgrifennu Creadigol – am y cyfarwyddyd, yr ysbrydoliaeth, y syniadau, yr hwyl – a phob dim arall.

Rhaid i mi ddiolch i'm cyd-ymgeiswyr, *posse* Plaid Cymru Clwyd yn etholiadau'r Cynulliad 2007, sef Sion Aled Owen (Wrecsam); Nia Davies (De Clwyd) a Dafydd Passe (Alun a Glannau Dyfrdwy), yn y sicrwydd, petaem wedi cael pleidlais am bob tro y dywedwyd wrthym 'Talcen caled – go dda chi am sefyll' y buasem ein pedwar ar ein pennau yn y Cynulliad.

Ac yn olaf, diolch o waelod calon i Tim; nid yn unig am drafod y nofel hon mewn sgyrsiau wyneb-yn-wyneb a thros y we; nid yn unig am fy nioddef i dros y blynyddoedd, ond hefyd am orfod byw efo Daniel, Lowri, Gwynne a Ruth cyhyd.

PROLOG

2.30 a.m. Gwener, 6 Mai 2016

Daethant ynghyd yn bedair carfan, wedi cau i mewn at ei gilydd. Closio. A phawb yn edrych tuag at yr wyth ar ochr y llwyfan, eu pennau'n gwyro dros y papurau yn llaw'r nawfed. Edrych ar ei gilydd, nodio, cytuno, ac yna'r wyth yn ymrannu eto. Pedwar pâr yn cerdded yn ôl at eu carfanau eu hunain, pennau ynghyd eilwaith, gewynnau'n tynhau, gwasgu'n dynn ar unrhyw siom neu lawenydd. Ac edrych eto tua'r llwyfan. Nodiodd y swyddog. Pedwar yn camu i fyny i'r llwyfan.

'Yr wyf i, Swyddog Canlyniadau dros etholaeth Powys Fadog yn etholiadau Cynulliad Cenedlaethol Cymru, yn cyhoeddi fod cyfanswm y pleidleisiau a fwriwyd fel a ganlyn . . .'

YN Y DECHREUAD

28 Chwefror 1974. 6 p.m. Ysbyty Dewi Sant, Bangor

'Wyt ti'n meddwl y daw o cyn y canlyniad?'

Roedd Tom yn brysio i ddal i fyny wrth i'r troli a'i lwyth gyflymu tuag at y ward esgor.

'Ein canlyniad ni wyt ti'n feddwl, gobeithio. Fyddwn ni ddim yn gwybod y canlyniad yn llawn tan yn hwyr bora fory – neu amsar cinio, hyd yn oed. O diar . . .' a daeth ochenaid gryfach o gyfeiriad y troli. Daliodd Tom ati, gan geisio rhoi wyneb ffyddiog ar ei nerfusrwydd.

'O, mi fydd yno ymhell cyn hynny, mi fedri di fod yn siŵr.'

'Taswn i mor siŵr â hynny, faswn i ddim wedi trefnu iddo fo gael ei eni ar ddiwrnod lecsiwn, na faswn?' Ac ochenaid arall, yn fwy siarp y tro hwn. 'Ond yma y byddi di?'

Y nyrs ochneidiodd wrth glywed hyn ac wrth i ddrysau'r ward esgor agor i dderbyn gosgordd y troli.

'Mae yna *waiting room* ar y chwith yn fanna, Mr Jones, reit drws nesa.'

Daliodd Tom ei dir, gan ennyn gwg y nyrs.

'Fydd dim byd yn digwydd am sbel, wchi. Ond mae yna le i chi adael eich petha yno, mi gewch ddŵad i mewn wedyn.' *Os oes raid i chi* oedd yr awgrym yn nhôn ei llais. 'A chofiwch y bydd yn rhaid i chi wisgo masg,' yn orchymyn wedi'i leisio'n glir a diamwys, cyn i'r nyrs droi ei sylw at yr hyn oedd o wir bwys iddi.

10

Prin ddeng munud y bu Tom yn yr ystafell aros cyn dychwelyd i'r ward. Masg. Hongiai'r dernyn o – ddeunydd? papur? gerfydd llinynnau ar ei fys, ac yntau ar yr un pryd yn ymdrechu i reoli'r petheuach yr oedd wedi eu gwthio i'w fag. Anelodd at y gwely lle gorweddai ei wraig; sylwi ei bod hithau bellach mewn gŵn ysbyty a edrychai fel petai o'r un defnydd â'r masg, a'r un mor fregus. Ymdrechodd hithau i godi ar ei heistedd, gan duchan, braidd, ac ennyn edrychiad siarp gan y nyrs. Ond roedd ei chwestiwn yn sicr.

'Ddest ti â phob dim?'

Edrychodd Tom eto i grombil y bag.

'Popeth, dwi'n meddwl. Clytiau bach gwlyb – y petha weips newydd 'ma, 'sti, meddwl y basan nhw'n handi. A dwi hyd yn oed wedi dŵad â llyfr.'

'Y radio, er mwyn dyn – wyt ti wedi cofio hwnnw?'

Tyrchiodd Tom eto i'r bag, gan fwrw golwg amheus braidd ar y nyrs, ond yr oedd hi'n brysur gyda hambwrdd yng nghornel y ward. Chwiliodd o'i gwmpas am le i osod y radio bach.

'Fan hyn? Dwi'n cymryd y bydd hi'n oréit.'

'Glywist ti be ddeudodd y Sister, fydda i yma am oriau, siŵr o fod. A dwi *ddim* yn mynd i golli'r canlyniad.'

'Fydd o wedi hen ddŵad cyn hynny, gei di weld,' meddai Tom, yn glynu at y mantra.

'Ti'n deud? Pwy yn union sy'n cael y babi yma, Tom? Cadw'r set yna wrth d'ochr os na fydd yna le i'w roi o i lawr; dwi isio bod yn saff o gael unrhyw ganlyniadau ddaw.'

'Iawn, jest ddim isio'i droi o i fyny ormod oeddwn i – sŵn aballu . . .'

Wrth i'r griddfan a'r ochneidio achlysurol droi'n sydyn yn gri, gwawriodd ar Tom mai sŵn y radio fyddai'r lleiaf o'i bryderon.

* * *

Oriau wedyn . . .

'Oooo . . . un arall . . . o, awww!'

Teimlodd Tom ias o boen wrth i gylch o fetel wasgu'n galed gyson, a gwnaeth ei orau i droi ei wich o boen yn gri o anogaeth. Daliai Laura ei gafael yn dynn yn ei law, yr ymchwydd o boen a desibels ei gweiddi yn cynyddu'n gymesur, nes i'r naill a'r llall lacio, ac iddi hithau ryddhau llaw ei gŵr. Trodd Tom ymaith i guddio'r ffaith ei fod yn rhwbio'i law i geisio adfer teimlad i'w fys bach, lle'r oedd argraff ei fodrwy briodas i'w gweld yn greulon glir. Smaliodd mai troi'r nobyn ar y radio yr oedd, ond yr eiliad nesaf, roedd yn chwyddo'r sain o ddifrif.

'Dyma fo, yli, gwranda.'

'O, un arall, o, awww.'

'Reit, stopiwch wthio rŵan, cariad – jest pyffia bach o wynt, felna – dyna chi, go dda, ŵan.'

''S'na rwbath o Gaernarfon eto? Yno maen nhw?'

'Ia – naci, aros funud, maen nhw'n mynd drosodd i rwla arall.'

'O damia nhw, be ots am fanno? Canlyniad ni dwi isio – o, o'r nefoedd, o, ddim eto, fedra i'm gneud hyn.'

'Dach chi'n gneud yn *champion*, del, daliwch ati ŵan, *pant-pant* – Mr Jones, masg, plis!'

'And we're going over to Merioneth, a result appears to be imminent . . .'

'Be?'

Y ddau'n unsain, yn sbio i lygaid ei gilydd cyn i Laura ddyheu fel ci, cyn i Tom lithro'r masg yn euog yn ôl dros ei wyneb. 'Meirionnydd?' yn dod yn glir trwy ddeunydd y masg er hynny.

'O – ooooooo!'

'Dafydd Elis Thomas, naw mil, pum cant, pedwar deg a thri. Ac yr wyf felly yn cyhoeddi fod . . .'

'Wannwyl!'

'Dyna ti, dyna ti, dyna'r pen. Rŵan un hwth arall, bach . . .'

'Dan ni wedi'i gneud hi!'

'Dyna chdi! Hogan bach, mae gynnoch chi ferch ddigon o ryfeddod. A Mr Jones, fasach chi'n licio . . . ? Mr Jones? O'r nefoedd – nyrs! Un arall wedi ffeintio – ddeudis i, do, syniad gwirion oedd cael y tada yma i fewn ar y peth o gwbwl.'

Medi 1989. Ffair y Glas, London School of Economics

'Fydd Dad mor falch.'

Triodd Daniel gael ei draed dano yn y dorf swnllyd, ac anadlodd yn ddwfn cyn camu i mewn i'r neuadd. Paratoi ei hun yn feddyliol am yr amgylchedd dierth, meddyliodd, ond mae'n amlwg nad oedd y twr o gyd-fyfyrwyr y tu ôl iddo yn teimlo 'run fath, wrth iddo gael ei wthio o'r neilltu yn ddigon diseremoni:

'Labour Party stand, over there, yeah?'

'Oh, please! I was looking for the HLSS.'

'Come again?'

'Howard League Student Society,' ochneidiodd y

ferch fel petai'n esbonio'r wyddor i blentyn bach arbennig o araf. Daliodd Daniel y geiriau olaf, anadlu'n ddyfnach byth, a throi at y grŵp oedd wedi camu i mewn i Ffair y Glas o'i flaen.

'Over there, I think you'll find. And did somebody mention the Labour stand?'

Trodd y pedwar tuag ato. Arhosodd llygaid y ddwy ferch yn hwy arno, tra bod golygon eu dau gydymaith yn gwibio rhwng berw a lliw'r neuadd, a'r dieithryn hwn. Un o'r merched siaradodd gyntaf.

'And you're second year, then?'

Fydd Dad mor falch. Ond wrth gwrs, gafodd o gynnig i fynd i'r Central Labour College pan oedd o'n gynrychiolydd undeb am y tro cyntaf, ond raid iddo fo aros adre, a gen i hyd yn oed gof am taid Dimbech yn sôn am Mam yn cael mynd i Goleg Harlech tase pethe wedi troi allan yn wahanol. Anadlu. A deud, gan wenu.

'No, first year. But I came up earlier, Dad wanted to see some friends in London.'

'Oh, you've connections here then?'

Maen nhw i gyd yn edrych rŵan.

'Dad used to come to TUC meetings and so on.'

'He was a lecturer here? Roedd hyd yn oed un o'r llanciau yn edrych yn syth arno erbyn hyn. 'I – God, he wasn't – wasn't an MP, was he? Sorry, didn't catch your name.'

'Daniel Cunnah. No, Dad came as a union rep. NUM.'

Gallai weld eu llygaid yn lledu. Edrychodd i ferw'r neuadd, a theimlo fodfedd yn fwy hyderus. Syllodd yn fanylach ar y merched, oedd â'u llygaid yn unffurf ato erbyn hyn.

'Ri . . . ight. Hey, y'know my mates did loads during the strike a few years ago. Collected food and that? So you would be – Durham? Yorkshire?'

'Wales.'

Ah, right!' Goleuni. 'God, I remember my mum's Women's Aid group went down to the Valleys, met these amazing people, women's support groups and all, yeah? Fantastic. Didn't notice you had much of a Welsh accent, though.'

'Wouldn't know. Our pit closed years ago. Don't really know the South.'

Fydd Dad yn falch. Roedd o'n edrych dros bennau'r rhain, ond yn edrych hefyd o gornel ei lygad ar y merched. Edrychodd i mewn i'r neuadd lawn, ac ar waetha clebran y merched, a bregliach y lleill am ryw gymoedd nad oedd o'n gyfarwydd â hwy, cerddodd i mewn. Roedd stondin y Blaid Lafur yn ei wahodd. Gwybod lle'r ydw i, felly. Aeth tuag ati, llyncu poer, ac yr oedd llais ei dad yn ei ben yn gryfach na dwndwr a lleisiau ffair y myfyrwyr.

Pobol ni yden nhw. Gei di groeso. A wyt ti'n glefer, fydd dim rhaid i ti fynd i weithio yn y pwll. Gwna d'ore, machgen i. Anelodd at y stondin, a thrwy gil ei lygad, gwelodd fod y merched yn mynd i'r un cyfeiriad. Cyrhaeddodd y stondin, arafu ac aros, wrth gwrs, i gael golwg ar y pamffledi, ac erbyn hyn, lleisiau'r llanciau hyderus gyferbyn ag ef a glywai yn gryfach na llais ei dad. Gwenodd, a chafodd wên groesawgar ond brysiog yn ôl. Digon o amser i ymaelodi yn nes ymlaen . . . a chrwydrodd yn ddyfnach i mewn i'r ffair, gan ryfeddu, ar ei waethaf, at yr amrywiaeth mudiadau a charfanau oedd yn cystadlu am ei sylw a'i amser yma.

Lliwiau'r enfys yn wleidyddol, wrth gwrs, roedd hynny i'w ddisgwyl; chwaraeon o bob math, a chymdeithasau tramor di-ri – hynny'n naturiol, hefyd, tybiodd, wrth basio stondin Cymdeithas Indonesia ymysg eraill. Roedd yno Gymdeithas Islamaidd, o bob dim dan haul . . . gwenodd wrtho'i hun. Crefydd? Pan oedd hyd yn oed Cymru wedi gweld y goleuni yn hynny o beth? Fe wnâi ef yn siŵr ei fod yn canolbwyntio ar y pethau pwysig.

Roedd yng nghanol y stŵr a'r stondinau erbyn hyn, pan sylwodd fod y ddwy ferch a gyfarfu wrth y fynedfa yn weddol agos ato o hyd, er eu bod i bob golwg yn ymgolli mewn sgwrs. Gwenodd. Roedd wedi'i arfogi ei hun â dyrniad go dda o bamffledi a thaflenni erbyn hyn, ac yr oedd yn haws iddo ymddangos fel petai ganddo bwrpas a chyfeiriad yn y neuadd lawn. Symudodd yn ei flaen, gan gadw'r merched o fewn cwmpas ei lygaid. Ac yr oedd ganddo bwrpas, sylweddolodd, a dyma lle'r oedd yn awr yn cymryd y camau cyntaf. *You're second year, then*? Roedd wedi gallu cyfleu'r math hwnnw o hyder, ar waethaf ei ofnau. Ac yr oedd y merched yn ei ddilyn. Ac yna crybwyll ei dad fel cynrychiolydd undeb. Gosod mwy o seiliau, heb ddangos mor sigledig y teimlai'r tir dan ei draed. Fe fyddai popeth yn iawn. Fe fydden nhw'n gweld y darlun cywir.

Hydref 1989. Canolbarth Cymru

Yr oedd yn tynnu at ddiwedd y prynhawn, a Gwynne ymhlith y rhai cyntaf i ddod allan o'r cyfarfod – ar wahân i'r dyrnaid a adawsai cyn y diwedd, mewn anobaith neu ddicter. Cerddodd gam neu ddau ar hyd cyntedd y gwesty, a sylwi, fel y gwnaethai wrth gyrraedd rai oriau ynghynt, ar eiriad moel yr arwydd, y saeth yn pwyntio yn unig at 'Y Cyfarfod'. Lwcus na roeson nhw deitl wedi'r cyfan, meddyliodd. Annifyr iawn fuasai gorfodi rhyw greadur druan i newid enw'r blaid eto fyth. Aeth yn ei flaen at gyntedd y brif fynedfa; roedd twr o newyddiadurwyr wedi ymgasglu eisoes, ac yr oedd goleuadau y tu allan yn llachar yn y cyfnos. Brysiodd un newyddiadurwr heibio iddo a gŵr camera wrth ei gwt, yn anelu am ystafell y cyfarfod i ddal ymateb yr arweinyddion i'r datblygiad diweddaraf. Aeth Gwynne yn ei flaen yn bwyllog, gan geisio edrych y tu hwnt i'r camerâu yn y cyntedd, ceisio clywed rhywbeth cyfarwydd uwch y dwndwr. Sylwodd fod rhywun o'r wasg eisoes wedi cael gafael ar aelod a gerddasai allan o'r cyfarfod ynghynt; hwnnw'n un o'r rhai oedd wedi ffromi â'r newid enw, ac yn amlwg yn datgan hynny'n huawdl yn awr. Doedd Gwynne ddim yn poeni'n ormodol, yn enwedig o gofio geiriau cydnabod iddo o Ddyfed oedd wedi sibrwd yn ei glust, ''Co fe'r ymddiswyddwr proffesiynol *off* 'to,' pan gerddasai'r brawd allan.

Gwenodd, ac edrych yn ôl am ennyd i weld a oedd ei gyfaill yn un o'r rhai oedd yn stribedu allan o'r cyfarfod erbyn hyn, ond yna daeth llais arall ar draws ei feddyliau. Roedd Tecwyn yn gwau ei ffordd drwy'r dorf at ei ochr.

'Democratiaid yden ni, felly?'

Edrychai Tecwyn yn eiddgar ar Gwynne, gwenu'n gyfeillgar fel arfer, ond a oedd tinc o falais yn ei lais?

17

Gwthiodd Gwynne y syniad o'r neilltu, a gwneud ei orau i ateb yn hyderus.

'Rhyddfrydwyr Democrataidd. Dyna basiwyd. Am – am wn i.' Hynny'n ddistawach, am na wnaethai ddim ond cyfieithu'r enw yn ei ben. Yr oedd Tecwyn yn bendant yn edrych yn syn yn awr.

'Be – Liberal Democrats – 'run fath â be gynigiwyd llynedd yn y gynhadledd ene? Fawr o bwynt trampio i lawr yr holl ffordd fan hyn i hynny, felly, nac oedd?'

Daeth i feddwl Gwynne nad oedd y 'trampio' mor bwysig â hynny i Tecwyn os mai yn awr yr oedd wedi cyrraedd. Ond gwthiodd y fath beth i gefn ei feddwl, sythu ei ysgwyddau, a gwneud ei orau i swnio'n siriol wrth ateb.

'Nid yr enw sy'n bwysig mewn gwirionedd, 'sti. Cael pawb at ei gilydd, a symud ymlaen – dene oedd y neges. Roedd ene ysbryd go dda: criw ohonon ni yn awyddus reit i sefyll eto.'

Ac yr oedd hynny'n wir, sylweddolodd, amdano yntau hefyd. Oedd, wrth gwrs, roedd yn ddigon hawdd teimlo felly yng nghanol cynulliad fel hyn, a chyd-aelodau ei blaid – beth bynnag oedd enw honno erbyn hyn – yn fwstwr o'i gwmpas, a negeseuon cadarnhaol yn cael eu cyhoeddi i'r byd, neu o leiaf i'r newydd-iadurwyr a'r camerâu oedd bellach yn un haid yn y cyntedd. Ond: enw newydd, ysbryd newydd – pwy wyddai beth oedd ar y gorwel? Allai pethau ddim mynd ymlaen fel y buont ers dros ddeng mlynedd, 'sbosib – fe fyddai pobl yn sylweddoli hynny rywbryd. A dyna pryd y byddai yntau yno, yn barod fel y bu ers ei ieuenctid, yn driw i'r achos, petai ond er mwyn y genhedlaeth nesaf. Waeth beth fyddai'r enw, teimlai'n dawel ei feddwl y gallai sefyll eto y tro hwn – gyda chefnogaeth, wrth gwrs. Trodd eto at Tecwyn.

'Ddigwyddest ti weld Siân?'

Oedi.

'Wel, do wsti, achan.' Er mai ateb ei gyfaill a wnaeth, yr oedd sylw Tecwyn fel petai wedi ei ddenu yn sydyn at un o'r criw newyddiadurwyr. 'Taro arni yn y dre fel oeddwn i'n cyrraedd, deud y gwir. Wedi bod yn hebrwng Bethan yn ôl i'r Coleg ar ôl d'ollwng di, medde hi, felly geuson ni siawns am sgwrs. 'Aru hi sôn y base hi'n dŵad yma i dy godi di wedi i hyn i gyd orffen. Unrhyw olwg ohoni hi, dwed?' Roedd yn dal i edrych o'i gwmpas, heb ddal llygaid Gwynne yn llwyr. Clywai'r ddau ddarnau o ddatganiadau, cwestiynau ac atebion yn chwyrlio yn y cyntedd a oedd, erbyn hyn, yn poethi yn y goleuadau a'r teimladau.

'Liberal Democrats.'

'Wel, well gen i y Rhyddfrydwyr Democrataidd fy hun.'

'A'r sibrydion o'r cyfarfod yw bod anfodlonrwydd a dryswch, nid yn unig â'r enw a'r diffiniad newydd, ond gyda chyfeiriad y blaid ar ei newydd wedd – neu, fel y myn rhai, yr un hen blaid.'

'Democratiaid Rhyddfrydol.'

'A – ti'n rhydd, felly, Gwynne?'

Daethai ei wraig i fyny yn ddiarwybod, i sefyll wrth ei ochr. Trodd yntau ati, a nodio.

'Popeth wedi mynd yn dda, sidro popeth; o leia mae ene ddiddordeb gan y wasg, fel y gweli di.' Dechreuodd gasglu ei bapurau at ei gilydd, symud tuag at ddrws y gwesty heb edrych i gyfeiriad Tecwyn, yna arhosodd. 'Aeth Bethan yn iawn?'

'Do, am wn i. Sut y daw hi i ben efo'r holl bacie sydd ganddi, Duw yn unig a ŵyr. Ond o leia mi fydd y tŷ dipyn bach yn dwtiach am yr wsnose nesa. Well i ni ei hel hi, os medrwn ni fynd drwy'r sgrym yma.'

Dilynodd Gwynne hi, gan daro cip dros ei ysgwydd ar weddill y ffyddloniaid oedd yn dal wrthi yn wynebu meicroffonau a chamerâu i gadarnhau llwyddiant ac i wreiddio'r enw newydd, neu i ddadlau yn ei gylch. Enw i'w gludo i'r frwydr unwaith eto, o'i sylfaen yn y tŷ fyddai'n dwt heb bresenoldeb ei ferch. Ac yn dawel.

Caerdydd, 1996

Caeodd Anne Fletcher ddrws y *drawing-room* yn ofalus, ac yr oedd swish tawel y llenni trymion yn fodd i liniaru rhywfaint ar y cynnwrf a deimlai. Yn syth wedi i Jeremy adael y tŷ, teimlasai'n fwy fel rhoi clep ffyrnig i'r drws, ond ei gau'n dawel a wnaeth: thalai hi ddim i Ruth glywed – ac yna cofiodd am y wers ddawnsio. Gallai fod wedi clepian pob drws yn y tŷ i dragwyddoldeb heb wneud rhithyn o wahaniaeth a heb ddwyn gwarth ar neb. Chwarddodd yn nerfus wrthi'i hun, a mynd ati i sythu'r garthen ar gefn y soffa foethus, curo dwy o'r clustogau yn ôl i'w siâp a'u gosod yn eu holau'n daclus. Roedd ganddi reolaeth dros hyn, o leiaf. A phan fyddai Ruth yn cael ei gollwng adref o'r dawnsio, fe wnâi'n sicr y byddai'n cadw at ei hymarfer piano – dim o'r dwli gwrthod a stwbwrno a welsai'n ddiweddar yn ymddangos fwyfwy yn natur ei merch.

Yna rhoddodd Anne ochenaid, gan suddo i'r gadair

freichiau ddofn, clustog yn dal yn ei llaw. Ymarfer piano, gwersi dawnsio – hyd yn oed y Clwb Mathemateg y clywsai ei grybwyll ymysg y mamau yr wythnos o'r blaen – beth dalai'r un o'r rheiny os oedd Jeremy am fwrw ymlaen â'r cynllun hurt yr oedd newydd ei grybwyll cyn gadael mor ddidaro am ei waith? Gallai glywed ei lais tawel, rhesymol yn awr, yn esbonio fel yr oedd eisoes wedi gwneud yr ymchwil, a sut y gallai restru'r holl fanteision: y dosbarthiadau llai, y record academaidd wych, enw da'r lle – heb sôn am fod yn arwydd pendant o ymlyniad y teulu at leoliad ei swydd newydd, a chyfle i Ruth ymdoddi.

Tynhaodd llaw Anne yn ddiarwybod iddi'i hun o gwmpas deunydd y glustog. Hynny, o bob dim, oedd wedi peri'r loes fwyaf. Ymlyniad? Ymdoddi? Beth oedd wedi dod dros ben y dyn, yn siarad fel petai am fwrw gwreiddiau yma, fel petai am setlo yn ei swydd newydd am gyfnod, yn hytrach na gwneud y peth iawn, y peth deallus, a gweld ei safle yn y gwasanaeth sifil fel gris arall ar yr ysgol, fel y cam naturiol at bethau uwch? Yn sicr, doedd hi ddim am setlo a bodloni ar Gaerdydd – cam ymlaen, cam yn uwch oedd y lle iddi hithau hefyd, wrth gwrs, a cham go fras, fe dybiasai, yn enwedig wedi i Jeremy gael ei benodi i'r Swyddfa Gymreig. Tae'r merched yn y Queen Elizabeth Grammar yn ei gweld hi nawr, meddyliasai ar y pryd . . .

Daeth yr atgof am yr ysgol â hi'n ôl i'r presennol gydag ias. Fe fyddai'n rhaid iddi feddwl a chynllunio: yn dawel bach ac yn weddus, yn naturiol. Ac wedi'r cyfan, yr oedd ganddi rai misoedd, on'd oedd? Digon o amser i gasglu ynghyd wybodaeth a hanesion deniadol

am ysgolion eraill, mwy – mwy *suitable*, ie, dyna'r gair.
A phe digwyddai i ambell hanesyn am anaddasrwydd
yr hyn oedd gan Jeremy mewn golwg gael ei grybwyll
wrth siarad – wel, dyna fe, dim help am hynny. Ambell
i air yn y glust iawn, efalle, hyd yn oed llithro'r pwnc i
mewn i'r sgwrs ei hun, rhyw gyfeiriad slei at rywun yn
y swyddfa – rhywun arall, wrth gwrs – oedd yn dangos
ambell i arwydd bach annifyr o *going native*. A
chwerthin, parhau â'r sgwrs fach ddiniwed gyda
Chylch y Mamau.

Yr oedd sŵn car yn crensian ar y graean ar ddreif y
tŷ, ac edrychodd Anne ar ei horiawr, codi ar ei thraed
a tharo cip yn y drych uwchben y lle tân; cymoni,
gofalu bod yr wyneb yn iawn cyn camu at y drws ffrynt
yn barod i groesawu hebryngwr ei merch, ac i gymryd
Ruth yn ei hôl ati. Gallai deimlo'n hyderus, siŵr o fod
– yn hyderus yng ngyrfa ei gŵr, ei statws hi ei hun, ac
yn nyfodol eu merch. Buan iawn yr âi'r chwiw yma o
anfon Ruth i Ysgol Gymraeg heibio.

Pennod 1

LOWRI

Mehefin 2015

'POWYS FADOG?!'

'Oréit, oréit, dim ond awgrym oedd o! Rwbath oedd ddim wir yn cyfri – rho hwnna i *lawr*! Anadla'n ddwfn; cyfra i ddeg.'

'Gwranda, washi, mi fedrwn gyfri i ugain mil – tu 'nôl mlaen – ac mi faswn i'n teimlo 'run fath. Powys Fadog! Fel mae dy fêts newydd di'n deud – diolch yn dalpe! Neu fel mae dy fêts mwy newydd fyth di'n deud – *thanks a bunch*. A dwi'n feddwl o, Alun. O leia dyma fi'n gwbod rŵan yn union beth mae'r Blaid yn feddwl ohona i. Ocê, doeddwn i ddim yn disgwyl un o'r seddi targed ar blât: mi wyddwn yn iawn bod rheiny wedi'u hen setlo. Ond Powys Fadog? Dio'm hyd yn oed ar y dartbord. Iesu, Alun, dio'm hyd yn oed yn y sodin *pyb*! Fasa'n well gin i sefyll yn etholaeth y Prif Weinidog – ia, dyna syniad, pam na roi di fi i sefyll yn etholaeth y Prif Weinidog, fasa gin i fwy o obaith yn fanno, basa? Etholaeth Prif Weinidog *Prydain* sy gin i, dallta – sy'n reit ar y llwybr i fod yn Dorïaidd am byth bythoedd rŵan bod hi'n amen ar Lafur. Ond Powys Fadog . . .'

Daeth brygowthan Lowri i ben oherwydd diffyg gwynt yn fwy na diffyg angerdd. Oedodd ar ganol ei brasgamu, a sgubo'i gwallt oddi ar ei thalcen. Parodd y symudiad greddfol i Alun gofio'r un ystum yn union yn y fyfyrwraig heglog, frwd ugain mlynedd a mwy yn ôl, a rhoddodd hynny'r dewrder iddo dorri i mewn i'r seibiant prin yn llifeiriant geiriau'r wraig dal a safai o'i flaen yn awr.

'Mae o'n dal i gyfri, wsti: mae pob etholaeth yn cyfri rŵan. Efo'r newid ffinia. A chanlyniad yr etholiad, sbia ar yr Alban.'

'Well gin i beidio, Alun, diolch, gan mai yng Nghymru rydan ni'n byw. O na, sori, yn Inglandanwêls ddylwn i ddeud. Os dysgodd y mis dwytha rwbath i ni, mi ddysgodd hynny. A dysgu syniad mor ddwl oedd rhoi'r bleidlais i ddefaid.'

'Rŵan ydi'r amser i daro, felly, yntê? Mae o'n gyfle i fanteisio ar wendid Llafur. Yn gyfle i ti.'

'Cyfle i wneud prat llwyr ohona i fy hun o flaen y genedl gyfa.'

'A wel,' llamodd Alun mor ddeheuig i'r bwlch yn nadl Lowri ag y llwyddasai i lamu o ffordd ei hymosodiadau, 'os wyt ti'n deud bod Powys Fadog mor anobeithiol â hynny, fasa fo ddim o flaen y genedl gyfa, na fasa?'

'Ddim fel arfar. Pwy yn ei iawn bwyll fasa'n sylwi ar dwll din y byd fel Powys Fadog yn nhrefn arferol petha? Ond fel y gwyddost ti'n iawn, nid trefn arferol petha fydd gynnon ni mis Mai nesa, naci?' Gostyngodd goslef ei llais, a throes holl rym ei llygaid glas arno.

'Y drefn arferol bryd hynny ydi y bydd pob dim yn *an*arferol, o gofio fel y bydd hi wedi pum mlynadd o lanast. Fydd y byd ben i waered am wythnosa bwygilydd, a chyfran go dda o'r genedl yn gneud dim byd ond craffu, sbio, dadla a llygadrythu ar garfan fach o'r genedl yng ngyddfa'i gilydd, a'u cyllyll yng nghefna'i gilydd ac yn cicio tina'i gilydd, tra'u bod nhw ar yr un pryd yn wên deg efo pawb, yn rhaffu polisïau wrth y llath a chynhyrchu maniffestos fesul tunnall, ac yn addo nef newydd a daear newydd – neu Gymru newydd, fydd yr un peth erbyn diwadd yr wythnosa hynny achos mi fydd y garfan lai honno wedi byw gymaint ym mhocedi'i gilydd, yn nabod ei gilydd cystal fel na fydd yr un ohonyn nhw'n ffit i wybod y gwahaniaeth rhwng Cymru a'r byd neu'r nefoedd ac uffern. Lle'r oeddwn i?'

'Ym Mhowys Fadog.'

Camodd Alun i mewn i'r seibiant i'w hatgoffa, ceisio darllen ei hwyneb, edrych y tu hwnt i'r llygaid, gan wybod fod y meddwl eisoes yn pwyso a mesur. Ei thalcen yn crychu y mymryn lleiaf.

'Ti'n siŵr?'

'Fanno ne'r rhestr,' meddai Alun yn gyflym. 'A gan bod Llafur mewn mwy o dwll nag arfer yn yr etholaeth, heb gael ymgeisydd newydd eto, mi fedrwn gamu i mewn o'u blaena nhw. Gwell cyfla.'

'Sgin i ddewis?'

'Wel o gofio be ddigwyddodd – dy, ym, hanes di efo . . .'

'Alun!'

'Nid mod i'n cofio, wrth gwrs.' Sylweddolodd Alun mai doeth fyddai cilio o erchwyn y llosgfynydd.

'Ond rhag ofn bod 'na rai efo cof hwy na'i gilydd ...'

'Alun!'

'Ia Lowri?'

'Stopia dyllu.'

Dechreuodd mymryn o'r llwch setlo. Edrychodd Alun eilwaith ar ei bapurau a mentrodd ailagor un o'r ffeiliau. Bwriodd gipolwg sydyn ar y cynnwys, yna taro golwg fwy sydyn fyth at gefn Lowri.

'Mae o'n bosib, 'sti,' mentrodd Alun eto. Roedd ganddo yntau ddigon o reddf wleidyddol i wybod faint o berswâd i'w roi yn ei lais.

'I mi?'

Roedd hi'n syllu tua'r dwyrain. Pesychiad. Llwch yn dechrau stwyrian.

'Tr criw sydd gynnon ni rŵan. Ac mae'n trefniadau ni gymaint yn well rŵan, wrth gwrs.'

'Well na be, Alun?'

Gwleidydd eto, yn sefyll o'i flaen yn hyderus, mewn dillad cymeradwy i unrhyw gynulleidfa neu gamera – ond y breichiau'n heriol, yr hanner-gwên hyderus wrth weld gwrthwynebydd yn disgyn i drap ei eiriau ei hun. A'r llygaid yna. Llyncodd Alun ei boer.

'Ymm ... o'r blaen. Cynt. Well rŵan wedi i ni fynd trwy'r broses a gweld petha'n glir, mae pawb yn deud hynny. Ac wrth gwrs, ganmil gwell nag yn yr hen ddyddia, wyddost ti.'

O hen arfer, mygodd Alun ochenaid. Ond yr oedd Lowri'n taro'n ôl yn syth.

'Syndod y byd, rydw i yn gwybod. Roeddwn i yno 'radag hynny. Hyd yn oed yn cofio rhai o'r hen ddyddia, gan dy fod titha, heb sôn am Mam a Dad, yn eu crybwyll nhw dragywydd.'

Daeth cynnig Alun yn gorwynt.

'Hynny sy'n cyfri, yntê? Dy fod ti hefyd yn cofio'r hen amser. Ac ydw, rydw i a chenhedlaeth dy rieni yn cofio'n ôl ymhellach na hynny, at y dyddia pan fyddan ni'n falch o gael unrhyw un i sefyll, yn cofio'r bobl oedd yn deud eu bod nhw'n dibynnu ar yr un hen wariars, dyrnaid oedd yn digwydd bod yn wleidyddion go-iawn, ac yn gorfod llenwi'r gweddill efo "O Duw pam fo, ond neith o'm ennill, diolch i'r drefn, felly mi wnaiff y tro." Felna roedd hi pan ddaethost ti i mewn, a finna'n falch bod cenhedlaeth newydd yn camu mlaen, oedd yn dallt gwleidyddiaeth. Ac mi rydan ni – pobol fel ti a fi –wedi byw trwy'r ail gyfnod hefyd, wedi goroesi hwnnw, a rŵan yn barod am y cam nesa. Cam rhesymegol nesa'r broses.'

'Alun. Dwi'n gwybod. Dwi wedi gweld y matrics – a'n helpo, mi fûm i'n rhan o'i gymeradwyo fo. Am bedwar o'r gloch y pnawn yn y Cyngor, dwi'm yn deud, pan oedd pawb call wedi mynd adra a dim ond yr anoracs ar ôl.'

Gwenodd y ddau ar ei gilydd – dau oedd yn hen gyfarwydd ag ystrywiau gwleidyddol, ac o'r diwedd yn dechrau eu gweld yn dwyn ffrwyth. Teimlai Alun yn ddigon powld i fanteisio ar hynny.

'Ond rwyt ti ar ôl, Lowri.'

'Ydw.'

Y llais a'r wyneb yn benderfynol, ond yr oedd tinc o freuddwyd yn y llygaid glas.

'Gen ti fantais y ddwy ochr, dyna oeddwn i'n feddwl. Rwyt ti'n dallt fel y mae petha rŵan, be sydd angen ei wneud a be mae disgwyl i'n hymgeiswyr ni neud. Ffitio'r matrics, os mynni di. Ond rwyt ti wedi byw yn y byd hefyd, a hynny fydd yn werthfawr. Fiw i ni lenwi'r llechan efo robots coleg-gradd gwleidyddiaeth-ymchwilydd-ymgeisydd-gwleidydd. Rydan ni'n awyddus i gael pobol go-iawn.'

'Ddim fel Elgan Rhys felly?'

'Ia – naci – damia, Lowri, dyna'r union beth mae'n rhaid i ti fod yn ofalus i beidio ddeud fel ymgeisydd.'

'A dyna'r union beth dwi heb ddeud.'

Daliai ei chorff yn dynn; roedd yr egni yno dan y dillad taclus. Cododd ei braich yn ddiamynedd eto i sgubo ei gwallt yn ôl.

'Y?'

'Y bydda i yn ymgeisydd.'

Wyneb yn wyneb rŵan. Alun yn welw; mymryn o wrid ar fochau Lowri. Tawelwch. Cymylau'n setlo.

'Ond mi nei?' Roedd Alun yn mentro, ac fe wyddai hynny.

'Mae cymaint o bethau wedi newid, fel y deudist ti. A phobl wedi newid hefyd.'

'Neu wedi troi'n robots.'

Roedd rhywbeth yn wyneb Alun yn awgrymu nad oedd Lowri yn debyg o gael ei chyhuddo o hyn. Ond yr oedd yn dechrau blino, er hynny – ac yn ymwybodol o amser. Penderfynodd droi tu min.

'Fyddwn ni isio mwy na robots yn yr etholiad yma, coelia fi. Tîm cyflawn, parod i gymryd rhan mewn llywodraeth.'

'Ti'n siarad maniffesto?'

'Am unwaith, nac ydw.'

Llygad yn llygad eto. Roedd Alun yn llonydd. Lowri yn prowlan o gwmpas erbyn hyn, chwarae â chudyn o'i gwallt oedd wedi dianc eto fyth. Trodd ato.

'Go-iawn?'

'Go-iawn, Lows. Dan ni wedi bod yn trafod ac yn trefnu hyn ers blynyddoedd, 'ndo? Dewis y goreuon, meithrin y rhai addawol, cadw rhai o'r hen bennau.'

'A chwynnu.'

'Chwynnu'r rhai nad ydyn nhw'n ddigon da i fod yn Aelodau y tro yma.'

'Iawn, cytuno, dan ni wedi gneud hynny.' Daeth gwên i wyneb Lowri wrth gofio ambell i banel dewis, a'r daflen sgorio o'i blaen. Gallai gyfiawnhau pob marc, pob rhif isel yn erbyn nodwedd hanfodol a ddamniodd hen elyn neu newyddian di-liw. Cyfiawnhad dros godi ambell un yn ei flaen neu ei blaen, hefyd – petai hynny'n gyrru'r achos yn ei flaen. A phleser ei chreadigrwydd yn y 'meysydd sydd angen sylw pellach'. Sylweddolodd fod wyneb Alun yn wyn a phenderfynol.

'Ac mi fydd angen math arall o chwynnu hefyd.'

'Y rhai sy'n Aelodau yn barod, ond heb fod yn ddigon da?'

'Hollol.' Roedd mymryn o ryddhad wedi cripian i mewn i lais Alun. Gallai synhwyro buddugoliaeth bellach, os oedd Lowri'n dechrau ystyried pethau ymarferol.

'Yn ara deg a gofalus, ia?'

'Dim peryg. Maen nhw'n mynd. Fedrwn ni mo'u fforddio nhw, felly nos da Prestatyn.'

'A finna'n ddiniwad wedi bod yn llongyfarch fy hun ar berthyn i blaid sydd wedi llwyddo am bum mlynedd i osgoi colli gormod o Aeloda Cynulliad trwy farwol-aeth, sgandals rhyw, sgandals grantiau, ac wedi rheoli ein tipyn ymddeoliadau yn dawal reit. Yn wahanol i'r cyn-Aelod dros be sydd rŵan yn Powys Fadog. Tydi'r newid ffiniau wedi bod yn fendith wedi'r cyfan, dwed?'

'Hynny, a dau sy'n mynd i beidio sefyll y tro nesa oherwydd rhesymau teuluol a gyrfa academaidd.'

'Cyfieithiad, plis?'

Roedd Lowri wedi dechrau ymlacio, a gwenodd ar Alun. Y ddau'n teimlo diogelwch a rhyddhad medru ymryddhau o'r cod cyhoeddus.

'Musus wedi rhoi'r dewis rhyngddi hi a'r *Spad* bach secsi yna.'

'A Musus enillodd?'

'Musus a'r plant a'r pres. A pharchusrwydd.'

'Mor Gymreig. A'r yrfa academaidd?'

'Betsan Morus am gipio'i chyfle dwytha cyn i'r Brifysgol Genedlaethol dynnu'r plwg ar radda Mici Mows a throi'r tap pres i gyd at ddisgyblaethau sy'n mynd i greu graddedigion fedar gynhyrchu cyfalaf a dal swydd yn y byd go-iawn. Heb sôn am fedru darllan a sgwennu, am newid. Felly mi fydd y Grŵp Trawsbleidiol ar Anhwylderau Seicolegol Ymysg Lleiafrifoedd Gorthrymedig yn colli eu Cadeirydd, a rhyw *fag-end* o Adran Seicoleg yn rwla yn cael ymhyfrydu yn eu Doctor diweddara – os nad eu dwytha.'

Erbyn hyn, Alun oedd yn cerdded o gwmpas, ond heb fod yn betrus o gwbl. Gwelai'r ffordd ymlaen yn glir. Safai Lowri yn llonydd, yn bwrw golwg weithiau trwy'r ffenest at y dwyrain. Eilbeth oedd y gwylltio gydag Alun – moethusrwydd y gallai ei ganiatáu iddi hi ei hun – am y tro. Roedd Alun, gyda'i ddyfalbarhad arferol – poenus, weithiau – yn cynnig llwybr iddi. Ond llwybr i ble?

'Dyna ti wedi cael gwared â dau ar y rhestr, felly.

Ond soniaist ti ddim am yr aelodau ychwanegol, naddo? Na'r etholaethau newydd. Y rhai newydd diddorol. Ymylol, Alun.'

'Ond o sbio ar y ffigyrau, mae Powys Fadog ar ei newydd wedd yn, wel, yn ymylu ar fod yn ymylol os leici di. Ac yn enwedig o gofio'r hanes diweddar.'

Ennyd o ddistawrwydd annifyr. Dal i gynllunio a meddwl ymlaen yr oedd Alun, cofio'r cwmwl du a barodd i Aelod Cynulliad yr ardal ildio'i sedd, ond roedd meddwl Lowri yn mynd ymhellach yn ôl. Oedd, roedd cymylau duon yn medru cilio ond rhai eraill yn medru ymddangos ar y gorwel yn annisgwyl.

'Mae gobaith i bawb, efo'r ffiniau newydd, wyt ti'n feddwl? Hyd yn oed Llafur wedi gwneud ymdrech yno, yn ôl pob sôn. A phaid â thrio deud wrtha i bod y Sowthan smart 'na sy gin y Torïaid yn troi ei golygon at fama am bod awyr y gogledd-ddwyrain yn fwy llesol na'r Ddinas i'w hiechyd hi.'

'Dyna ti. Mi fydd pob plaid am gynnig eu hymgeiswyr . . . ym . . .'

'Doeddat ti ddim am ddeud "gora", nac oeddat, Alun?'

'Mwya diddorol. I etholaeth ddiddorol. Wir i ti, Lowri, efo petha fel y maen nhw yn yr Alban, a fel y gallan nhw fod yma, oes yna unrhyw sedd yn saff bellach? O leia maen nhw i gyd yn . . . ddiddorol. Ac mi ŵyr pawb mor benderfynol wyt ti. Maen nhw'n parchu hynny.'

'Fy mharchu i ddigon i gynnig sedd well?'

'Wel, ym . . .'

Maen nhw'n sbio ar ei gilydd, a'r gorffennol yn glanio fel llwch arnynt.

'Does gen i ddim dewis, nac oes?'

''Sna wnei di saethu ein hannwyl Arweinydd.'

'Mae ein hannwyl Arweinydd yn gwybod yn iawn i lle mae'n mynd.'

'Ond mae 'na feibion darogan eraill.'

'A merched,' meddai Lowri fel saeth.

'A merched. Fydd yn ddigon parod i geisio hawlio eu hymerodraeth. Dyna'r drafferth efo plant darogan.'

'Fel y gwn i.'

'Tyrd, Lowri, mi wyddost ti mai dyna'r cynllun. Creu tîm i ennill.'

'Efo finna'n aelod ohono.' Roedd Lowri'n ddistawach, ond yn chwerthin erbyn hyn. 'Pwy fasa'n meddwl?'

DANIEL

Gorffennaf 2015. Cyfarfod Dewis Ymgeisydd y Blaid Lafur

Ceisiodd Daniel eistedd yn ôl yn y sedd, oedd yn amlwg heb ei chynllunio ar gyfer ymlacio. Un peth yn gyffredin rhwng cyfarfodydd Llafur adre ac yn y fan yma fel ei gilydd, felly, meddyliodd. Roedd Jessica wedi bod yn llygad ei lle, felly, yn ei gynghori i gael massage ar ôl y cyfarfod, 'And I'm talking about your back, darling, not your ego.' Gwenodd, cyn ymddisgyblu yn sydyn. Ceryddodd ei hun: onid oedd wedi hen ddisgyblu ei wyneb i ddangos diddordeb deallus tra bod ei feddwl ymhell, i ymddangos yn fywiog a doeth ar yr un pryd, gan anwybyddu unrhyw sarhad i'w ymennydd neu boen i'w gorff? Hyd yn oed os oedd y ddau beth yn cyd-ddigwydd fel y gwnaent y tro hwn, gyda llais Anna Aaronson yn merwino'i glustiau, sylwedd yr hyn a ddywedai – os sylwedd hefyd – yn ei wylltio, a chefn caled y gadair yn plannu i mewn i'w gefn yntau yn y mannau mwyaf anghyfforddus. Diolch byth am y golau coch. O hir arfer, gwisgodd Daniel ei wyneb gwrando'n astud.

'. . . a chydag etholaeth newydd, mae angen llais newydd. Llafur wedi ei adnewyddu, ar y patrwm newydd dan arweinydd newydd, yw'r unig obaith i'r wlad, ac ydw, rydw i yn meddwl, ar waetha'r hyn ddigwyddodd – ym – llynedd, fod modd i ni ennill y sedd – efo'r ymgeisydd iawn, ac yn naturiol, rydw i'n gobeithio y cytunwch chi mai fi ydi honno.'

'Diolch, Anna.'

Camodd y cadeirydd i mewn fymryn yn gynt nag y bwriadai, gan ragweld, efallai, mor denau fyddai'r gymeradwyaeth. Sut i elyniaethu eich cynulleidfa mewn tair gwers hawdd (pedair os ydach chi'n cyfrif camynganu enw'r etholaeth), meddyliodd. Dangos cyn gynted ag yr agorodd hi ei cheg nad oedd hi'n sicr o ffiniau'r etholaeth newydd, ac wedi dringo allan o'r twll arbennig hwnnw, yn ddigon deheuig, rhaid cyfadde, gwastraffu'r anrheg o gwestiwn cynta a fwriadwyd i roi brêc i bob un ymgeisydd trwy sgubo heibio'r cynllun codi trethi newydd, a hyd yn oed awgrymu y galle rhywfaint o'r pres fynd ar ryw gynllun cydraddoldeb oedd, mae'n debyg, o dra-gwyddol bwys lle'r oedd hi yn wleidyddol weithgar. Ond ym Mhowys Fadog, 'ngeneth i? Ac oedd rhaid iddi fod wedi tin-droi gymaint o gwmpas trychinebe'r misoedd diwethaf, a chadw'r Patrwm Newydd tan y frawddeg ola un pan oedd pawb eisoes yn gwingo?

'Ac mi gymerwn ni'r cwestiwn nesa, a threfn yr ateb tro yma fydd Ken, Daniel ac wedyn Anna. Gawn ni eich cwestiwn chi, Morus, os gwelwch yn dda?'

'A chymryd mai llywodraeth Lafur fydd gennon ni yng Nghaerdydd wedi mis Mai, beth fydd yr un ddeddf bwysica y base'r ymgeiswyr yn dymuno gweld ei phasio taen nhw'n cael eu hethol yn Aelod Cynulliad?'

'Rhywbeth yr yden ni i gyd yn ffyddiog o'i ennill, mi wn,' meddai'r cadeirydd yn broffesiynol hyderus. 'Iawn, felly, a derbyn bod yr ymgeiswyr oll yr un mor ffyddiog y bydden nhw yn Aelode Cynulliad (chwerthwch, y diawled, neu mi fydd hon yn noson andros o hir i mi), pa ddeddf newydd fydd gennoch chi ar flaene eich bysedd? Ken?'

Cododd Ken yn bwysfawr ar ei draed, codi'i law yn reddfol mewn ymdrech i wthio llinynnau tenau ei wallt yn ôl dros ei gorun. Ymbalfalodd ymysg y papurau blêr o'i flaen ar y bwrdd, a symudodd Daniel ei liniadur bach o'i ffordd. Cofiodd yr hyn a ddywedasai un o'r selogion wrtho yn ei glust cyn i'r cyfarfod gychwyn: 'Os byddi di am wneud nodiade ar y teclyn ene, fydd hi'n ddigon hawdd i tu ei guddio fo y tu ôl i bapure Ken. Y dechnoleg ddim cweit wedi dal fyny hefo'n cynghorydd ni, weldi.' A winc galonogol. Calonogwyd Daniel gan y winc a'r cyngor wrth i Ken roi pesychiad pwysig cyn cychwyn ar ei ateb.

'Wel, gymrodyr, rydw i'n meddwl na fase neb sy'n fy nabod i'n iawn yn synnu o glywed mod i'n benderfynol o unioni cam y gweithiwr cyffredin trwy ba ddull bynnag sy'n agored i mi, fel y gwnes i trwy f'oes, fel y gŵyr y rhan fwyaf o'r gynulleidfa sydd yma heno. Ac yr yden ni i gyd yn ymwybodol o'r deddfe sydd wedi'u pasio gan y Llywodraeth adweithiol, aden dde y buon ni'n ei diodde ers yn rhy hir – deddfe a fanteisiodd ar wendid y gweithwyr oedd wedi dioddef eisoes gydag ail don y toriade, a'i gwnaeth hi'n hawdd gwthio cyfreithie gwrth-undebaeth drwy Senedd lywaeth oedd yn barod i dderbyn unrhyw beth er mwyn cael mân wobrwyon a chonsesiyne ar faterion dibwys . . .'

Nid am y tro cyntaf, aethai Ken ar goll yn nrysfa ei rethreg ei hun, a phesychodd ei ffordd allan. Roedd mwy nag un yn y gynulleidfa hefyd yn pesychu ac yn stwyrian yn annifyr yn eu seddi.

'Ac . . . ym . . . hmmff . . . y peth cynta wnawn i wedi cyrraedd Caerdydd fydde gwrthdroi'r deddfe hynny. Troi'r fantol yn ôl o blaid y dyn cyffredin. Dim mwy o gosbi'r undebe sydd, wedi'r cyfan, yn asgwrn cefn ein mudiad ni, a biti bod rhai pobl, hyd yn oed yn ein plaid ein hunen, fel petaen nhw wedi anghofio hynny dros y blynydde diwethaf yma. Adfer hawlie'r gweith-iwr sy'n bwysig, waeth be ddywedan nhw yn y Ddinas yn Llunden – na lawr yng Nghaerdydd, chwaith. Ac yr ydech chi i gyd yn fy nabod i fel un sy'n cadw at fy ngair, yn un ohonoch chi, wedi cael yr anrhydedd o'ch cynrychioli ar y Cyngor ac yn gobeithio medru dal i wneud hynny am flynydde lawer eto . . .'

'Hanner munud, Ken.' Golau coch.

'Y? O ie, reit, Seth – ym, Mistar Cadeirydd. Wel, fel y deudes i – cyflwyno cyfreth i unioni'r cam sydd wedi ei wneud dros y blynydde ag undebe llafur y wlad yma sydd yn bwysig, a dyna fydda i yn sicir o'i wneud pan ga i f'ethol. Rydech chi'n fy nabod i ac yn gwybod y medrwch chi 'nhrystio i. Un ohonoch chi, sy'n gweithio drostoch chi, ac yn deallt ei bobol.'

Mwy o gymeradwyaeth y tro hwn o blith rhai o'r carfanau solet oedd yn eistedd mewn mannau penodol yn y neuadd. Eisteddodd Ken yn ôl yn drwm a bodlon yn ei sedd gan wenu arnynt; teimlo y gallai hyd yn oed edrych yn garedig ar Daniel wrth i hwnnw godi ac wynebu'r gynulleidfa. Wrth ei ochr, eisteddai Anna Aaronson yn syth fel bollt. Oedodd Daniel ennyd wedi cyrraedd y ddarllenfa, heb orfod gwneud unrhyw ymdrech i ymlacio wedi penyd y munudau diwethaf. Syllodd allan at ei gynulleidfa. Iawn. Hawdd. Patrwm Newydd. Arweinydd newydd.

Ond efo mymryn bach o'r dyn go-iawn yno hefyd. Dim *clichés*. (Fawr o ymdrech, a finne'n dilyn Ken.) Pwy ddywedodd fod cadfridogion yn ymladd y rhyfel diwethaf o hyd? Mae hwn yn sownd tua'r Rhyfel Byd Cynta neu'r rhyfel dosbarth neu rwbeth – gobeithio'r andros nad ydyn nhw i gyd fel hyn. Nac ydyn, siŵr iawn, neu faswn i ddim wedi cael y gwahoddiad. Awgrym? Apêl am help? Anadlodd Daniel yn ddwfn, hyderus; sythu ei dei, edrych yn syth allan at y gynulleidfa.

'Deddf newydd. Cwestiwn da, ac yr ydw i'n falch o weld ein bod ni yma ym Mhowys Fadog yn sylweddoli pa bwerau sydd gan y Cynulliad erbyn hyn. Reit, er mor braf fasa creu byd newydd a daear newydd yn syth bin, dwi'n gwybod ein bod ni yn ddigon aeddfed i weld mai prosiect tymor hir sydd gennon ni yma, felly dwi am ganolbwyntio ar un peth. Deddf i warantu prentisiaeth i bob person ifanc sy'n dymuno hynny –

a'r arian i gefnogi'r cynllun. Un pwynt; canolbwyntio; cam bach, ond cam pendant – a wna i ddim ymddiheuro am hynny. Ac fel yr yden ni wedi clywed eisoes, mae'r grym gan y Cynulliad i greu cronfa felly erbyn hyn – rydw i'n siŵr mai at rywbeth felly yr oedd Anna yn cyfeirio yn ei hateb cynta, ac yr ydw i'n cytuno hefo hi yn hynny o beth.'

Ac yn medru fforddio gwneud, cariad, am dy fod ti ar dy ffordd adre o fama dipyn yn gynt nag y medri di ddweud Powys Fadog, caniataodd Daniel iddo'i hun feddwl yn smyg.

'Diolch, Daniel. A thro Anna yn olaf.'

Gwir y gair. Olaf fyddai hi: teimlai Ken a Daniel yn sicr o hynny. Ond roedd hi mor egnïol â'r ddau arall yn cymdeithasu a chymysgu wedi i'r sesiwn gwestiynau ffurfiol ddod i ben, ac wrth i'r swyddogion drefnu'r pleidleisio. Câi Daniel gip yn awr ac yn y man ar ei dillad di-drefn yn rhubanu o gwmpas yn wastad ar ymylon rhyw grŵp neu'i gilydd, yn ymwthio. Hyd yn oed yn ymdrechu i dreiddio at ganol y garfan solet o siwtiau tywyll oedd wedi ymgasglu o gwmpas Ken yn syth wedi'r seiat holi. Heb lwyddiant. Dynion oedd y rhain oedd wedi hen fireinio'r grefft o gau allan bawb nad oedd yn perthyn i'r cylch cyfrin, hyd yn oed pan oedd aelodaeth y cylch hwnnw wedi ei fylchu. Nid bod neb yn y cyfarfod hwn heno wedi bod mor anniplomataidd â chyfeirio at y sgandal ariannol a olygodd fod sedd Powys Fadog i bob pwrpas yn wag fisoedd cyn etholiadau'r Cynulliad, ond gallai Daniel gofio'n ôl at adegau pan ddeuai'n fachgen ysgol i gyfarfodydd tebyg i gyfarfod ei dad, a'u gweld yn llawn o neb ond pobl fel Ken a'i gymdeithion. Ar waethaf yr atgof, diolchodd heno fod pethau'n newid.

Wrth iddo ef symud o gwmpas, yr oedd yna ddigon o grwpiau eraill, mwy gwasgaredig ac amrywiol, yn y neuadd: allai o ddim llai na sylwi ar y pennau'n troi ato fo wrth iddo gerdded yn hamddenol fwriadus yn eu plith.

'Ateb da, hwnne. Isio pethe i'r bobl ifenc sy, rydech chi'n iawn.' Gwraig ganol oed yn nodio'n garedig arno. Ei wên gynnes yntau'n ei hateb cyn symud ymlaen.

'Helô, Daniel. Ga i d'alw di'n Daniel, caf? Cofio dy dad yn iawn, wrth gwrs.'

Wrth gwrs. Ymdrechodd i roi'r un wên, gan gribinio'i gof i ganfod enw'r dyn. Pwy?

Prin fod y craidd gwrywaidd o gwmpas y Cynghorydd Ken yn toddi llawer, ond sylwodd Daniel wrth droedio heibio iddynt ar ei ffordd at grŵp bychan o wragedd ifanc oedd yn anelu ato, pamffledi yn eu dwylo, nad oedd neb arall yn yr ystafell yn awyddus i glosio at y dynion.

'A! Y grŵp meithrin. *Nursery school*, rwy'n gweld. Ardderchog. Ie wrth gwrs, roedd y pwynt wnaethoch chi am y blynyddoedd cynnar mor bwysig. Y dyfodol. Plant? Dau, fel mae'n digwydd. Ie, efo Jessica, fy mhartner, 'nôl adre – yn Llunden, ie . . .'

Trap? Ynte ymholiad clên? Bydd yn ofalus, 'raur, ti'm wedi cyrraedd eto . . . Ac y mae'n debyg y bydd Jess yn disgwyl neges gen i toc, yn disgwyl yn ffyddiog am y neges fy mod i wedi llwyddo ar y cam cyntaf yma. Cywirodd ei hun – nid disgwyl fyddai Jessica, ond gwybod. Byseddodd ei ffôn yn ei boced, dal i edrych o'i gwmpas, sylwi fod Seth, y cadeirydd, yn camu at y llwyfan. Ac yn ei basio yntau ar ei ffordd yno.

'Go dda, 'machgen i.' Distaw.

'Rydech chi'n garedig iawn.'

'Dweud y gwir. Fel y bydd yn rhaid i tithe.' Distaw o hyd, ond clywodd Daniel bob gair. Ni chiliodd y wên o'i wyneb, daliodd ati i sganio'r ystafell. Roedd Seth wedi oedi ennyd wrth ei ochr. Yr ennyd leiaf.

'Wrth gwrs.'

'Iawn; cyhoeddi'r canlyniad felly.' Ac aeth yn ei flaen at y llwyfan.

* * *

Safai'r grŵp bychan o ddynion wrth gar Ken yn y maes parcio, a dim ond ambell flaen sigarét yn gloywi tywyllwch y cymylau glaw oedd yn agosáu o gyfeiriad y bryniau. Cynigiai un o'r dynion air neu ddau, a chydymdeimlad yn amlwg yn eu hosgo, ond heb y geiriau, neu heb yr hyder, i fynegi hynny.

'Y busnes pres ene oedd i gyfri, decini. Hwnnw'n bownd o daflu cysgod . . .' a thawodd y siaradwr cyn gynted ag yr oedd y geiriau o'i enau. Sylweddoli, efallai, y gallai cysgod fwrw ei ddüwch dros fwy nag un. Camodd cyd-gynghorydd i'r bwlch annifyr.

'Cofio'i dad wnaethon nhw, 'sti. Pleidlais iddo fo oedd hi, Ken.'

'Fase gen i ddim dadl efo Trefor Cunnah, AM. Ond tydyn nhw ddim wedi dechre ethol y meirwon eto, ddim i mi wybod.'

'Wel, sbio ar rai . . .'

'Ddedest ti rwbeth?'

'Dim, dim o gwbl.'

'Wyddost ti byth, ella daw ene rwbeth gwell i'w

ffordd o cyn i'r lecsiwn gychwyn – rwbeth i'w ddenu o oddi yma.'

'A 'nôl i Lunden, gobeithio.'

Llamodd dau ohonynt o'r neilltu wrth i gar coch sgrialu heibio ac allan o'r maes parcio.

'Biti na fetse fo ddiflannu mor fuan â'r eneth ene.'

'Welwn ni mo honno eto, diolch byth. Ac mi fydd yr un peth yn wir am y sbrigyn ene hefyd.'

Ond sbrigyn sydd â'i wreiddie yn yr ardal yma. Caeodd dwylo Ken yn ddyrnau yn ei boced gan rwystredigaeth wrth ddwyn i gof y fantais ddeuol oedd gan y gŵr iau: wedi'i eni a'i fagu nid yn unig yn yr ardal, ond yn solet yn ogystal yn ei thraddodiad Llafur. Ond wedi bod ymaith yn ddigon hir hefyd i beidio â chael ei faeddu â dim o'r mwd daflwyd ato ef dros y misoedd diwethaf – at y grŵp Llafur yn gyffredinol, cywirodd ei hun, heb ei gynnwys ef yn bersonol. Ar waethaf ei siom, byddai'n rhaid iddo ymroi i weithio'n galed. Dros y parti, argyhoeddodd ei hun – hynny, a dim arall. Ond petai hynny yn digwydd golygu ar yr un pryd fod mab Trefor Cunnah yn gorfod diflannu'n ôl i Lundain yn ddisymwth, gorau oll.

'Diflannu wneith o, gei di weld, Ken.'

Trodd y cynghorydd ei ben mewn dychryn, nes iddo sylweddoli mai un o gôr adrodd ei gefnogwyr oedd wedi lleisio ei feddyliau ef ei hun. Prysurodd i nodio a chytuno, ond taflai ambell gip er hynny yn ôl at y neuadd, fel petai am syllu trwy'r brics at y gŵr ifanc golygus oedd mor amlwg yn parhau yn ganolbwynt sylw'r gynulleidfa.

'Diflannu i Gaerdydd?' sgyrnygodd Ken.

'Dim sicrwydd o hynny.'

'O, fase'n well get ti weld y *media tart* arall ene yn cynrychioli Powys Fadog felly?'

'Cofiwch nad y Toris fydd yr unig fygythiad.'

'Ti rioed yn sidro bod gan y nashis obeth?' Brysiodd un neu ddau i dwt-twtio'n reddfol, ond seiniodd un arall o'r cynghorwyr, llai profiadol, nodyn o amheuaeth.

'Wel, cofia llynedd.'

'Ac efo newid ffinie'r etholaeth . . .' mentrodd un arall.

Sythodd Ken ac edrych unwaith eto ar ei gymrodyr cyn mynd at ddrws ei gar, bustachu gyda'r allwedd cyn cofio pwyso'r teclyn.

'Nid ffinie ydi'r unig bethe all newid.'

GWYNNE

Tachwedd 2015

Syrthiodd y pecyn post yn glewt ar y mat. Gwnaeth Siân osgo tuag at y drws, ond yr oedd Gwynne eisoes wedi codi gydag ochenaid fechan o'i gadair.

'Mi a' i – disgwyl yr erthygl ene gen Huw, a hwyrach – o hwn ydi o, debyg? Na . . . mae hwnnw yn edrych fel . . .'

Cymerodd Siân ddwy o'r amlenni, taro cipolwg brysiog ar y lleill a throsglwyddo gweddill y pecyn i'w gŵr. Cyllell i agor y ddau: anelodd un at y bocs ailgylchu a chadw'r llall. Yn y cyfamser, troes Gwynne tuag at y parlwr, gan adael i ambell daflen hofran yn rhydd o'r pentwr post wrth iddo fynd. Wrth iddo suddo eilwaith i'w gadair, llithrodd amlen arall i lawr rhwng y fraich a'r glustog. Setlodd Gwynne i ddidol y swp papurau ar ei lin. Dechreuodd ddarllen y ffeil a gymerasai o un amlen; hanner ffordd i lawr y ddalen, ymbalfalodd am ei feiro. Disgynnodd mwy o bapur ar lawr. Gwnaeth nodiadau, edrych i fyny am ennyd a gweld Siân yn sefyll yno.

'Papure i'r Dilysydd Allanol.'

'Ac yr wyt ti'n mynd i'w llenwi nhw?'

'Wel, ym, dyddiad cau yn agos, ac mi ddywedon nhw yn y Coleg . . .'

'Ie, fel mae'r Dilysydd Allanol yn dod bob ddiwedd tymor ers deng mlynedd, yr un amser. Dio ddim felt'se fo'n disgyn fel huddyg i botes. Fase ddim yn well i ti feddwl am y miloedd dilyswyr allanol eraill y bydd yn rhaid i ti wynebu mis Mai, dwed?'

'Miloedd, Siân?'

'Pleidleiswyr, Gwynne bach. 'Te wyt ti wedi ail-feddwl?'

Gobaith ynteu beth oedd yn ei llais os nad ei llygaid?

'Fawr o obaith i mi gael gwneud hynny hyd yn oed tasen i eisie. A tydw i ddim am ailfeddwl, mi wyddost hynny. Ti'n fy nabod i.'

'Ydw'. Roedd llais Siân yn ddistawach.

'Dyna ni felly. *On with the motley* unwaith eto – jest yr un tro yma.'

'Ac mi glywais i hynny o'r blaen hefyd.'

Yr unig sŵn oedd siffrwd papurau Gwynne wrth iddo'u didol a gwneud ambell i nodyn. Ac ochenaid wedyn.

'Pwy ŵyr, y tro yma . . .'

'Gwynne, plis, dwyt ti ddim yn mynd i ddeud mai dyma pryd y gwnawn ni dorri trwodd? Ddim ar ôl mis Mai? Yr unig dorri trwodd rŵan fydd reit drwy'r llawr, i'r seler ac i ddifancoll.'

'Mae pobol wedi deud hynny o'r blaen, ac yr yden ni wedi codi. Mae gobeth o hyd.'

'Peth digon anodd byw arno fo ydi gobaith. Am faint mwy wnaiff o'n cynnal ni?'

Yr oedd llygaid Siân yn bell, er ei bod hithau hefyd yn cofio sut beth oedd gobaith. Sut beth oedd cyffro, hyd yn oed. Gwyddai fod meddyliau Gwynne yn rhedeg ar reiliau cyfarwydd buddugoliaethau prin y gorffennol: yr is-etholiadau syfrdanol, annisgwyl a'r gobeithion gwallgo ond byrhoedlog yn eu sgil; addewidion am newid tirwedd gwleidyddol; gobeithion am gynghreirio yn cael eu gwireddu, a hyd yn oed gobeithion am lywodraethu. Ond y cyfan yn mynd, diflannu fel y gwnâi hyd yn oed gobeithion mwy cyfrin, personol. Ac yn amlwg, roedd Gwynne yn ymbaratoi am y frwydr.

'Yr hyn oedden i'n mynd i ddeud oedd mai hwyrach, y tro yma, y ca'i ddeud be sy ar fy meddwl.'

'Wela i ddim pam lai, gan na fydd neb yn gwrando.'

Doedd Siân ddim yn siŵr ei hun ai meddwl ynteu dweud y geiriau'n uchel wnaeth hi. Pa wahaniaeth, beth bynnag, a Gwynne yn bwrw yn ei flaen fel arfer gan ddilyn ei linyn ei hun.

'Dweud be fu ar feddylie cymaint ohonon ni fel Rhyddfrydwyr dros y blynyddoedd diwetha yma – ar ein meddylie ni i gyd yn yr ardal yma ac yng Nghymru ers y chwalfa. Petai ond i ddangos bod yna rai ohonan ni ar ôl o hyd. Felly camu i'r bwlch amdani. O leia fedri di ddim dweud nad ydw i wedi arfer efo'r drefn.'

Tawelodd Siân. Erbyn hyn yr oedd Gwynne wedi codi, ac ambell i ddalen strae yn disgyn o'i hafflau wrth iddo gerdded at y bwrdd i roi trefn ar y papurau.

'Rhaid i mi gadw hwn yn saff – dyddiade cau ac ati – hwn ar gyfer yr enwebiade; ddylwn i wneud yn siŵr bod Tecwyn yn cael un, mi wna i gopi. Mi wnaiff o y gwaith eto, dwi'n siŵr; mae o mor gyfarwydd â'r drefn ag yr ydw inne, ac y mae o'n ddigon ffyddlon.'

Yn y tawelwch a ddilynodd y frawddeg, doedd dim i'w glywed ond siffrwd y papurau, y didol yn mynd fymryn yn fwy pwrpasol. Daeth rhyw fath o drefn i bentyrrau Gwynne, a chipiodd un sypyn oddi ar y bwrdd.

'Wrth gwrs, mae yna rai pobl o hyd y medrwn ni ddibynnu arnyn nhw – sbia fan hyn, y gwaith papur gan y cymdeithasau a'r cyrff ddaru ateb wedi'r drop taflenni diwetha.'

'Cymdeithas Cŵn Tywys, a rhyw grŵp cynnal i ddioddefwyr clefyd sydd mor brin fel eu bod nhw hyd yn oed yn cael getawê efo peidio tagio "Cymru" ar ddiwedd eu teitl? Prin yn ddeunydd llwyddiant etholiadol ysgubol, ddeudwn i.' Roedd llais Siân yn siarp unwaith eto.

'Ond mae 'na ddeunydd yn cael ei yrru ata i am eu bod nhw'n fy nabod i. Am fy mod i'n lleol, yn wyneb cyfarwydd. Dibynadwy.'

'Gwynne, mae o'n cael ei yrru at bawb adeg etholiad. A faint mwy o ddeunydd wyt ti'n sidro mae Ms Fletcher wedi'i gael? Wela i bob mudiad a chymdeithas o bwys yn heidio ati hi efo'u deunydd.' Ac yn ei yrru o yn y dull iawn, hefyd. Papur, Gwynne? Pamffledi? O plis!

Meddwl, nid dweud wnaeth hi. Ystum ei hysgwyddau'n dweud popeth. Am a wyddai, gallai Gwynne ddarllen hynny cystal ag unrhyw eiriau. Darllen meddyliau ei gilydd, fel unrhyw hen bâr priod cyfarwydd. Mygodd ebychiad, a mynd ati i godi un o'r amryfal bapurau oedd wedi disgyn; mwmialodd yntau ei ddiolch, heb edrych arni, wrth iddo ysgrifennu nodyn ar sgrapyn o bapur: 'Ateb – llythyr pers.?' a'i lynu wrth y llythyr. Yna trodd i edrych arni.

'Oes unrhyw un yn yr etholaeth wedi *gweld* Ruth Fletcher eto, dwed i mi? Os ydi hi am fwrw gwreiddie, mae'n hen bryd iddi gychwyn.'

'Mae hi wedi gwreiddio'n gadarn ddigon yn rhithfyd yr etholaeth,' meddai Siân. *Ac os nad oeddet ti wedi sylwi, mae pawb arall yn yr etholaeth wedi gwneud hefyd, heb iddi fod erioed ar gyfyl y lle.*

'Gwreiddie!' Cwympodd mwy o bapurau ar lawr gydag ebychiad diamynedd Gwynne, a sylwodd Siân trwy gil ei llygad ar y sgrapyn papur melyn yn hedfan yn rhydd ac yn glanio ar y mat. 'Gwreiddie dwfn, go-iawn dwi'n feddwl. Mae pobol yr ardal yma'n fy nabod i – on'd oes cenedlaethe ohonyn nhw wedi bod drwy'r Coleg acw?'

'Mae yne bobl yn yr ardal fydd yn nabod Daniel Cunnah hefyd.'

'Dim ond os oedden nhw yn yr ysgol gynradd efo fo. A faint o bleidleisie gaiff hynny iddo fo ymysg ei gyfoedion sy'n stwffio silffoedd Tesco tra buodd o'n gneud enw iddo fo'i hun tua Llunden?'

'Fydd yna bleidlais teyrngarwch i'w dad, debyg?'

'Siŵr iawn. Pam wyt ti'n meddwl bod y llywodraeth yma wedi para cyhyd? Nid am fod pobol yn pleidleisio efo'u hymennydd, yn ddigon siŵr. Ond marw mae'r bleidlais honno hefyd.'

'O achosion naturiol, yn lle cael ei llofruddio, fel ein pleidlais ni.'

'Hunanladdiad, 'sbosib?'

'A tithe'n cynnig dy hun yn aberth, er hynny?'

'Fel y deudes i – i ddangos bod yne rai ohonon ni ar ôl o hyd. Yn glynu at yr hen werthoedd a'r egwyddorion.'

Ai dychmygu rhywbeth yn ei lais yr oedd hi wrth iddo ddweud hynny? Allai hi ddim atal ei meddwl rhag mynd yn ôl dros y blynyddoedd pan amheuai glywed y dôn honno yn ei lais . . . Ond pan edrychodd Siân arno, dal i roi ei bapurau mewn rhyw fath o drefn yr oedd. Holodd hithau'n betrus.

'Mewn etholaeth newydd?'

'Siân fach, nid yn unig ein plaid ni sydd wedi gweld newid enwe dros y blynyddoedd. Rydw i wedi gweld cyment o newid enwe a ffinie yn yr hen le yma nes y metsen i fod yn gymwys i ddysgu daearyddiaeth.'

'Yn lle Astudiaethau Cyffredinol – neu Astudiaethau Rhyddfrydig – ynteu Dinasyddiaeth neu beth bynnag ydi'r enw mis yma? Sy'n cael ei Ddilysu'n Allanol, rhag ofn dy fod ti wedi anghofio – ac on'd fan hyn y cychwynnodd y sgwrs yma?'

RUTH

Rhagfyr 2015

'Adroddiad Gwion Rhun. Ond nid Llywodraeth Cymru'n unig sydd yn wynebu trafferthion, fel y clywsom yn gynharach gan Mari o Frwsel. Helyntion Ardal yr Ewro hawliodd y penawdau dros y dyddiau diwethaf, a heddiw mae penaethiaid y prif gwmnïau wedi cymhlethu'r darlun, gan leisio eu gwrthwynebiad ffyrnig i unrhyw newid ym mholisïau llymder arweinwyr yr Ardal. Yn ymuno â ni o Lundain mae'r ddadansoddwraig ariannol a'r sylwebydd Ruth Fletcher. Noswaith dda, Ruth – nawr, fe glywsoch chi un o lefarwyr Llywodraeth Cymru yn condemnio'r agwedd hon fel "negyddiaeth draddodiadol" Dinas Llundain: ai fel yna ydech chi'n ei gweld hi?'

Llenwodd wyneb crwn a gwallt cwta, gloywddu'r ferch ifanc y sgrin, a daeth ei hateb yn ddibetrus.

'Ddim o gwbl, – er na fuasen i, yn wahanol i lefarydd y llywodraeth, yn honni arbenigo mewn negyddiaeth. Bod yn realistig mae byd busnes, trwy fod eisie canolbwyntio'n gyntaf ar yr hyn sydd ore i Brydain, a chryfhau'r sector breifat yn y wlad hon.'

'Ond fedr Prydain mo'i hynysu ei hun oddi wrth yr hyn sy'n digwydd yng ngweddill Ewrop, does bosib?'

'Does neb yn sôn am ynysu. Cydweithio gydag Ewrop, ie – fel mae'r busnesau mwyaf llwyddiannus ym Mhrydain am wneud. Ac maen nhw yn llwyddiannus oherwydd eu bod nhw yn cydweithio a ddim yn ynysu eu hunen fel mae'r Alban am wneud, a rhai carfane yng Nghymru am wneud, ond gyda llai o lwyddiant, hyd yn oed na'r Alban.'

Deuai'r bwledi o atebion mor chwim a hyderus nes ymddangosai'r holwr fel petai'n cilio rhag cael ei daro. Pwysodd ymlaen i geisio adennill tir.

'A bod yn deg, cyfeirio roeddwn i at yr atebion mae Llywodraeth yr Alban a charfan yr SNP yn San Steffan wedi'u cynnig i'r argyfwng – ac ymateb Llywodraeth Cymru i sylwadau un garfan fusnes.'

Doedd dim llacio ar y wên broffesiynol, a dim cynnwrf i'w weld yn yr ysgwyddau dan y siaced liwgar ar y sgrin wrth iddi ateb.

'Carfan ddylanwadol, rwy'n credu y cytunech chi? Ac fel sy wedi ei brofi dros y cwpwl o flynydde diwetha, carfan sy'n creu cyfoeth a swyddi.'

'Sef union nod Llywodraeth Cymru, yn ôl eu rhaglen lywodraethu; pam felly yn eich tyb chi nad ydyn nhw ac arweinwyr y byd busnes yn siarad ag un llais?'

'Wel, fel y dywedes i, alla i ddim siarad ar ran Llywodraeth Cymru – eto – ond efalle bod arweinwyr busnes â gwell record o greu swyddi? Ac fel un sydd yn rhedeg busnes ei hun, rwy'n gwybod taw dyna beth mae pobl moyn. Gwaith sy'n dod ag arian iddyn nhw, nid rhyw strategaethe gwrthdlodi. Man'ny mae'r gwahanieth rhwng safbwynt y Ddinas a datganiade'r gwleidyddion ym Mae Caerdydd.'

'Pa ochr, felly, welwch chi fydd yn newid safbwynt? Y llywodraeth yn closio'n nes at fyd busnes? Dyw datganiadau diweddaraf Gweinidog yr Economi ddim yn awgrymu bod hynny'n debyg o ddigwydd yn fuan.' Teimlai'r holwr ei fod ar dir cadarnach yma. Ond daeth yr ateb yn ôl yn llyfn a digynnwrf.

'Rych chi'n iawn. Ond wedyn, dyw Gweinidogion –

nac arweinyddion – ddim yn para yn eu swyddi am byth, fel y gŵyr y Gweinidog yn rhy dda, ac fel mae Prif Weinidog Cymru ei hun yn gwybod.' Oedodd ennyd, gan lawn sylweddoli ergyd ei geiriau, cyn bwrw yn ei blaen. 'Ac y mae llywodraethe yn rhoi cynnig ar bethe newydd, wedi'r cyfan, maen nhw wedi trial popeth arall, ac wedi methu. Y trueni yw iddi gymryd cyment o amser i'r Cynulliad ddod i'r pwynt yma, a sylweddoli bod angen newid cyfeiriad radical os yw Cymru am ddala lan â gweddill y Deyrnas Unedig.'

'I fod yn deg, mae'r argoelion diweddaraf yn awgrymu bod Cymru, a'r Alban yn enwedig, ar y blaen mewn llawer maes.' Caniataodd yr holwr y fuddug-oliaeth fechan hon iddo'i hun, ond dal ati yn gyflym cyn rhoi cyfle i'r ferch o'r stiwdio yn Llundain ymateb. 'Dyna i chi lwyddiant Llywodraeth yr Alban yn ddiweddar yn denu swyddi – eu denu nhw o Lundain, yn wir – ac yma yng Nghymru, fe fyddwch yn ymwybodol fod Dinas Llundain ei hun wedi canmol Cyswllt Cyflym, y fenter fu'n batrwm i lawer gwlad fach, wledig, sydd eisiau creu cysylltiadau cyfathrebu o'r radd flaenaf.'

'Wrth gwrs. A dyna'r union bwynt oedd yn bwysig i'r Ddinas. Menter a gyllidwyd yn breifat i raddau hel-aeth, a dim sôn am grantiau Ewropeaidd i'w chefnogi.'

'Ond rhaid i chi gyfaddef bod cyfraniad Llywodraeth Cymru wedi bod yn allweddol hefyd.'

'Do, yn yr ystyr eu bod nhw wedi hwyluso gyda chaniatâd cynllunio, creu cynllunie hyfforddi yn y colege ac yn y blaen: yr hyn ddyle cyrff llywodraethol wneud. Partnerieth yw'r *buzz*, gair allweddol ontefe? Dyna lle mae'r gwrthdaro yn codi, yn fy marn i, gydag amharodrwydd gwleidyddion i ollwng gafael ar ideoleg, a *gweithio* mewn partnerieth, yn hytrach na'i ddefnyddio fel gair hwylus mewn tomen o ddogfenne sy'n casglu llwch. Ond pwy ŵyr na fydd pethe'n newid yn y flwyddyn nesa 'ma?'

'Proffwydo ydych chi, Ruth?'

Roedd mwy na thinc o amheuaeth yn llais yr holwr erbyn hyn, ond yr oedd Ruth Fletcher yn barod amdano.

'Nid dyna fy lle i – yn y maes gwleidyddol, o leia. Ond yn fy ngwaith, rwy *yn* gweld tueddiade yn y maes ariannol sy'n pwyntio'n gryf iawn at lwybre y bydd yn rhaid i lywodraethe eu cymryd yn y dyfodol agos.'

'Ac ar y nodyn gogleisiol yna, mae'n rhaid i ni roi taw arni. Ruth Fletcher o Ddinas Llundain, nos da.'

Hwyliodd y cyflwynydd yn llyfn ymlaen at y stori nesaf, gan guddio'i ryddhad yn hollol broffesiynol. Yn ddiffwdan ac yr un mor broffesiynol, gwrandawodd y ferch ar y llais yn ei chlust.

'Oedd hynna'n grêt, Ruth, jyst beth oen ni moyn. Sori nad oedd 'da ni fwy o amser – chi'n gwybod fel mae 'ddi.'

'Dim problem. Siŵr y daw rhyw gyfle eto i fynegi barn.'

'Chi'n iawn. Nawr, jest i tsieco – yr un cyfeiriad, ife?'

'Ar hyn o bryd, yn Llunden, ie. Ond fel rwy'n gorfod teithio i bobman gyda'r gwaith 'ma, chi'n gwybod. Chi'n reit saff o 'nghael i yn y ddinas. Nos da.'

Pennod 2

LOWRI, DANIEL, RUTH, GWYNNE
Diwrnod derbyn enwebiadau, 2016

Parciodd Alun yn ofalus rhwng y llinellau gosodedig y tu allan i Neuadd y Sir, a chraffu trwy ffenestr flaen y car at wal wydr yr adeilad. Gwelai amlinelliad y bryniau yn adlewyrchu'n ôl ato o'r gwydr, ond fflachiadau cyson ceir y dref yn mynd yn ôl ac ymlaen yn stribedi diddiwedd a dynnai fwy o'i sylw. Trodd ei sylw at y bobl o flaen yr adeilad, ac at Lowri.

'Rhai o'r wasg yma'n barod, dwi'n meddwl. Heb sôn am giang Llafur – synnu bod ganddyn nhw'r wynab.'

'Nac wyt, Alun: rwyt ti'n eu nabod nhw cystal â fi. A symud o'r ffordd i mi gael gweld, da ti.'

'O sori, wrth gwrs, mi fyddi isio golwg ar y gelyn, 'nbyddi?'

'Alun, dwi isio golwg ar y blydi drych. Tasat ti ddim wedi galw mor gynnar, mi faswn wedi cael cyfla i wneud fy ngwallt yn iawn; sbia golwg sy arno fo rŵan.'

Ochneidiodd Lowri'n anfodlon, chwistrellu'i gwallt yn ffyrnig nes peri i Alun dagu, a dilynodd ef allan o'r car. Ddylwn i ddim bod mor annifyr efo fo, wir, mae gwreiddyn y matar gynno fo, fynta wedi bod mor ffyddlon dros yr holl flynyddoedd, byth ers pan o'n i'n stiwdant bach brwd yn y gangen, a fynta'n ymgeisydd ifanc newydd. Nid pawb fasa wedi camu mor barod i swydd asiant, yn enwedig mewn rhyw etholaeth fel hon, mor agos at y ffin ac mor llawn o Saeson. Diolch amdano fo ddylwn i wneud: well gin i ei OCD fo, sydd o leia'n drefnus; y dewis arall fasa cael fy landio efo un o'r criw lleol, a dan ni i gyd yn gwybod be fasa canlyniad hynny. Dowch i'r bora coffi/gymanfa ganu, cael cyfla i gwarfod Lowri Meirion a chyfrannu at y gronfa a sefydlwyd yn un swydd i dalu am yr ernes a gollwyd. Sythodd Lowri, llyfnhau sgert ei siwt, codi ei phen a chamu ymlaen yn hyderus.

'Aw!'

'Lowri, ti'n iawn?'

'Ydw, dos yn dy flaen wir, cyn i rywun o'r wasg weld. Am le gwirion i roi bolard . . .'

Rhwbiodd ei choes, rhegi dan ei gwynt wrth sylwi ar y twll yn ei theits, a dilyn Alun i mewn i'r adeilad. Safai twr o ddynion gerllaw'r drws at un o'r ystafelloedd pwyllgor, a throdd Alun at Lowri.

'Trystia Ken i fod â'i fys yn y brywes. Er, synnu ei weld o hefyd; y si ydi ei fod o wedi pwdu'n arw ar ôl colli'r enwebiad i Daniel Cunnah.'

'Wel, o leia mae'r criw Llafur yma. Dim golwg o 'run o'r lleill eto. Reit.' A throdd Lowri i'r chwith, nes peri i Alun ebychu'n nerfus.

'Tŷ bach, Alun.'

'O . . . ym . . . reit − 'sdim isio i ti fod yn nerfus, 'sti . . .'

'Na, ond does dim rhaid i mi roi 'mhapurau i mewn

na wynebu'r wasg efo twll yn fy nheits chwaith, nac oes? 'Ta fasa'n well gin ti i mi 'u newid nhw yn fama yng ngŵydd pawb?'

A throdd Lowri ar ei sawdl. Teits oedd y lleia o'i thrafferthion, meddyliodd wedi iddi dynnu pâr newydd o'i bag a gwneud iawn am ddifrod y bolard. Tasa cael trefn ar ei gwallt yr un mor hawdd. Gwgodd arni'i hun yn y drych. Doedd y tri munud o wynt creulon y gwanwyn rhwng y car a'r neuadd wedi gwneud dim lles i'r trefniant artistig flêr y treuliasai hanner awr yn ymgodymu ag ef yn y fflat. Rŵan roedd o'n edrych yn ddim ond blêr. Ochneidiodd, sgrwnshian y cyfan i mewn i glip gobeithiol ar gefn ei phen, ac anelu am y drws.

I gychwyn, welai hi ddim golwg o Alun; deuai'r symud a'r cyffro oll o gyfeiriad drws un o'r ystafelloedd pwyllgor. Roedd Seth yno yn cyfarch dynion yn gyfforddus gyfarwydd, yn symud fel un oedd wedi hen arfer â'r lle. Fel yr oedd o, wrth gwrs, meddyliodd Lowri. Hen Lafur, asiant, cyn-löwr, yn nabod hen drigolion y lle, ond hefyd yn gallu siarad yr un iaith â'r rhan fwyaf o bleidleiswyr anghyfiaith y gornel fach gymysglyd hon o Gymru. Cystal ei hatgoffa ei hun nad oedd gan ei phlaid hi fonopoli ar bobl oedd wedi bod yn hoelion wyth yr achos ers cantoedd ond yr oedd Seth yn un oedd wedi glynu at ei egwyddorion, hyd yn oed yn ôl ei elynion gwleidyddol, os oedd coel ar yr hyn a glywsai. Dyna lle'r oedd yn ddiffwdan yn awr, yn cydio'n glên ym mraich un o'r twr cynghorwyr ac yn ei dywys tuag at y gŵr a safai fymryn ar wahân i'r grŵp. Daeth Alun i'r fei, a brasgamu tuag ati.

'Barod? Mae'r papura . . .'

Cyn i Alun allu gorffen, daeth y gŵr arall ymlaen atynt.

'Ms Meirion, *we meet at last*. Daniel Cunnah, sut ydech chi?'

'Lowri, plis.' Roedd Lowri eisoes wedi troi oddi wrth Alun ac at ei gwrthwynebydd. Gwyddai'n iawn faint o gynhesrwydd i'w roi yn ei llais, i geisio taflu'r clôn Llafur perffaith hwn oddi ar ei echel. Ysgydwodd ei law, gan fesur pob modfedd ohono. *Licio'r siwt: amlwg ei fod o wedi mynd trwy'r gwersi steil-heb-fod-yn-rhy-stiff. A'r wên, hefyd – nefoedd, a minnau'n meddwl eu bod nhw wedi cau'r ffatri ymgeiswyr Llafur Newydd ers tro byd, ond mi fedra hwn yn hawdd ailagor y drysa – ac efo'r llygaid yna . . .* Gallai hyd yn oed ymlacio a mentro siarad yn ddiniwed-glên.

'Mae'n edrych fel tae ni ydi'r cynta. Ydyn nhw am i ni fynd i mewn efo'n gilydd efo'r papura, sgwn i?'

'Un i fod ar y blaen, mae'n siŵr.'

Edrychodd y ddau ar ei gilydd, a gwenodd Daniel. Edrychai Alun o'i gwmpas yn ansicr, a daeth y twr o ddynion wrth y drws yn nes. Yna'n sydyn, trodd llygaid pobl tua'r fynedfa. Breciodd y BMW glas yn llyfn, ac yr oedd pawb yn llonydd am ennyd.

'O, dene hi, felly.'

Clywodd Alun sylw tawel Seth wrth ei ochr. Pâr o DMs coch welwyd gyntaf. Teithiodd llygaid Daniel i fyny'r coesau siapus, at y corff bychan, llawn, oedd fel petai wedi ei dywallt i'r siwt drawiadol. Safodd y ffigwr yn stond, edrych dros ei hysgwydd at ddyn a dynes oedd newydd ddod allan o gar arall gerllaw, ac amneidio arnynt. Cerddodd yn syth ymlaen at y drws; edrychodd y pâr ar ei gilydd, yna ei dilyn.

'Mae hi'n bod go-iawn, felly,' sibrydodd Alun yng nghlust Lowri wrth i'r drysau awtomatig lithro'n agored.

'I bob golwg. Ddim cweit yn ffitio'r patrwm traddodiadol; gadael hynny i'r cyrnol a'r blw-rins sydd efo hi,' atebodd Lowri gan ddal i syllu ar y siwt, yr esgidiau, y gwallt sgleiniog, du. Cyffyrddodd y clip yn ei gwallt, gan ofni bod cudyn yn ymryddhau.

'Patrwm dipyn deliach na rheiny.'

'Alun!'

'Sori.'

Roedd y pâr hŷn wedi dal i fyny â Ruth wrth y fynedfa. Troes atynt, estyn ei llaw am becyn o bapurau a ddaliai'r dyn. Aros. Astudio, yna codi'i golygon ato yn siarp. Ato ef yr anelwyd y sibrydiad, ond roedd yn glywadwy gan bawb gerllaw.

'It's *Welsh* Conservative: how many times . . . ? Change it. *Now.*'

Edrychodd y gŵr yn ffwndrus arni, ond yr oedd y papurau eisoes wedi'u gwthio'n ôl i'w law. Trawodd yr esgidiau coch ar hyd y cyntedd, ac yna roedd Ruth wedi'i gosod ei hun rhwng y grŵp Llafur wrth ddrws yr ystafell bwyllgor ar y naill law, a Lowri ac Alun ar y llall. Roedd ei gwên mor sgleiniog â'i hesgidiau. Seth oedd y cyntaf i symud; gwneud ati i gydio ym mraich Daniel.

'Waeth i ni fynd i mewn rŵan hyn, 'sti – mi fydd Matthews yn oréit i dderbyn y papure fesul un.'

'Bydd, m'wn,' sgyrnygodd Alun dan ei wynt wrth Lowri, 'Ysgrifennydd y Sir yn ei boced o, fel hanner swyddogion y lle 'ma.'

Torrodd y ffotograffydd ar eu traws.

'Bosib cael llun cyn i chi fynd i mewn? Pawb at ei gilydd, rŵan – pob un yma?'

Symudodd Ruth a Daniel yn nes at ei gilydd, ac yr oedd Alun wrthi'n gwneud osgo tuag at Lowri, i'w chael yn nes at y lleill, pan ymddangosodd dau ffigwr arall wrth y fynedfa. Clywodd Lowri'r ffotograffydd yn tuchan yn flin.

'Pawb yma *rŵan*, felly. Pa lein-yp o ymgeiswyr fase'n gyflawn heb Gwynne Roberts, wedi'r cwbwl?'

Ac ar y gair, ymlwybrodd y dyn barfog tuag atynt, gwenu ar y wasg. Nodiodd ambell un o weithwyr y Cyngor arno wrth fynd heibio. Roedd y ffotograffydd yn gwibio'n ôl ac ymlaen fel ci defaid aflwyddiannus.

'Fase'n bosib cael chi i gyd fan hyn am funud – tasech chi jest yn leinio i fyny . . . Miss Fletcher, *could you just move over here?*'

'Glywes i chi tro cynta. Fan hyn, ife?'

Roedd hi'n sganio'r gynulleidfa; symudodd fymryn yn nes at y lleill. Safai Alun wrth ochr Lowri o hyd. Ddywedodd Ruth ddim, ond syllu. Pesychodd Alun, darganfod yn sydyn fod angen iddo roi sylw i'w bapurau.

Cawsai'r ffotograffydd hwy o'r diwedd i sefyll yn rhes. Safai Ruth a Daniel nesaf at ei gilydd. Llygaid Daniel yn gwibio ambell waith at Seth, a Ruth yn gyfforddus ei hosgo, yn dilyn cyfarwyddiadau'r tynnwr lluniau. Aethai Lowri i sefyll wrth ei hochr; roedd hithau'n edrych yn syth yn ei blaen, gan wneud ei gorau i beidio ffidlan â'i gwallt. Trodd wrth glywed sŵn beiro yn disgyn o boced Gwynne yr ochr arall iddi; gwnaeth y ddau osgo ar yr un pryd i'w godi, a gwenodd y gŵr barfog arni, estyn ei law.

'Gwynne Roberts, y Rhydd – Democrat Rhydd-frydol. A chi ydi Lowri Meirion, dwi'n cymryd?'

'Tasech chi i gyd yn medru sbio ffor hyn am funud – jest un bach arall?'

Gyda'r lluniau wedi eu tynnu, roedd y dyn fu gyda Ruth yn hofran o gwmpas y ffotograffydd, yn ceisio tynnu ei sylw. Daeth llais Ruth yn glir.

'Ddim yn meddwl y byse llunie ohonon ni gyda'r *agents* yn ychwanegu llawer, na fyse? *Better leave it, I think, Gregory.*' Ac mewn islais, 'Yn sicr ddim nes i ti ddysgu ymddangos yn gyhoeddus heb gawod o *dandruff* ar dy sgwydde . . .'

Tynnodd ei dau gydymaith gyda'i llygaid at ddrws yr ystafell bwyllgor, a diflannu'n chwim.

'Yr ymgeisydd Torïaidd, pe na baen ni'n gwybod hynny cynt,' meddai Seth wrth yr awyr adawyd ar ei hôl.

'Doeddwn i ddim yn sylweddoli ei bod hi'n un mor fechan.' Syllai Gwynne i gyfeiriad y drws.

'Os nad yw hi'n fawr . . .' dechreuodd Alun, cyn i lygaid Lowri fflachio rhybudd. Trodd oddi wrthi, sylweddoli ei fod felly'n wynebu drws yr ystafell, a symudodd gam yn nes at Gwynne a Tecwyn i'w gyflwyno ei hun. Ymhen dim, daeth Seth ac un neu ddau o'i gyfeillion atynt, a chwlwm bychan yn ymffurfio wrth y drws. Ar y cyrion yr oedd Daniel o hyd, ond gwelodd Lowri ef yn edrych o'i gwmpas unwaith cyn ymuno â hwy. Ar hynny, agorodd y drws a sgubodd Ruth allan. Caeodd y wraig hŷn a'i dilynai y drws yn ofalus, ond yr oedd Llafur eisoes yn symud i'r cyfeiriad hwnnw. Roedd Ruth fel arfer yn annerch pawb a neb.

'Bobo un neu i gyd 'da'ch gilydd – dim ots medde fe. Iawn?'

Twr blêr a symudodd tua'r ystafell, ond hidlwyd y gweddill yn raddol, gan adael yr ymgeiswyr a'u cynrychiolwyr drwodd i gyflwyno'u papurau. Roedd Ruth yno pan ddaethant allan, ond yr oedd ei dau gydymaith wedi diflannu.

'Am drio dod yn gyfarwydd â'r lle mae hi, tybed, sefyllian o gwmpas fel hyn?' gofynnodd Gwynne i Seth, o weld y Llafurwr yn gwgu i'w chyfeiriad.

'Fawr o olwg sefyllian arni, ddeudwn i,' atebodd yntau, a'r funud honno, anelodd Ruth yn unionsyth at wraig ddaethai allan o ystafell mewn rhan arall o'r adeilad. Adnabu Gwynne hi fel un o gynghorwyr prin y Ceidwadwyr yn y sir, a cheisiodd ei ddychmygu ei hun, yr un oed â Ruth, yn gwneud yr un peth, yn hwylio'n hyderus yn Rhyddfrydwr Ifanc at un o batriarchiaid ei blaid. Y tân, y brwdfrydedd . . . Oedd, roedd hynny'n amlwg yn wyneb ac yn osgo'r ferch; ei chorff yn pwysleisio ei phwyntiau wrth y wraig hŷn. Mwy o hynna, meddyliodd Gwynne – dim ond rhyw hanner dwsin fel hi, efo'i hoed a'i hegni, fase'n gwneud gwahaniaeth i'r blaid yma ym Mhowys Fadog. Sylwodd ar ddau oedd yn cerdded o'r un cyfeiriad; cododd un ohonynt law arno, mynd tuag ato. Teithiai meddyliau Gwynne ar drac deuol wrth iddo wenu a cherdded tuag at ei gyfaill.

'Rhen Goronwy, chwarae teg iddo, un arall o'r rhai dwi wedi dibynnu arnyn nhw dros y blynydde, ac mi fydd yn cerdded y strydoedd efo fi y tro yma eto. Ond mae o'n hŷn na fi. Syndod na thorrodd o'i galon ar ôl y chwalfa. Ond cario mlaen mae o. Llusgo mlaen. A gwenu'n ddewr wrth gario'r neges, am ein bod ni ill dau yn credu yn y neges honno.

Yr eneth Ruth ene – tân ac argyhoeddiad, ond wedi ei anelu i'r cyfeiriad anghywir, druan bach. Plant Thatcher? Plentyn Blair, ddylwn i ddweud – nid bod ene lot o wahaniaeth. Ond mae hi'n *credu*.

'Gwynne, ti'n iawn, was? Dal i gredu, 'de? Siân yma?' Roedd Goronwy wedi cerdded yn hamddenol i fyny at Gwynne, a'i gyfarch fel petaent newydd daro ar ei gilydd ar ddiwrnod braf.

'Newydd 'i gollwng hi yn y llyfrgell cyn dŵad yma. Cyflwyno papure enwebu heddiw, weldi, felly . . .'

'Raid i chi alw draw rywbryd, achan. Mi fase'n braf cael sgwrs dros bryd, rhoi'r byd yn ei le.'

'A, wel . . . wedyn, 'de, Gron? Prysurdeb . . .'

A'n byd ni, y byd rhyddfrydol, gwâr a sefydlwyd ac a gynhaliwyd gennon ni, ac sy'n prysur gael ei falu gan bobl fel hi. Edrychodd eto i gyfeiriad Ruth.

'Raid i ti beidio ag ysgwyddo'r baich i gyd dy hun, 'rhen Gwynne. Ac yn ôl be oedd Tecwyn yn ddeud, mae'r swyddfa yng Nghaerdydd wedi trefnu i griw ddŵad i fyny i helpu ryw ben – glywest ti rwbeth am hynny?'

'Do – ym . . . mi ddaeth y manylion bore 'ma.'

Ac mi ddaw criw bach dethol i fyny o'r brifddinas neu draw o'r brifysgol yn y man, dwi'n ame dim, i ddangos i ni yma ym mhen draw'r byd sut i gynnal ymgyrch ac ennill calonne a meddylie ar lawr gwlad. Fase'n rheitiach iddyn nhw fod wedi gwrando ar y wers honno rai blynyddoedd yn ôl, yn lle meddwi ar rym a deffro efo'r penmaen-mawr gwleidyddol gwaetha yn eu hanes. Yn ein hanes *ni*, ddylen i ddweud, cywirodd Gwynne ei hun yn anfoddog.

'Dene ni, 'te, 'rhen gyfaill, mi ddoi i gysylltiad felly, pan fydd angen gneud rhwbeth efo'r taflenni? A chofia di am ginio, hefyd, rŵan: mi fyddi'n siŵr o sôn wrth Siân?'

A gwelodd Goronwy yn rhodio'n hamddenol trwy ddrysau'r neuadd ac yn mynd tuag at faes parcio'r aelodau. Edrychodd yn ôl tuag at yr ymgeiswyr eraill a'u cynrychiolwyr; chwiliodd am Seth, a'i weld, wedi troi ei gefn ar fab Trefor Cunnah, ac yn siarad efo'r gŵr nerfus yr olwg ddaethai efo Lowri Meirion. Croesodd y cyntedd tuag atynt, dal llygad Seth.

'Gwynne. Am gael gair efo Tecwyn oeddet ti?'

Roedd Seth ar fin troi, ond ataliodd Gwynne ef.

'Yn y munud. Meddwl, wel, gan ein bod ni i gyd yma, fel petae, y basen i'n medru cael gair efo rhywun am fusnes Llyfrgell y Dre.'

'Doeddwn i ddim yn ymwybodol bod hynny'n debyg o fod yn bwnc llosg yn yr etholiad.'

A gwenodd Seth. Gwenu wnaeth Gwynne yntau, cerdded ychydig gamau hamddenol gyda Seth. Eisteddodd y ddau ar fainc gerllaw.

'Wyddost ti byth, ffordd mae pethe'n medru codi allan o ddim. Nid mod i'n meddwl y bydd o'n bwnc y bydd yn rhaid i dy fachgen di orfod gwneud ei waith cartref yn ei gylch, cofia. Na, mater i'r Cyngor fase hyn, a meddwl oeddwn i tybed be ydi'r diweddara ar fusnes symud i'r adeilad newydd. Dwi'n cymryd mai un ohonoch chi sy'n Gadeirydd y Pwyllgor Hamdden o hyd?'

Cas? Ond pam lai, mae angen ambell i gic arnyn nhw i'w hatgoffa bod dyddie eu gwladwriaeth un-blaid

nhw ar ben. Ac yn rhyfedd iawn, yr ydw i yn digwydd
bod eisie gwybod pryd y cawn ni lyfrgell newydd yn y
lle yma, rhywbeth fydd yn para wedi i syrcas yr
etholiad basio.

Clywodd Gwynne besychiad annifyr Seth, a'i weld
yn syllu o'i gwmpas.

'Hmmm, Joe Markham fase dy ddyn di, dwi'n
meddwl.'

Roedd llais yr asiant Llafur yn dal yn glên a
chyfeillgar, ond osgo o grwydro yng nghornel ei lygad,
rhyw hanner chwilio am ddihangfa, a cheisio cael ei
ymgeisydd yn ôl i gorlan ei ddylanwad. Doedd Gwynne
ddim yn synnu. Joe Markham yn foi iawn, yn enwedig
felly yn llygaid y pleidiau eraill ers iddo lamu i gorlan
annibynia cyn cael ei faeddu â dim o faw'r cam-
ddefnyddio arian cyhoeddus oedd yn glynu'n gaglau o
hyd wrth ei gyn-gydweithwyr Llafur ar y Cyngor a thu
hwnt.

'Diolch, Seth; hwyrach y ca'i air efo Joe pan wela i o.
Ambell i beth bach heb ei setlo o hyd, yn ôl be
glywais i.'

Wrth i Gwynne yntau edrych o'i gwmpas, clywai
lais Siân yn ei ben yn gynharach y bore hwnnw pan
ollyngodd hi wrth y llyfrgell:

'Ac os gweli di unrhyw un o'r Pwyllgor Hamdden,
tria'u hargyhoeddi nhw nad ydi symud y llyfrgell i
adeilad newydd sbon danlli tra bod hanner y stoc a'r
holl archifau yn aros mewn cytiau pri-ffab y pen arall
i'r dre yn un o'r syniade disgleiria gafodd ein meistri
etholedig erioed.'

Ddim yn bwnc llosg yn yr etholiad? Pynciau
lleol ydi'r pynciau llosg, Seth bach, fel y dylet ti

wybod hyd yn oed os nad ydi Llyfrgell y Dre wedi canu cloch i ap Cunnah yn Islington. Nac yn ein pencadlys crand newydd ninne yn Llunden, chwaith, caniataodd sylw sbeitlyd iddo'i hun. Teimlodd y fainc yn gwegian wrth i Seth godi, a gwelodd fod Daniel yn cerdded i gyfeiriad ei asiant. Sylwodd mai sgwrsio efo geneth y Blaid yr oedd y gŵr iau er hynny, a synhwyrodd yn hytrach na gweld y cwmwl ar wyneb Seth.

'Felly teithio i mewn i'r etholaeth fyddwch chi, debyg?' Roedd wyneb a llais Daniel yn berffaith niwtral gyfeillgar.

'O na, wedi rhentu fflat bach eitha cyfleus yn y dre am y tro. A phwy ŵyr na fydda i'n chwilio am rywbeth mwy parhaol wedi mis Mai?' Gwyddai Lowri hefyd sut i ymddwyn fel ymgeisydd, a sylwodd ar wên fach lechwraidd Alun. Gwên na phylodd wrth i Ruth nesáu at y grŵp.

'A dyma ni i gyd yn deulu bach cytûn,' meddai wrth iddi ddod o fewn cyrraedd.

'Ac fel teulu, mi fyddwn i gyd wedi llwyr laru ar weld ein gilydd cyn y diwedd, siŵr o fod,' atebodd Lowri gan anghofio ei bod yn ymgeisydd.

'*Familiarity breeds . . .*' clywodd sibrydiad gan Daniel, yn rhy isel i neb arall ei glywed. Meddwl yn Saesneg wyt ti felly, 'te washi, meddyliodd wrth chwilota yn ei chof am ymadrodd Cymraeg cyfatebol. A methu.

'Oes 'na rywbeth wedi'i drefnu lle bydd yn rhaid i ni i gyd ymddangos, wyddost ti?' Trodd Lowri at Alun, a theimlo boddhad maleisus o'i weld yn gwingo at ei phwyslais ar y 'rhaid'. Daeth ei besychiad yn frysiog i guddio unrhyw wyro pellach o'r safbwynt swyddogol.

'Dan ni heb eto gadarnhau *Pawb a'i Farn* yn Neuadd y Glowyr 'mhen pythefnos, ond mae yna gwpwl o wahoddiadau i sesiynau efo'r pedwar ohonoch chi. Gawn ni gwarfod i lenwi'r dyddiadur ar ôl y miri yma, a ffitio pob dim i mewn rhwng y drops taflenni a'r rota ganfasio.'

'Sut dwi'n mynd i ddal pedair wsnos gyfa o'r cyffro gwyllt yma, wn i ddim.'

Ond yr oedd Alun eisoes yn ymgynghori â'i declyn electronig, a gwelodd Lowri ei bod yn wynebu Daniel a Gwynne a'u dau asiant hwythau. Roedd Gwynne eisoes wedi camu ymlaen, yn byseddu dyddiadur bach. Disgynnodd darn o bapur a llyfr o stampiau i'r llawr wrth iddo droi'r tudalennau.

'Dwi wedi cael gwahoddiad i'r cyfarfod Adfywio Canol Trefi yma. A chithe?'

'Mmm. A debyg eich bod chitha wedi cael y stwff lobïo gan y Grŵp Ysgolion Bychan?'

Gwenodd Gwynne.

'Pwy sydd heb? Bob yn ail ddydd, a gwae ni os na ddown ni i bob cwarfod ac ateb pob llythyr gyda'r troad. Ond mae rhywun yn gweld eu pwynt nhw, hefyd. Dwi'n gyfarwydd â lot o'r ysgolion yma, cofiwch, a'r disgyblion ers pan oedd rhai ohonyn nhw'n ddim o beth.'

'O ia, roeddwn i'n arfer gweithio ym Mrwsel efo rhywun fu yn Ysgol Llan, ac mi fyddai hi'n arfer deud cystal ysgol oedd hi. Bryd hynny.' *Chei di mo 'nal i felna, mêt.*

'Profiad diddorol, gweithio mewn gwlad arall?'

Roedd Daniel eto wedi troi ati'n hamddenol.

'O, hynod. Ond wedyn, does gen i ddim cymaint o brofiad o hynny â chi, yn naturiol.'

'Ond tydw i . . .'

'A, reit, dene ni i gyd yn ôl efo'n gilydd: biti bod y dyn tynnu llunie wedi gadael.'

Torrodd Seth yn annaturiol o uchel ar draws Daniel wrth i Ruth roi'r gorau i gofnodi pethau ar ei thabled a chodi ei phen i edrych arnynt. Cododd y teclyn eto.

'Reit, jest i fi gael llun i fi fy hun – wel, chi i gyd yn drychid yn bert ryfeddol, rhaid i fi ddweud. Wela i chi i gyd yn fuan 'to, siŵr o fod. Hwyl, nawr.'

Sylwodd Lowri ar yr esgidiau coch yn mynd tuag at y car glas, y pen du gloyw yn diflannu i mewn i'r cerbyd, a chlywed y rhu wrth iddi wibio o'r maes parcio. Roedd Seth ac Alun wedi troi at ei gilydd, islais cwynion am ddigywilydd-dra a thorri preifatrwydd yn hymian rhyngddynt. Edrychodd Gwynne ar Daniel: cododd hwnnw ei aeliau, cadw ei bapurau yn daclus yn ei fag, a dilyn Seth yn ôl i grombil yr adeilad.

Amneidiodd Tecwyn ar Gwynne, nodiodd yntau a cherddodd y ddau yn araf allan. O hir arfer, tynnodd Gwynne yn siarp ar handlen gyndyn drws y gyrrwr, ac ymbalfalodd i mewn, tanio'r car yn obeithiol. Roedd Tecwyn wedi cymryd dyrnaid o stribedi allan o'i gês; cymerodd olwg ar y ffenest flaen, ac yna'n ôl ar y stribedi. Mi allai'r rhain wneud y tro eto, am wn i – os na wnân nhw newid gormod ar y logo. Wrth graffu, sylwodd ar yr ôl glud ar flaen y ffenest flaen, ac ochneidio, nes iddo gael cip ar y ffenest ôl oedd wedi cymylu mwy fyth â sloganau ac olion hen frwydrau. Symudodd y cerbyd tolciog yn ei flaen, ac i ffwrdd o Neuadd y Sir.

Pennod 3

RUTH, DANIEL

Dydd Iau, 7 Ebrill 2016

Arhosodd y ddau Land Cruiser ar gyrion y stad, ac esgynnodd y timau yn stribedi trefnus. Ruth oedd yr olaf i ddod allan; edrychodd eto i wneud yn siŵr fod y taflenni a'r clipfyrddau gan bawb, cydiodd yn ei llyfryn bach ei hun, byseddu ei ffôn yn ei phoced, a throi at y gŵr wrth ei hochr, gan amneidio arno i gydgerdded gyda hi.

'Fe wna i fynd gyda John: pawb yn bare bob ochr i'r strydoedd, ac os bydd rhywun isie gair gyda fi, rhowch arwydd. *Off* â ni.'

Brasgamodd Ruth i ddal i fyny â John, a chlywai sŵn traed ei chefnogwyr yn dilyn, cyn iddynt gyrraedd y cyntaf o'r drysau gwynion ar ben y stryd. *Strydoedd tebyg i rhain oedden nhw pan gelen i wahoddiad at rai o'r merched yn yr ysgol* ... Deuai ambell air neu ymadrodd iddi ar y gwynt o gyfeiriad ei thîm cyn iddi gychwyn ar ei gorchwyl.

'Dda cael rhywun ifanc, hefyd.'

'Egni . . .'

'. . . lle fel hyn – siŵr bod ni'n saff?'

'Ond mynd yn syth heibio i Madog Rise, ac eto, mae twr da o'n cefnogwyr ni yno . . .'

Cydiodd yn dynnach yn ei llyfr, a gosod ei gwên yn gadarnach. Roedd y tai dieithr yn dod yn nes. Arhosodd, i adael i John gamu o'i blaen a churo ar y drws cyntaf.

'Bore da, ga i gyflwyno Ruth Fletcher, ymgeisydd y Ceidwadwyr Cymreig . . .'

'Wedi'ch gweld chi ar y teli, do?'

Lledodd gwên Ruth.

'Gobeithio y byddwch chi'n fy ngweld i aboiti'r lle o hyn mlân hefyd. Nawr . . .'

Dwy funud o sgwrs a phasio ymlaen, gan adael taflen ac argraff o wên. Tri drws yn olynol wedyn, dim ateb, stwffio'r cardiau 'Wnaethon ni alw', ac yr oedd Ruth a John ychydig o flaen y lleill i lawr stryd y stad. O gornel ei llygad, sylwodd Ruth ar amnaid gan un o'r gweithwyr, a chroesodd y stryd ato ef a'r dyn a safai ar y trothwy.

'A dyma hi Ruth ei hun, i chi gael gair efo hi. Mae Mr . . . ym . . . Hughes eisiau . . .'

'Y fforinars sy'n dod i mewn yma, ylwch chi: hen bryd gneud rwbeth amdanyn nhw, mynd a dwyn ein jobsys ni maen nhw, dene dwi'n ddeud . . .'

'Ac yr ydech chi yn berffeth iawn, Mr Hughes, ac rwy'n siŵr y clywsoch chi'r Ysgrifennydd Cartre y dydd o'r blân yn siarad yn gadarn iawn am y mesure fydd gan y llywodreth yn Llunden i gadw trefen arnyn nhw. Dwedwch i mi, y probleme chi wedi dod ar eu traws yn yr ardal hyn, nawr . . .'

Oedodd y gŵr am ennyd cyn ei hateb, a pheth

syndod yn ei wyneb. Oedd hon mewn gwirionedd yn gwrando? Roedd yn ymddangos felly; dechreuodd fynegi ei ofnau . . .

'Dech chi'n eu gweld a'u clywed nhw ar y stryd-oedd . . .'

'A mae yna brobleme wedi bod gyda nhw – tu fas i'r gwaith, felly?' Roedd Ruth yn pwyso tuag ato, y consýrn deallus yn llenwi ei hwyneb, yn brysur yn gwneud nodiadau, ond yn cadw cyswllt llygad gyda'r gŵr gyferbyn â hi.

'Wel, dech chi'n clywed pethe, a does neb yn dweud dim byd, den ni ddim yn cael gwybod.'

'A, dyna'r union bwynt ryden ni'n wneud, a'r hyn ryden ni *am* wneud, rwy mor falch fod pobol fel chi yn ein cefnogi . . .'

Ymhen dwy frawddeg, llwyddasai i droi'r sgwrs i'w chyfeiriad ei hun, a'r wên ar ei hwyneb yn fwy tosturiol yn awr, yn gydymdeimlad, ei holl gorff mewn osgo gwrando ar y brygowthan o'i blaen. Y wên yn lledu eto, taflen, ffarwelio, ac ymlaen i lawr y stryd. Trodd Ruth at ei chydymaith.

'Lot o rai felny rownd ffor hyn?'

'Wel – ym – anodd deud, mewn gwirionedd.'

Anodd iawn, rwy'n siŵr, a'r stad yma mor ddierth i ti ag y mae i mi. Pryd fentrest ti mas o dy ghetto yn rwle fel Madog Rise ddiwetha? Ond fe wrandawodd y dyn yna – roedd e'n gwrando ar yr hyn oedd gen i i'w ddweud. Mae pobl eisie hynny, pam fod rhywbeth mor syml â 'ny mor anodd i'r criw yma ddyall?

Roedd hi eisoes yn symud yn groesawgar tuag at ddwy wraig a safai ar y palmant.

'Bore da, ledis, wna i mo'ch cadw chi, jest

isie cyflwyno fy hun: Ruth Fletcher, Ceidwadwyr Cymreig.'

'Fyddwch chi am gofio amdanon ni yn yr etholiad? Pedair wythnos sydd i fynd, cofiwch.'

Hyn gan John, gam y tu ôl iddi. Troes un o'r gwragedd ato mewn penbleth.

'Ond geuson ni'r lecsiwn llynedd, do?'

'Am yr Asembli ma hwn, 'te?' meddai ei chydymaith wrthi. 'Ti'm yn cofio, 'rôl i'r boi Reynolds orfod mynd – oedd o wedi bod yn ffidlan yr holl bres ene, toedd? Gyd 'run fath, 'sech chi'n gofyn i fi.' Hyn wedi ei anelu yn syth at y ddau a safai gyferbyn â hi, ond yr oedd Ruth yn barod.

'Wel, wrth gwrs, etholiad i'r Cynulliad cyfan fydd gyda ni ym mis Mai. A chi'n iawn, fydd pobol newydd yn sefyll tro hyn, gyda'r ffinie newydd a phopeth. A chyfle i chi gâl rhywun newydd yma – dyna mae'r Ceidwadwyr yn gynnig i chi.'

Gadawsant y ddwy i fynd ar eu hynt: troes John i edrych yn amheus ar Ruth.

'Wedi'u hennill nhw?'

'Prin. Ond rŷn ni yma, dyna'r peth.'

'A maen nhw'n dal i gofio llanast Reynolds.'

'Pwy fase ddim? Os felly, does dim angen i ni eu hatgoffa nhw – oni bai y bydd pethe'n mynd yn anodd, wedyn allen ni dynnu hynny mas o'r pac.'

Ceisiodd gelu ei diffyg amynedd, ei syndod ei bod hi'n gorfod dysgu gwersi gwleidyddol mor elfennol i griw oedd i fod yn brofiadol, yn ei rhoi hi'r newyddian ar ben y ffordd. Ond hi oedd o'u blaenau nhw. Er hynny, oedodd Ruth, wedi cyrraedd pen y stryd, ac edrych i lawr ar y map, i fyny at ei chriw bychan. Na, doedd y strydoedd o'i blaen ddim yn edrych yn gyfarwydd, ond doedd yna ddim ofn chwaith. Y tai yn newydd, fel y stad gyfan, mewn gwirionedd. Tir newydd. Roedd y ddwy wraig yn cilio i'r pellter, ac o un o'r tai yn is i lawr, gwelodd olwynion blaen coets babi yn ymddangos, a phlentyn yn symud allan at y palmant heibio i'r goets. Braich yn estyn allan i'w gipio'n ôl. Ymddangosodd gwraig yn gwthio'r goets, yn cydio yn y plentyn arall ag un llaw ac yn ymgodymu â'i bag llaw â'r llall. Roedd y ddwy wraig a gerddasai ymaith oddi wrth y gwleidyddion bellach wedi aros wrth glwyd yr ardd. Edrychodd Ruth, a synhwyro rhyddhad y fam yn cael ennyd i aros, hyd yn oed lathenni o ddrws ei thŷ. Gallai weld y plentyn hŷn eisoes yn tynnu yn llaw'r fam, yn diflasu ar sgwrs y tair o gwmpas y goets. Ychydig funudau, a symudodd y fam, y goets, ei phryderon a'r plentyn i lawr y llwybr tuag at y siop a safai'n unig ar groesffordd y stad.

Trodd Ruth at John, teimlo ei chorff cyfan yn tynhau, a chymerodd ei gwynt, edrych i gyfeiriad y stryd nesaf.

'Mlân, felly?'

* * *

Syllodd Daniel ar yr olygfa o'i flaen. Gwnaeth ei orau i geisio cofio fel y bu'r stad yn nyddiau ei blentyndod, ond methodd. Roedd popeth mor ddierth erbyn hyn, strydoedd gwahanol, enwau anghyfarwydd. A doedd bosib bod y lle wedi bod mor ddiolwg â hyn erioed? Onid hon oedd un o stadau gorau'r dre yn yr hen ddyddiau? Yn sicr, roedd ganddo gof am ei dad yn brolio menter y Cyngor yn cynllunio cystal ar gyfer y trigolion.

'Mae 'na lot i ddeud dros gynllunio canolog,' meddai Jerry, gan dorri ar draws ei fyfyrion.

'E?'

'*Central planning.*'

Doedd Daniel ddim yn siŵr.

'Ie, wn i be ydi o, ond . . . ym . . . ti'n gwybod nad dyne'r *buzz* ar hyn o bryd. Gadel i'r bobl leol neud eu penderfyniade eu hunen . . .'

'Iawn, ond bod ni'n cael deud lle maen nhw'n rhoi 'u tylle llythyre felltith ar y dryse.'

Sylwodd Daniel ar Jerry heglog yn ei ddauddyblau yn stwffio taflen i flwch oedd bron yn lefel â stepen y drws. Yn ei *combats* a'i siaced guddliw, fedrai Daniel ddim llai na meddwl amdano fel jiráff. Jiráff efo crydcymalau, hwyrach, meddyliodd wrth i Jerry duchan a rhwbio gwaelod ei gefn. Ymbalfalodd Daniel am rywbeth allai gysuro ei gydweithiwr.

'Diolcha mai criw arall sy'n gneud Maes Melyn. Mae dau o'n pobol ni â'u bysedd mewn bandejis o hyd, diolch i'r tylle llythyre yn fanno.' *Na, mi allswn fod wedi ffeindio rwbeth gwell i ddeud wrth Jerry, siŵr.*

'A'r cŵn. A sôn am Maen Melin . . .'

'Maes . . . '

'Daniel. Cred fi. Maen Melin yw'r lle beth bynnag ddywed y Cyngor. Y cŵn. Problem.'

'*Rottweilers?*'

'*Rottweilers*, cŵn rhech, pa ots? Baw cŵn.'

'Problem y Cyngor, 'sbosib?' ochneidiodd Daniel. Iawn mynd â'r peth yn lleol, ond mae sens ym mhopeth. Ai dyna'r math o beth oedd yn poeni Dad? Ac yna, y gwybod sydyn, fel poen, yn fwy siarp na gwayw Jerry oedd eisoes yn symud ymlaen at y tŷ nesaf.

Fuo dim rhaid iddo fo erioed boeni.

'Pryd stopiodd hynny nhw erioed rhag cwyno wrthan ni pan fyddwn ni'n galw?'

'Jerry, dwi wedi'u clywed nhw . . .'

Den ni ond yn ych gweld chi adeg lecsiwn.

Ie, am ein bod ni wrthi'n gweithio drosoch chi bob munud awr arall o bob blwyddyn.

Dwi'm am fotio – pam dylwn i? Dech chi i gyd 'run fath.

Pam dylet ti gwyno, felly, pan maen nhw'n codi dy drethi di, yn difetha dy wasanaethau di?

Bob dim yn mynd i Sowth Wêls . . .

Gwynoch chi pan oedd popeth yn mynd i Sowth Ingland, felly?

'Hei, ti'n dysgu.'

'Be?'

Doedd Daniel ddim wedi sylweddoli ei fod wedi siarad yn uchel. Cymerodd arno mai darllen o'i nodiadau yr oedd. Roedd gwên ar wyneb Jerry, roedd fel petai wedi bywiogi.

'Nodyn yma am sut i ateb cwynion fod popeth yn mynd i Gaerdydd. Ddylen ni daro'n ôl hefo'r ffordd mae'r llywodraeth Dorïaidd yn canolbwyntio ar Lunden, a ninne yn y Cynulliad yn troi'r peth rownd fel nad yw popeth yn edrych fel petae'n dod o Lunden.'

'Ie, mae'n werth sôn am hynny. Ond wrth gwrs, mae hi'n haws mynd i Lunden nag i'r Sowth o fan hyn.'

Canfu Jerry'n sydyn fod peswch wedi'i ychwanegu at ei restr anhwylderau, syllodd ar ei fap stryd a brysio ymlaen.

'Ein pobl ni fan hyn.' Roedd tinc o obaith yn llais Jerry. Wrth gerdded gam neu ddau y tu ôl iddo, gan ddal i roi ei daflenni, ei gardiau a'i wên yn y drefn fwyaf manteisiol posib, roedd y gobaith yn isel ym meddwl Daniel.

Tai. Fe ddylen i gofio ffor hyn o'r dyddie pan own i yn yr ysgol. Oedd popeth yn edrych yn well 'radeg hynny, tybed? Ai dyna sydd? Yr un tai – ond hefo *satellite dishes*, wrth gwrs. Dad. 'Drycha – erial ar ben pob simdde! Ac ym Mhowys Fadog!' Balch oedd e ynte rhyfeddu? Brysiodd i ddal i fyny â Jerry, oedd yn nesáu at ardd y tŷ cyntaf yn y rhes.

Treisicl plastig plentyn, y lliwiau wedi pylu gan dywydd, ac echel ôl yn amddifad o olwyn. Gwelodd Jerry yn brofiadol yn osgoi'r rhwystrau, yn pasio trampolîn ac ochrau ei rwydi diogelwch yn llipa, yna'n camu ar ris goncrid doredig ac yn canu'r gloch. Un cam tu ôl, cofio'r wên. Teimlo sŵn y bas trwm yn ei ben wnaeth Daniel, yn hytrach na'i glywed yn ei glustiau, cyn i'r drws agor ac i'r sŵn daro allan i'w wyneb, i'r ardd, i'r stryd.

'Ie?'

'Daniel Cunnah ymgeisydd Llafur Cynulliad Cenedlaethol bore da . . .'

Roedd hyd yn oed Jerry yn bacio'n ôl o ddyrnu didrugaredd y sain, er bod ei wefusau yn ffurfio cyfarchiad i'r ferch ifanc a safai yn y drws. Cynigiodd ei daflen a hanner troi tuag at Daniel, ond yr oedd ewinedd barmed y ferch eisoes wedi cymryd y papur yn llipa o'i law, ac yr oedd ei hestyniadau gwallt yn chwipio yn ei wyneb wrth iddi droi oddi wrtho a gwneud osgo cau'r drws.

Roedd Daniel eisoes yn cerdded i lawr llwybr yr ardd.

'Ella y dylset ti fod wedi trio cael gair?'

Gwyddai Daniel ei fod wedi pechu am i Jerry fentro'r fath awgrym. Ymgeisydd ifanc (wel . . .), lleol (*sort of*), deallus (ie) yn dod i Bowys Fadog wedi'r holl helynt (dim byd i wneud efo fi) – ac eto heb dorri gair â'r werin datws? O Jerry . . .

'Ddim os dwi am gadw fy llais am weddill yr ymgyrch, Jerry, sori. Drycha, dwi'n addo gneud ymdrech hefo'r nesa, oréit?'

'Dim rhaid.' Wps, Jerry wedi pwdu. *People skills*, Daniel. 'Tŷ Menna Morris, ond mae hi yn yr Hafan am *respite*, neith Eryl Griffiths ei sortio hi.'

Slap, slap, slap driphlyg ym meddwl Daniel. Yn gynta, pwy ddiawl ydi Menna Morris? Yn ail, *care home* ydi'r Hafan, decini – hwnne ddim ar y rhestr strydoedd, isio tsiecio hynny. Ac yn ola – Eryl Griffiths – *who he?*

Gwenu'n gymodlon ar Jerry; cerdyn 'Wnaethon ni alw' drwy'r drws, a mlaen i'r nesa. Suddodd calon Daniel o sylwi ar olion y goleuadau Nadolig oedd yn hongian o hyd o fondo'r tŷ nesaf. Ond yr oedd ei gydymaith wedi sionci drwyddo, ac yn gwenu wrth droi ato ar stepen y drws. Gwenodd Daniel yn wanllyd yn ôl arno, cyn sgyrnygu yn ei gefn ar dri o'r corachod concrid oedd yn syllu i fyny arno o'r glaswellt.

'Sue a Des Jones. Ffyddlonied. Werth cael gair,' meddai Jerry yn galonogol.

'Os ydyn nhw'n ffyddlonied, pam gwas . . . treulio amser efo nhw?'

'Cydbwysedd, Daniel.'

'Ym?'

'Cadw'r ddysgl yn wastad, os mynni di. Mae eu fôts nhw'n saff, ond does dim pwynt eu cymryd nhw'n ganiataol, nac oes?' A than ei wynt, er y medrodd Daniel ei glywed, 'a hwyrach y byddwn ni'n lwcus, ac mai Des welwn ni.'

Ond gwraig a'u hwynebodd bron cyn i dincial 'Greensleves' cloch y drws ddarfod, a chododd ei galon fymryn o weld ei gwên a'i hosgo croesawgar tuag atynt.

'Jerry; wel, neis dy weld ti eto. A dyma'n bachgen ni, ie? Clywed pethe da amdanoch chi gen Des, wyddoch chi, do wir. Ddewch chi i mewn, debyg?'

Rheol Un: dim mynd i mewn i dai pobl wrth ganfasio. Mi wnaiff eich gwrthwynebwyr ei weld fel cyfle i wastraffu eich amser, ac am eich cefnogwyr . . .'

'Wel, jest am funud, cofiwch, Mrs Jones.'

Tynnwyd y ddau yn anorfod i mewn gan ei thaerineb a'i chroeso, a'r unig beth a rwystrodd eu llwybr ar y ffordd i mewn oedd y mân fyrddau gorlwythog o ornaments oedd yn culhau'r cyntedd, a'r silffoedd gyda myrdd o daclau bychain tsieni a ymwthiai allan ar union lefel llygaid Daniel. Ac yr oedd unrhyw rimyn o le gwag oedd ar ôl yn cael ei lenwi gan barabl Mrs Jones.

'Cofio'ch tad yn iawn, 'de – a'ch mam, sut mae hi? Eryl yn deud ei bod hi wedi'i gweld hi diwrnod o'r blaen, den ni'n gweld ei cholli hi, cofiwch – neb yn gwneud cacenne cystal â Myfi, nac oes? Yr hen grydcymale fymryn yn well erbyn hyn, deudwch? Dene oeddwn i'n ddeud wrth Des lawr yn y clwb pan geuson ni'r sosial – am y cacenne dwi'n feddwl, wrth gwrs, nid y crydcymale ... O ie, sôn am Des, ddywedodd o ei fod o am adel papur ne rwbeth i'w roi tasech chi'n galw draw – fydda i ddim chwinciad yn ei nôl o – rŵan, lle rhois i o, dedwch . . .?'

Manteisiodd y ddau ar y ffaith fod Mrs Jones wedi troi ei chefn i wneud arwyddion gwyllt ar ei gilydd â'u llygaid: Daniel o ran diplomyddiaeth, a Jerry gan y byddai symud unrhyw ran arall o'i gorff wedi peryglu einioes rhyw ddwsin neu ddau o'r mân betheuach oedd wedi eu gosod ar bob arwyneb yn y cyntedd ac ar y grisiau. Amneidiodd Daniel tuag at y drws, a gweld rhyddhad ar wyneb Jerry wrth i Mrs Jones ddychwelyd ag amlen yn ei llaw.

'Rwbeth oedd gen Des am y busnes ene o gau ffatri Bakers a'r amser consylteshon – a den ni i gyd yn gwbod be sy tu cefn i hynny.'

Nodiodd Daniel ac estyn am yr amlen.

'Roeddwn i wedi clywed, cofiwch, eu bod nhw'n sôn am gymryd mwy o weithwyr dro'n ôl.'

'Synnwn i damed. Ond Pwylied, 'de, neu Romenians ne beth bynnag,' meddai Sue Jones yn sychlyd, wrth ddal ei gafael ar yr amlen a thynnu taflen allan. Gosododd yr amlen i swatio ar un o'r byrddau bach rhwng tegan meddal o ddafad a chloch tsieni ac arni lun tŵr ac enw Blackpool. Gwnaeth Daniel ail ymdrech, lwyddiannus y tro hwn, i gymryd y daflen, a bwrw cip sydyn arni gyda pheth rhyddhad.

'Popeth yn edrych yn iawn efo hwn, Mrs Jones – stwff da os yden ni am gwffio unrhyw ymdrech i gau. Eich gŵr – ?'

'Des wedi sgwennu rhai pethe i lawr, wedi i Seth sôn am y peth. Dio ddim wedi rhoi dim byd ene am y

Ryshans a rheiny'n dŵad drosodd, decini, yn dwyn ein jobsys ni i gyd?'

Cododd Daniel ei olygon yn syn, a tharo ei fraich mor sydyn yn erbyn wal y cyntedd yr un pryd nes gyrru llond silff o dranglins i'w haped.

'Ryshans . . . ?'

Ond yr oedd Jerry eisoes wedi camu ymlaen neu at y drws, yn hytrach, gan wenu drwy'r amser ar Mrs Jones.

'Fydd Seth a Daniel yn siŵr o sbio dros y drafft – a den ni mor ddiolchgar i Des – a chithe – am eich holl waith. Biti na fase pawb fel chi, 'nde, fase'n gwaith ni lawer yn haws.'

Ei lygaid yn arwyddo'n ffrantig ar Daniel – *Tyrd* – a dilynodd ei gydymaith ef dros y mat ac allan i awyr fwll y stad. Rhoes y cnociwr ar ffurf dolffin pres un clap llipa wrth i'r drws gau o'u holau.

'Dwi i ddeallt o hynne bod *immigrant labour* yn broblem fan hyn?'

Rhoes Daniel gic ffiaidd i un o'r corachod wrth gau'r glwyd.

'Tyden nhw ddim, nac yden? A *dyna*'r broblem.'

Roedd Jerry eisoes yn rhoi trefn ar ei daflenni a'i gardiau galw.

'Oréit, Jerry, dwi jest yn hogyn o'r wlad wedi landio yn y metropolis gwyllt fan hyn – fedri di sbonio i mi yn reit syml, plis? Ryshans? *I ask you.*'

'Daniel. Dwi'n deallt, reit? Ddes inne 'nôl hefyd, cofia. OK, 'nôl ar ôl pum mlynedd yn Sheffield, a dim ond gweithio mewn *call centre* oeddwn i yno, ddim yn llunio polisi undebe llafur nac yn cynghori cynghorwyr y ddinas ar sut i gael y budd mwya o leoli canolfanne bancie ar eu patsh. A mae'r Glanne – neu Powys Fadog neu beth bynnag ydi enw ffansi diweddara'r Comisiwn Ffinie arno fo – yn fy ngwaed a'n DNA inne hefyd, reit? A rŵan dwi wedi dŵad yn dôl. A tithe. Adre. A Des a Sue ydi'n pobol ni. Des, sy'n dal i gwffio brwydre'r glowyr er i'r pwll dwetha gau dros ddeugen mlynedd yn ôl, ond sy'n cwffio dros weithwyr heddiw hefyd. A Sue sydd wedi bod yn gneud y te ac yn gwerthu nicnacs mewn ffeirie Llafur ers pan oeddet ti a finne yn dringo coed ac yn chware noc-dôrs o ran hwyl, nid fel den ni'n gneud heddiw. Ac ocê, mae hi'n poeni bod pobol Dwyrain Ewrop yn dod drosodd am dymor i weithio yn y ffatrïoedd bwyd sy wedi'u codi ar sgerbyde'r gweithfeydd lle buo Des – a dy dad ti a 'nhad inne – yn gweithio. Mae hi'n poeni, Daniel bach, am bod 'i mab hi a Des, sydd â gradd eitha deche, yn gweithio tu ôl i'r bar yn y Miners ers dwy flynedd, a bod ei frawd bach, ddylse fod mewn gwaith neu brentisieth saff, yn wastio'i amser a'i bres rownd pob pyb ym Mhowys Fadog a thu hwnt am nad oes neb ar y ffatrïoedd bwyd nac yn unman arall yn arbennig isio cyflogi boi sydd â'i nerfe'n rhacs a'i ben o mewn gwaeth stad ar ôl dau dymor yn Affganistan, rŵan ein bod ni a'r Iancs wedi gadel y lle ac ynte wedi gadel yr armi.'

Roedd Daniel yn sefyll, heb symud.

'Ffyddlonied.'

RUTH

Mae'n debyg y dylsen i fod yn ddiolchgar eu bod nhw mor ffyddlon, myfyriai Ruth, gan syllu drosodd at ei chanfaswyr yn grŵp tyn wrth un o'r cerbydau ar derfyn y sesiwn. Gân nhw bum munud arall, felly, cyn i mi ddod i wneud yn siŵr eu bod nhw wedi cofnodi'r manylion i gyd. Ond fe fydda i yn cofio, cofnodi neu beidio. Edrychodd yn ôl i lawr y stryd yr oeddent newydd ei gweithio. Mae'r cofnod yn fy mhen i 'fyd, yn ddiogel. Y pethe y gallasen i fod wedi'u disgwyl ac y bydde unrhyw blaid gyda gronyn o sens wedi paratoi ar eu cyfer.

Cofiodd Mr Hughes yn y stryd gyntaf: fe wnes i fwy na chytuno â'i bryderon, brwydro ei ragfarne, fe siaredes i ag e. Ddim mor anodd â hynny, nac yw? Ond roedd yn newydd iddo fe, yn amlwg. Yn newydd cael ymgeisydd yn gwrando ar ei bryder, yn lle sbowtian y *party line* . . . Ond wrth gwrs, fydde pawb o'r pleidie erell wedi cau 'u clustie y foment y dechreuodd sôn am dramorwyr yn dwgyd swyddi. Dim ond munud oedd angen i fynd dan y croen, gweld beth oedd y pryder gwirioneddol.

Pryder, pryder – pam mai dyna'r diwn gron yng Nghymru o hyd? Fel Mr Hughes: ofan bod rhywbeth yn cael ei ddwgyd oddi arnon ni a gorfod amddiffyn o hyd, bod yn filwr bychan. Fel yr ysgol yn gwmws – Cadwn y Mur Rhag y Bwystfil; cofiwch eich bod yn cynrychioli Cymru; Gwinllan a Roddwyd. 'Se Mam wedi cael haint. A Daddy? O, yr addysg ore a'r cyfle i wneud pethe y tu fas i'r ysgol – a chymysgu gyda

Chymry . . . Ie, 'se Mam wedi cael haint. Ond roedd Daddy yn gweld mantais i eneth ddeallus.

Y fenyw 'na yn y stryd ola ond un (ac os nad yw'r tîm wedi cael ei manylion hi i lawr, fe lladda i nhw bob un). *Be dech chi'n mynd i neud am 'rysgol acw?* Roedd y ffeithie am gau ysgolion bach ar flaen fy nhafod i: ond lwcus taw brathu 'nhafod wnes i. Dim ond cymryd fy ngwynt oeddwn i'n wneud cyn iddi hi ddachre.

Odd hi ddim yn ymdrech yn y byd i fi edrych a swno fel 'sen i'n cydymdeimlo. O'n i *yn* cydymdeimlo – ac yn teimlo fel mynd draw i Neuadd y Sir a'r ysgol geinioga-dime a rhoi shiglad go-iawn i bob Cyfarwyddwr Corfforaethol oedd ddim wedi gweld tu fewn i ysgol ers ugen mlynedd, a phob athro diog oedd yn becso mwy am 'i bensiwn na'i blant.

'Mae o'n dda efo'i faths ond o'dd 'i athro fo wedi'i dynnu o ddysgu *remedials* a mae o'n trin y dosbarth i gyd fel *remedials!*' Dyna oedd cwyn y fam, ac unwaith i Ruth ddangos diddordeb, agorodd y llifddorau.

"Sgwrs, tase fo'n *special needs* neu'n hogyn drwg ac yn cuddiad dan y desgie, yn rhegi'r athrawon ac yn bwlio plant, fase fo'n cael faint fynne fo o sylw a fasen nhw'n lluchio pres ato fo.'

Cofiai Ruth fel y bu'n rhaid i hyd yn oed ei chydganfaswyr ei hun wneud migmars i'w thynnu ymlaen i'r tŷ nesaf. Llithriad, dyna'r cwbl, ac fe roesai ei manylion i'r wraig, gwenu'n serchus a symud ymlaen. Ymlaen at ddifrawder a phobl ddim i mewn a 'chwarae teg i chi am sefyll, 'ngeneth i' (arwydd sicr fod eu pleidlais yn mynd i rywun arall). Ond fe gariodd eiriau'r wraig ymlaen gyda hi, yn ddigon o arfogaeth i herio rhesaid o bleidleiswyr Llafur yn y stryd nesa, nes iddi ddod at y Cymro cadarn a wrthododd ei hegwyddorion a'i hideoleg. I ddechrau.

'Dwi 'di cael llond bol ar bleidie ac ymgeiswyr o Loegr yn dod dros y ffin i drio deud wrthan ni be i neud,' meddai'r gŵr, yn bwrw ymlaen wedi gwrthod ei thaflen. Roedd Ruth yn barod amdano.

'A beth am rywun o'r ochor hyn i'r ffin yn cytuno â'r hyn ych chi'n ddweud?'

'Ydech chi'n cytuno ag annibyniaeth, felly? Tro pedol go-iawn – ond sori, dwi ddim yn eich credu chi.'

'Ddywedes i mo hynny. Ond hunan-barch, sefyll ar ein traed ein hunen? Wrth gwrs. Dyna mae'r Ceidwadwyr Cymreig yn gynnig.'

'A'r brawd mawr o Lunden yn sefyll y tu ôl i ni, reit?' Roedd amheuaeth yn llenwi wyneb y gŵr ar stepen y drws. 'Sori, bach, ond dim diolch.' Ond yn ddigon caredig, er hynny.

'Sefyll gyda'n gilydd, yn un wlad gref. Pawb yn falch o'i hunanieth ei hun.'

'Ddim cweit y gair iawn, nacdi del? Gwladwriaeth, nid gwlad.'

'Allwn ni anghytuno am hynny, ond dal i gytuno bod angen i ni sefyll lan, nid ishte a dishgwl am gardod.'

'Ma'ch Cymraeg chi'n dda o Dori, mae'n rhaid i mi gyfadde.' A'r dyn yn gwenu arni, heb i'r dinc nawddoglyd lwyr ddiflannu.

'Mantais y system addysg Gymraeg.'

'Gymreig dech chi'n feddwl, yntê? Addysg Gymraeg ydi ysgolion cyfrwng Cymraeg, wyddoch chi.'

'Fel yr un y bues i ynddi.'

'Dech chi'n deud?' Roedd syndod go-iawn yn ei lais y tro hwn.

'Fi ddyle wybod.'

A dau gam o hynny at enwi'r ysgol a chanfod ei fod o'n nabod rhywun fu yn y coleg efo fo oedd yn gefnder i un o'r athrawon yno yr oedd ganddi frith gof amdano, a beth ydi ei hynt o rŵan, a phwy fase'n meddwl, byd bach, a dene chi, chi'n gweld, yr holl elynieth yn erbyn addysg Gymraeg a'r cyhuddiade di-sail, a drychwch ar rywun fel chi, sydd ond yn profi . . .

''Dyn nhw ddim yn troi pawb yn aelode o'r Blaid, chi'n gwybod.'

'Rhowch amser.'

A ffarwelio yn gyfeillgar. Cofiodd fod ei chriw wedi cadw draw yn o bell o'i sgwrs gyda'r gŵr arbennig hwn. Gormod o Gymraeg ganddi hi, efalle? Wel, tyff. Roedd hi'n sicr yn tynnu ei phlaid yn lleol mas o'u cylch cysur, ac os llwyddai i wneud hynny gyda chyfran go dda o'r etholwyr hefyd, gore oll. On'd dyna pam y dewiswyd hi? Pa reswm oedd mewn aros y tu fewn i ryw gylch bach felly? Ysgydwodd Ruth ei phen mewn penbleth wirioneddol, yna ymysgwyd, troi a cherdded at y criw, peri iddynt roi trefn ar eu taflenni a'u nodiadau – maen nhw wedi cael hen ddigon o seibiant. Cymerodd un olwg arall i lawr y stryd, a chymryd ennyd i ddarlunio ei lliwiau glas a gwyrdd yn blodeuo yn ambell un o'r gerddi. Megis dechrau.

Pennod 4

GWYNNE, DANIEL, RUTH, LOWRI

Dydd Llun, 11 Ebrill 2016

Camodd Gwynne yn hyderus at fynedfa'r Coleg. Gwenodd ar Tecwyn wrth i hwnnw edrych o gwmpas y cyntedd agored, y goleuni a'r prysurdeb. Tynnwyd llygaid y ddau gan y posteri a'r lliwiau yn un gornel o'r dderbynfa, eu lliwiau oll wedi eu gosod nesaf at ei gilydd, yn drefnus gytbwys.

'Gweld tipyn o altreth yn yr hen le wyt ti?' holodd Gwynne.

'Meddwl tybed fasen nhw wedi caniatáu rhyw sesiwn fel hyn yn yr hen ddyddie?'

'Mi fuo ffug-etholiad yn rhan o Astudiaethe Rhyddfrydol gen i stalwm, wsti. Tipyn o frwdfrydedd hefyd, os cofia i'n iawn.' Roedd Gwynne ar dir cyfarwydd. 'Pawb â'u roséts, a'u posteri.' Amneidiodd tuag at y gornel. 'Mwy proffesiynol y dyddie hyn, wrth gwrs, efo deunydd wyt ti'n medru gynhyrchu ar gyfrifiadur ac ati.'

'Pethe'n edrych yn dda, felly?'

Teimlai Tecwyn yn falch o hyder Gwynne; fe'i gwyliodd yn anelu at y ddesg, yn cael gair ag un o'r genethod yno. Cymerodd Tecwyn gip o'i amgylch, ond ni sylwodd ar neb arall cyfarwydd ymysg y myfyrwyr a'r staff. Daeth Gwynne yn ei ôl a phecyn o bapurau yn ei law.

'O, popeth wedi ei drefnu ddigon ymlaen llaw. Fe ddyle'r ymgeiswyr eraill fod yma toc – y rhai go-iawn, dwi'n feddwl.' A gwenodd.

'Be yn union ydi'r drefn, felly?' holodd Tecwyn.

'Yn ôl yr hyn sy gen i fan hyn, ryden ni i fod i gwarfod y myfyrwyr sy'n sefyll y ffug-etholiad i ddechre: mae'r enwe fan hyn. Rhoi tipyn o wybodaeth ac o gefnogaeth iddyn nhw, sefyll efo nhw pan fydd pawb wrth eu stondine, nes bod pawb wedi cael cyfle i glywed yr hyn sydd ganddyn nhw i'w ddweud. Y pnawn yma y bydd y ffug-etholiad, ymysg y myfyrwyr eu hunen. Rŵan, rhain sy'n sefyll yn lliwie'r gwahanol bleidie, mae enw'n hun ni fan hyn yn rhywle.'

Roedd yr hen beth cyfarwydd yn dechrau digwydd, a hafflaid papurau Gwynne yn bygwth ei lethu. Cymerodd Tecwyn un o'r ffeiliau ganddo.

'Mi fydd ene fwy na dim ond y myfyrwyr yno'n gwrando, debyg? Am hwn oeddet ti'n chwilio?' A throsglwyddo'r ffeil i Gwynne.

'O, siŵr iawn. Ie, diolch. Reit: Mari Roberts, hi fydd y Democrat Rhyddfrydol, well i ni fynd i chwilio amdani. Na, myfyrwyr yn bennaf fyddan nhw, a staff hefyd. Ambell un arall. Fe fyddan nhw yn y gynulleidfa i holi cwestiyne fel tase hi'n hystings go-iawn, unweth i ni'n pedwar fod wedi cael gair efo'r myfyrwyr, eu rhoi nhw ar ben y ffordd, felly.' Oedodd Gwynne am ennyd, yna troi at Tecwyn. 'Mae'n well fel hyn, tydi?'

'Sut?' Roedd ei asiant yn ansicr am ennyd.

'Cofio fel yr oedd hi – cyfarfodydd ac ati? Ac nid dim ond hystings, na ffug-etholiade fel hyn, ond cyfarfodydd cyhoeddus, rhai go-iawn, a phobl yn tyrru.'

'Hynny'n mynd yn ôl yn reit bell, cofia.' Roedd nodyn gwyliadwrus yn llais Tecwyn, doedd o ddim am i Gwynne fynd yn ôl yn rhy bell i'r gorffennol. 'Ac mae'n rhaid i ti gyfadde bod pethe wedi hwyluso ymgyrchu lot y dyddie hyn, efo'r we ac yn y blaen. Llai o drafferth o beth wmbreth.'

'Mwy o drafferth weithie, cofia dithe. Dda gen i mo'r hen bethe 'ma sy'n cael eu dweud, yr ensyniade sy'n cael eu lluchio o gwmpas, a neb yn siŵr o lle maen nhw'n dod. Rwyt tithe wedi clywed am y LabRats yma, debyg. Y wefan neu beth bynnag ti'n galw hi?'

'Blog.' Cywirodd Tecwyn ei ffrind, a chrychu ei drwyn yr un pryd. 'Ond fuodd ene ddim ymosodiade arnon ni, 'sbosib? Ymosod ar Lafur maen nhw, yndê?'

'Ymosod yr un fath – a chware'n fudur.' Roedd Gwynne yn cuchio yn awr. 'Dydi o ddim yn iawn.'

Yn sydyn, tyrrodd mwy o bobl at y fynedfa yr un pryd, ac adnabu'r ddau liwiau Llafur ar y rosetiau.

'Rŵan maen nhw'n cyrredd; dene ti beth od, fasen i'n tyngu mod i wedi gweld rhai ohonyn nhw'n barod,' meddai Tecwyn mewn tipyn o ddryswch, wrth weld Seth yn camu i mewn, yn oedi ac edrych o'i gwmpas am ennyd, cyn hanner troi i edrych ar Daniel y tu ôl iddo.

'Roedd Ken a rhai o'r hen griw yma cyn i ni gyrraedd, ti yn llygad dy le,' atebodd Gwynne. 'Wedi mynd at y neuadd yn barod.' Yna sylwodd ar dwr bychan o fyfyrwyr yn ceisio tynnu ei sylw, ac yn nesáu'n betrus tuag ato. Cerddodd tuag atynt, gan orfod camu i'r ochr wrth i Seth a Daniel a llif o rosetiau coch brysuro at y dderbynfa.

'Fan hyn y cawn ni enwe'r stiwdants. Aros di yma.' Ac aeth Seth i holi. Troes Daniel gam oddi wrtho ac edrych i fyny at nenfwd gwydr y cyntedd. Daeth cysgod yn sydyn ar draws ei lwybr, ac yr oedd Lowri a dwy wraig arall wrth ei ymyl. Gwenodd.

'Bron nad ydw i'n teimlo biti dros y creaduried bach yn gorfod smalio eu bod nhw'n ni.'

'Ofn dwi y gwnân nhw well job ac y bydd yn well gan bobl eu hethol nhw yn hytrach na ni.'

'Dibynnu ar pa mor dda fydd ein – ym – *political education* ni felly, tydi?'

Chwarddodd Lowri. *'Di'r boi ddim yn ddrwg, chwarae teg iddo fo.* Yna, roedd Seth wedi cydio ym mraich Daniel.

'Ti ddim wedi cael stwff y stiwdant sydd i fod i gynrychioli Llafur dy hun, wyt ti?' Roedd golwg ddryslyd ar ei wyneb. Hanner trodd at Lowri a'i chymdeithion. 'Maen nhw'n deud fod eich pecyn chi yno, Miss . . . ym . . . Meirion. Ond dwi'n ame bod yne fistêc yno hefyd.' Cododd Lowri ei hysgwyddau a chamu at y ddesg. Edrychodd Daniel yn ymholgar ar Seth, oedd yn siarad hanner ag ef ei hun, hanner â Daniel, mewn penbleth.

'Yr eneth yn deud bod rhywun o'n criw ni wedi codi pecyn yr ymgeisydd Llafur yn barod. Dwi ddim yn deallt.' Yna edrychodd Seth ar draws y cyntedd, a chuchio. 'Dal d'afel. Dwi'n meddwl mod i wedi cael yr ateb.'

Gwelodd Daniel Seth yn camu'n bwrpasol at grŵp o ddynion mewn rosetiau coch oedd eisoes wrth ddrws y neuadd. Roedd un o'r dynion fymryn ar y blaen i'r lleill, yn sgwrsio gyda llanc, a phen y ddau yn plygu dros ffeil o bapurau. Ken. A siŵr gen i mai hwnne ydi'r bachgen sydd i fod i'n cynrychioli ni, tybiodd Daniel. Y funud nesaf, rhoesai Seth ei law ar ysgwydd Ken, gan estyn ei law arall am y ffeil, er bod y gŵr â'r rosét yn ymddangos yn gyndyn o'i throsglwyddo. Tybiodd Daniel am ennyd wallgo y byddai'n mynd yn ornest dynnu rhwng y ddau. Syniad da dychwelyd i'r hen gartref, meddyliodd a chaniatáu i arlliw o wên ymddangos ar ei wyneb. *Jessica will love this.* Ciliodd y wên pan edrychodd ar y myfyriwr oedd gyda Ken a'i gymdeithion, yn sefyll yn betrus, a'i anghysur yn amlwg. Ond yna, cafodd Seth afael ar y ffeil, a gwelodd Daniel ef yn brasgamu'n ôl tuag ato, a Ken a'i ddilynwyr yn symud i ffwrdd, yn nes at ddrws y neuadd. Gadawyd y myfyriwr ar ei ben ei hun.

'Hmmm – mistêc bach digon hwylus, 'de Daniel?' meddai Seth wrth ddychwelyd at ochr Daniel. 'Y criw cynghorwyr wedi bod yma'n barod yn codi ffeil yr ymgeisydd Llafur ac wedi rhoi'r wybodeth i gyd i'r boi bach fydd yn ein cynrychioli ni. Gwybodeth Ken, mi wranta. "Dim ond trio helpu" medde Ken. Pryd helpodd hwnnw neb ond fo'i hun erioed?'

'Ocê.' Roedd Daniel yn wyliadwrus. 'Ond siawns na cha'i gyfle i gael sgwrs efo'r bachgen fy hun? Hwnne draw fan acw? Ac os mai gwybodaeth am ein polisïe ni sydd ganddo fo, dwi'n siŵr y bydd pethe'n iawn, unweth i ni gyfarfod ac i mi ddod i'w nabod o dipyn bach yn well.'

'Fase nabod Ken a'i dricie'n well ddim yn ddrwg o beth, chwaith.'

Roedd Seth mewn hwyliau drwg o hyd, a doedd dychweliad Lowri o'r ddesg yn wên i gyd gyda phecyn yn ei llaw yn gwneud dim i liniaru ei dymer.

'Pob dim mewn trefn, dwi'n meddwl,' meddai hithau, 'jest mynd i chwilio am f'ymgeisydd, ac mi fyddwn ni'n barod. Oeddech chi'n sôn am ryw gamgymeriad gynne fach?' holodd wrth droi at Seth. 'Welis i ddim o'i le.'

'Dim. Na. Meddwl falle eu bod nhw wedi rhoi'r ymgeisydd rong i chi.'

Edrychodd Lowri ar yr enw ar ei ffeil. 'Na, popeth yn edrych yn oréit i mi. Naseem Khan, dim problem. Mae gin i ddigon o amser i ddod o hyd iddi a chael sgwrs.'

'Digon o amser i ofyn iddi roi sioe dda fel ymgeisydd Plaid Cymru?'

Roedd bwriad a gwên Daniel yn ysgafn ddigon, ond trodd llygad Lowri arno fel chwip.

'Fel y deudais i – dim problem. Ddim i mi nac iddi hi; nid mod i'n medru siarad dros neb arall, cofiwch.'

Roedd y chwa a gododd wrth iddi droi ar ei sawdl ac anelu at grŵp arall mewn rosetiau amryliw yn ddigon i wneud i'r papurau yn llaw Daniel daro yn erbyn ei gilydd. Crynodd, yna cerdded drosodd at y myfyriwr Llafur a safai'n llywaeth braidd wrth ddrws y neuadd, gwenu ac amneidio arno yn gyfeillgar.

'Awn ni i mewn?'

Daethai Seth ar ei ôl. 'Syniad da – dangos ein bod ni wedi setlo yma pan ddaw'r lleill.'

'Dech chi'n meddwl?' Roedd Seth wedi siarad yn

ddigon uchel i Gwynne ei glywed wrth fynd heibio. Roedd drysau'r neuadd yn cael eu dal ar agor, ac amneidiodd Gwynne tuag at y cadeiriau a'r bwrdd oedd wedi eu gosod ar y llwyfan, a'r wraig ifanc yn y siwt goch a'r gwallt gloywddu oedd yn eistedd gerllaw, yn sgwrsio gyda myfyrwraig. Gwnaeth Ruth yr osgo lleiaf i'w cydnabod wrth i'r dynion ddod i mewn, cyn troi'n ôl a rhoi ei holl sylw eto i'r eneth, siarad yn uniongyrchol â hi fel pe na bai neb arall yno.

'Fe ddylsen ni fod wedi delio â'r rhan fwyaf o'r cwestiynau felny, wy'n meddwl. A diolch i ti am godi pwynt y llyfrgell newydd, mae gwybodeth leol mor bwysig.'

Edrychodd Ruth yn galonogol ar y fyfyrwraig yn y sedd gyferbyn â hi, gan osod ei holl gorff mewn osgo deallus, disgwylgar. Roedd y ferch iau yn symud yn heglog annifyr yn ei sedd, yn gymaint felly nes peri i Ruth holi:

'Rhywbeth o'i le?'

Ymddangosai'r fyfyrwraig yn gyndyn, ar fin siarad, ac yn hanner anfoddog y gwnaeth hynny o'r diwedd:

'Dim byd, rîli. Mae pawb yn gwbod mai nid ni ddewisodd – hynny ydi . . .'

'Nad yw'r ffaith dy fod ti'n siarad ar ran y Ceidwadwyr Cymreig yn golygu dy fod ti'n un? A ti'n becso beth ddywed dy ffrindie?'

Gwelodd Ruth y rhyddhad yn osgo'r llall, ac aeth ati i dawelu ei meddwl.

'Maen nhw'n dod i glywed a deall mwy am y safbwyntie ac fe gân nhw rheiny gyda ni, yr ymgeiswyr, dim dowt am 'ny. Fe fyddwch chithe yn siarad fel ymgeiswyr, fel tasech chi mewn hystings ac etholiad yn nes ymlaen, i'r myfyrwyr gael syniad o shwd beth yw etholiad, beth sy'n digwydd, beth mae'r Cynulliad yn gallu'i wneud, a beth yw polisïe'r gwahanol bleidie ar gyfer Cymru. Fydd dy ffrindie di'n gwbod taw ti wyt ti o hyd, Fflur, nage rhyw Dori a chyrn ar 'i phen.'

Llwyddodd Fflur i wenu; edrychodd yn ddiolchgar ar Ruth wrth gasglu ei phapurau a chodi.

'Dene fydd rhai yn feddwl, beth bynnag ddeuda'i. Y darlithwyr hefyd. Ond gofia'i beth ddedoch chi. Diolch.'

Y darlithwyr yn enwedig, meddyliodd Ruth. Yr oedd ei llygaid yn dilyn Fflur wrth iddi gerdded at y stondin fach a ddynodwyd i'w phlaid, ond gweld rhywle arall yr oedd hi. Seiat eithaf tebyg, ond mai disgyblion y chweched yn hytrach na myfyrwyr oedd yno, a rhesi wedi eu gosod allan dan faneri ac enwau'r gwledydd, a'r bechgyn a'r merched yn llawn stŵr a chwerthin wrth ganfod eu llefydd a'u gosod eu hunain yn eu priod fannau yn y ffug-Genhedloedd Unedig. Hithau a Dewi ab Iestyn yn cymryd eu lle y tu ôl i blacard Gogledd Corea, ac yn goddef giglan twr go dda o'u cyd-ddisgyblion oedd wedi meddiannu desgiau ag enwau pedair o wledydd eraill. Naturiol i'n hysgol ni fod â phresenoldeb, meddyliodd – hi â'i henw da ledled Cymru, a'r brol am y cyfleoedd allgyrsiol i ehangu gorwelion a magu ymdeimlad o ddinasyddiaeth. A wel, chênj o Steddfod yr Urdd, sbo.

Ymdawelodd y cenhedloedd pan ddaethai cwpl o athrawon i mewn i seddi'r Cynullydd a'r Ysgrifennydd Cyffredinol, a sylwodd Ruth fod ei chyd-ddisgyblion eisoes yn swatio'n smyg y tu ôl i blacardiau De'r Affrig,

Denmarc, Somalia a Venezuela. Rhoes bwniad i Dewi i droi ei sylw'n ôl at y papurau cynigion oedd o'u blaenau, a dychwelodd yntau'n anfoddog o'i sgwrs â chymdoges yn y sedd y tu ôl iddynt, o un o ysgolion Gwynedd. A Kyrgyzstan.

'Ardderchog, Ruth,' llongyfarchodd Mr Rowlands hi yn y bws mini ar eu ffordd yn ôl i'r de. 'Bron na lwyddoch chi i'n hargyhoeddi ni i gyd i fudo i baradwys y werin fory nesa, a bwrw gwreiddia yn Pyongyang.'

Daeth murmuron o chwerthin gwasaidd o'r seddi o'u hamgylch, ac yna Elin yn y sedd nesaf yn troi tuag ati:

'Allen i ddim credu'r ffordd oet ti'n dadle cystel dros safbwyntie gwlad mor – ym . . .'

'Gomiwnyddol? Fase Robin Goch wrth 'i fodd, ta beth.'

Tarodd Ruth gipolwg dros ei hysgwydd at yr athro Hanes oedd bellach yn siarad ag un arall o'r disgyblion, a giglodd y ddwy. Ond aeth Elin yn ei blaen.

'Ti'n gwbod beth wy'n feddwl. Pan oet ti'n gneud yr achos dros y profion niwclear, ac yn canmol y system a'r Arweinydd Gogoneddus – diawl, oet ti'n swno fel 'set ti wir yn credu pob gair.'

'*Sayings of Chairman* Robin Goch, nymbar sicsti-thri: "Cofiwch ddadla ych safbwynt efo argyhoeddiad, bobol".' Dynwaredodd Ruth seiniau gyddfol eu hathro, ac aeth y ddwy i biffian chwerthin eto. Ond eistedd yn ôl wnaeth Ruth ymhen ennyd: tawelu ac ystyried. Gwyddai iddi wneud argraff yn y gynhadledd: doedd hi'n disgwyl dim llai na'r cilwenu boddhaus gan ei hathrawon pan lambastiodd imperialaeth yr Unol

Daleithiau. A phan symudodd yn sgilgar yn ei haraith wedyn at ddweud nad cenhedloedd mawrion y byd yn unig ddylai fod ar flaen y gad yn dechnolegol, a bod gan Weriniaeth Ddemocrataidd Pobl Corea gystal hawl ag ymerodraeth America a'i chŵn bach i arwain y byd mewn technoleg, daliai i gael ambell i nod gymeradwyol. Nes i'r nodio a'r cymeradwyo rewi ar eu hwynebau pan aeth ati i ganu clodydd ynni ac arfau niwclear ac i wawdlyd ladd ar ddemocratiaethau dirywiedig y Gorllewin. Nid nad oedd Robin Goch wedi ceisio portreadu'r cyfan yn ôl lliwiau ei ddarlun ei hun ar ddiwedd y sesiwn.

'Crefftus iawn, Ruth, a thipyn o gamp ydi swnio mor argyhoeddiadol dros betha mor hollol groes i'r hyn dan ni'n gredu.'

Ni? Syllodd Ruth drwy ffenestr y bws ar y wlad yn gwibio heibio, yn eu cludo'n ôl i'r cymoedd a'r ddinas. Trodd i syllu ar ei chymdeithion yn y bws, ar yr athrawon oedd yn dechrau ymlacio erbyn hyn o weld taith ysgol yn tynnu at ei therfyn a phawb yn ôl yn ddiogel heb drychineb. Ni . . . Gwelodd Robin Rowlands ym mhen draw'r bws; gweld Elin wrth ei hochr, a Dewi ab Iestyn yn y sedd gyferbyn yn prysur fyseddu ei ffôn, yn rhoi ar gof a chadw fanylion y ferch o Kyrgyzstan. Ni.

*　*　*

'Dene ni, pawb yn barod, felly? Stondine'r pleidie a'r ymgeiswyr i gyd wedi eu gosod.'

Bu'n rhaid i Daniel roi taw sydyn ar ei neges destun at Jessica pan welodd fod Gwynne eisoes wedi gosod stondin y Democratiaid Rhyddfrydol, a bod Ruth a

Lowri gyda'u cynrychiolwyr a'u cysgod-ymgeiswyr hefyd wedi llawn baratoi. Rhoes ei ffôn yn frysiog yn ei boced wrth weld bod Seth yntau'n tywys y llencyn Llafur i'w gyfeiriad. Gwenodd Daniel yn glên arno. Cydiodd y llanc yn dynnach yn ei ffeil.

'Jest wedi bod yn rhoi Gavin fan hyn ar ben ffordd,' meddai Seth yn uchel galonnog wrth y ddau. Yna yn ddistawach, yng nghlust Daniel. 'Dio ddim yn andros o gry ar y polisi addysg, a dyn a ŵyr be mae'r Ken ene wedi bod yn bwmpio i'w glopa, ond mae'r mini-maniffesto genno fo, tria'i gael o i sticio at nene.' A chyda gwên arswydus o siriol, ciliodd yn ôl at lle safai Alun, Tecwyn a Gregory. Suddodd calon Daniel.

Ymgeisydd – hyd yn oed ffug-ymgeisydd – oedd yn ansicr ar y polisi addysg, a hynny mewn coleg addysg bellach? Yr union beth mae arna i ei angen – *I don't think*. Ond setlodd yn ei le, serch hynny, dilyn y drefn a sganio'r gynulleidfa yn ddiduedd ofalus. Nid nad oedd o'n gyfarwydd â chynulleidfaoedd ifanc, wedi'r cwbwl . . . Y sesiyne hynny y buodd Jess ac o yn eu trefnu yn y Brifysgol gyda'r nos, a'i waith yntau gyda'r Youth Parliament (*O God*, oes ene rwbeth tebyg fyny fan hyn, pwy fydd yn gwybod, mi fydd yn rhaid i mi holi Jerry, ac os oes, be ydi'r enw Cymraeg?). Oedd, roedd digon o brofiad ganddo, a'r holl wybodaeth ar flaenau bysedd Jessica hefyd: fe ddylasai fod wedi manteisio ar eu sgwrs neithiwr i ofyn iddi e-bostio stwff ato. Ond roedd eisiau gwybod hynt Holly a Marc, ac yna roedd Jess mor llawn o hanesion y tŷ a'r addurno a'r trafferthion ynghlwm â hynny, ac wedyn erbyn iddo alw i weld ei fam . . .

Cipiwyd ef yn ei ôl yn ffyrnig i'r presennol wrth i dri o'r myfyrwyr ddod at ei stondin, a darnau o bapur yn barod yn eu dwylo. Parodd hyn i hyd yn oed Gavin wrth ei ochr fywiocáu, troi ato a dweud:

'Fe fydd rhain yn siŵr o fod isie sôn am Iran a'r ymosodiade, chi'n gwbod. Criw *anti-war*.'

Teimlai Daniel ei fod ar dir fymryn yn gadarnach wrth iddynt nesáu gyda'u bathodynnau a'u cwestiynau. Yn naturiol, roedd Llafur yn gwrthwynebu'r datblygiade diweddaraf; beth – fo'i hun? Oedd, wrth gwrs – wedi bod yn wrthwynebus erioed, Irac ac Affganistan hefyd, heb sôn am Syria . . . Agwedd America? Wel, mae cymaint yn dibynnu, 'toes? Petai'r Democratiaid yn ennill trydydd tymor, fel yr edrychai'n debygol yn awr – ond hyd yn oed wedyn . . .

Dechreuodd ymlacio, a chymryd mantais o'r seibiant, a'r tri wedi gadael yn weddol fodlon, i edrych o'i gwmpas eto. Cynulleidfa ifanc, ie, ond digon o rai hŷn, hefyd. Ond yr un gair ddeuai'n ôl i'w feddwl drachefn a thrachefn: diarth . . . diarth. Yn iau neu yn hŷn, doedd o ddim yn eu nabod. Na, nid dyna'r gair chwaith, doedd diffyg adnabod ddim yn syndod, yntau newydd ddychwelyd, a'r myfyrwyr yn disgyn i'r diffyg adnabod rhwng ei gyfoedion ef a chenhedlaeth ei rieni. Nid adnabod, diffyg gafael, methu cael dim i gydio ynddo oedd y drwg, meddyliodd Daniel. Myfyrwyr, ie – a thipyn go lew ohonyn nhw'n fyfyrwyr aeddfed neu'n rhan-amser, yn ôl a glywsai gan Gwynne – ac fe ddylai o wybod. Sylwodd Daniel fod y stondin lle safai Gwynne a'r fyfyrwraig oedd yn ei gysgodi yn gyson brysur, ac mai Gwynne ei hun oedd brysuraf. Gallai glywed ambell i bwt o sgwrs pan ddeuai pobl atyn nhw, wrth i Gwynne droi at Mari, wrth gyfarch un arall o'i gydnabod:

'Weldi, roedd y cytundeb gawson ni i sicrhau arian ychwanegol i ddisgyblion wedi gwneud gwahanieth, ond wrth gwrs, hynny i gyd wedi mynd i'r gwellt bellach.'

'Oes, mae gennon ni bamffled ar yr union bwnc. Rhoswch funud, mae hi gen i fan hyn.'

'Eifion, cyn i ti fynd, roedd ene eneth yn holi am y cwrs Mynediad flwyddyn nesa, ddeudes i y rhown i hi mewn cysylltiad. Diolch, was.' Roedd Gwynne yn gallu ateb pawb yn ôl eu hangen, yn llithro'n ddeheuig rhwng cyd-aelodau staff a'r rhai ifanc, dibrofiad, yn fyfyrwyr ac yn wleidyddion. Ei bobl ei hun. Yma, yn y Coleg lle bu'n ffigwr cyfarwydd ers cymaint o flynyddoedd, nid oedd Gwynne yn ymddangos mor unig nac allan ohoni. Yr oedd hyd yn oed peth o'i drwstaneiddiwch arferol wedi diflannu, a'i afael ar ei bwnc yn gadarn ac yn hyderus.

Gafael. Dene sydd gan rywun fel Gwynne, meddyliodd Daniel, cyn sythu eto pan ddaeth llif newydd o fyfyrwyr i'r neuadd. O'u gweld yn hofran ger y drws, bu bron iddo â gadael ei stondin a chamu ymlaen atynt. Teimlai'n fwy hyderus, bron heb sylweddoli pam. *Natural constituency* oedd y geiriau ddaeth i'w feddwl, pan gerddodd y llanc oedd ar y blaen yn syth heibio i'w stondin ef ac at y gornel lle safai Lowri. Gwelodd Daniel y lleill yn ei ddilyn, hefyd yn anelu at stondin Plaid Cymru ac yn cyfarch Lowri a'r cysgod-ymgeisydd.

'A, Naseem, dyma dy ffrindia di? Neis ych cwarfod

chi, rŵan dyma'r stwff sonis i amdano fo, tasa gynnoch chi funud . . .'

Gwyddai Lowri o'r gorau fod Daniel yn ei gwylio, a winciodd yn llechwraidd ar Alun a'i thîm. Rhoes Alun wên yn ôl, a chroesi ati, oedd yn gyfle arall am fwy o gyflwyno a chyfeillgarwch. Yn ddigon uchel iddo glywed, a gwyddai hynny hefyd. Troes at Alun.

'Fedra i ddim coelio 'u bod nhw'n dal i yrru pobol felna a disgwyl eu bod nhw'n medru cerddad i mewn i sedd.'

'Ddeudodd o ddim byd, cofia, Lows.'

'Doedd dim rhaid, roedd ei wynab o'n deud digon. Ac mi welith fod gynnon ninna ddigon i'w ddeud, hefyd.' Trodd at Naseem yn llawen, cyn bwrw golwg dros y neuadd a'r prysurdeb o gwmpas y stondinau. Gwelodd y llif cyson o gwmpas Gwynne, ei gynghorion a'i brysurdeb, ac yntau yn ei fyd cyfarwydd. Bob hyn a hyn, byddai fflach siwt goch Ruth yn ymddangos. Syllodd Lowri unwaith eto yn syth fwriadol ar draws yr ystafell at Daniel.

'Croeso i'r Gymru newydd.'

Pennod 5

LOWRI, RUTH, GWYNNE

Dydd Gwener, 15 Ebrill 2016

Yn ei swyddfa dros dro, bron nad oedd Alun ar fin caniatáu iddo'i hun deimlo peth cyffro. Buasai *gaffe* diweddaraf AC Ceidwadol rhydd ei dafod yn ddigon o galondid iddo y peth cyntaf yn y bore pan edrychodd ar ei sgrin, ac ambell waith, câi ei galonogi gan stori yma a thraw a awgrymai fod Llafur yn dychwelyd at yr hyn fu'n brif ddifyrrwch iddynt yng nghanol llynedd, ac yn lladd ar ei gilydd yn amlach ac yn ffyrnicach nag ar eu gelynion. A hyd yma – daliodd ei wynt wrth sganio'r straeon diweddaraf – roedd ymgeiswyr y Blaid yn y rhan fwyaf o'r etholaethau yn ymddangos fel petaent ar i fyny, a'r dyrnaid o sêr amlycaf yn sboncio'n loyw. Ychydig mwy o fenter gan rai, ac fe fyddai pethau'n gwella eto fyth: menter, hyd yn oed mentro bod yn ddigywilydd yn y llefydd iawn, ac fe allai pethau edrych yn obeithiol dros ben. Hynny, ac ychydig mwy o anlwc i Lafur yn fwy lleol. Gwenodd Alun, a dychwelyd i edrych eto ar y sgrin wrth glywed Lowri a'r criw canfaswyr yn dod i mewn o'r glaw.

'Mae pethau'n poethi,' meddai, ac edrych i fyny am

eiliad. Tynnodd Lowri ei chôt, a'i hysgwyd. Trodd Alun y ddyfais oddi wrthi yn sydyn i osgoi'r dafnau glaw a dasgai oddi arni.

'Tybad? Ond wedyn, fama wyt ti wedi bod, yntê, tra buo'r gweddill ohonan ni'n brwydro'r elfenna ar gyrion yr etholaeth. Pwy ddiawl alwodd Powys Fadog yn etholaeth 'drefol yn benna', dwed? Yn bersonol, dwi byth isio gweld yr un ffarm eto tra bydda i byw – a chyn i ti ofyn – na, daethon ni ddim mor bell â Hendre Gofidiau. Mi fydda i yn siŵr o gael y plesar o weld Dafydd Robaitsh yn un o'r myrdd cyfarfodydd achub ysgolion bach 'na mae o wedi'u trefnu.'

Taflodd Lowri ei swp o daflenni ar y bwrdd a suddo i'r unig gadair esmwyth yn y fflat. 'Sgynnon ni amsar am banad cyn yr hyfrydwch nesa? A cyn i ti ofyn, mi wnes i olchi'r llestri cyn mynd allan.'

'Bosib y byddi di angan panad neu rwbath cryfach wedi clywed hyn.' Cododd Alun ei ben o'r sgrin eto. 'Dan ni'n dal ati'n rhyfeddol yn ôl y pôl diweddara. Ond mae'r Toris yn ennill tir.'

'Cymru gyfan 'ta fama?'

'Nes i ni fod yn ddigon pwysig i haeddu pres a bod yn sedd darged, mi fydd yn rhaid i ni fodloni ar bôl cenedlaethol.'

'Ond Alun bach,' dyrnodd Lowri ei llaw ar y bwrdd nes i'r sypyn taflenni ddisgyn i'r llawr, 'tasat ti'n mynd ati i chwilio am etholaeth *an*nodweddiadol, fedrat ti ddim cael gwell na Phowys Fadog. Ystyria am funud: newid ffinia go radical; yr holl ymgeiswyr yn newydd, felly dim Aelod Cynulliad presennol, ac yn fwy na hynny, y cyn-Aelod wedi gorfod mynd dan gwmwl ariannol digon dodji; a chan mai Llafur oedd o, hynny wedi rhoi tolc go hegar i unrhyw ymchwydd o gefnogaeth sydd ganddyn nhw ar lefel genedlaethol; dan ni ddim yn etholaeth wledig – meddan nhw, ond o sbio ar faint o fwd dan ni wedi'i gario i mewn ar ein sgidia heddiw, dwi'n ama hynny – felly tydan ni ddim yn gyfan gwbl drefol chwaith; dan ni ar y ffin ond efo talpia helaeth sy'n Gymreigaidd ac yn Gymraeg iawn.'

Erbyn hyn, yr oedd Alun wedi codi ei ddwylo i geisio atal y llif.

'Swnio i mi fel tasat ti newydd ddisgrifio Cymru gyfan, Lowri.'

'Trio deud bod Powys Fadog yn cynrychioli'r wlad wyt ti felly? Ac y dylan ni dalu sylw i'r pôl?'

Edrychai Alun ar y sgrin ac ar Lowri bob yn ail.

'Mi fasa'n wirion anwybyddu polau'n llwyr, fel y gwyddost ti. Ond does neb yn deud bod yn rhaid i ti fod yn gaeth iddyn nhw na dilyn y canlyniadau yn slafaidd, chwaith. Dan ni wedi dysgu'r wers honno erbyn hyn, gobeithio.'

'Ond ti'n gweld y Toris yn benodol yn beryg yma, felly?' swniai Lowri'n amheus o hyd. 'Mae Ruth wedi gwneud argraff, dwi'n cyfadda – mi fasa honna'n gneud argraff ar gorwynt – ond mae yna gymaint o deimlad yn eu herbyn nhw, yn enwedig gan eu bod nhw'n ddilyffethair yn Lloegr bellach, fedra i mo'u gweld nhw'n dod yn ôl yma. Llafur yn dal yn fwgan, ddeudwn i.'

Nodiodd Alun yn araf.

'Ond methu dallt rhai petha y mae rhywun yn eu clywad ydw i. Tydi Seth ddim yn hapus, mi fedra i ddeud hynny. Ond yn anhapus am be?'

'Ti rioed yn meddwl ei fod o isio bod yn ymgeisydd

yn lle Daniel?' Edrychai Lowri yn hynod amheus. 'Hyd yn oed i Lafur, mae o braidd yn hen, 'sbosib.'

Ysgydwodd Alun ei ben.

'Mae o'n gefnogol bob cam i Daniel bach, mi fedar pawb weld hynny. Ofn i'r gwynt chwythu arno fo, a deud y gwir. Dwi ddim yn meddwl mai'r *ymgeisydd* Llafur ydi'r broblem.'

'Diddorol,' meddai Lowri. 'Wnes i ddim meddwl tan hyn bod Mr Cunnah yn fawr o fygythiad i mi. Ella mod i'n iawn, hefyd.'

Edrychodd y ddau ar ei gilydd. Lledodd gwên dros wyneb Lowri. 'Roeddat ti'n iawn, Alun. Petha'n poethi.'

'Meddwl tybed fydd hi'n bosib dyfnhau'r hollt rywust.' Roedd sylw Alun wedi dychwelyd at ei sgrin, ond yr oedd Lowri yn cerdded yn ôl ac ymlaen yn yr ystafell gyfyng, yn baglu dros ei phethau ei hun a deunydd yr ymgyrch oedd blith draphlith dros y lle. Ymdrechodd i dwtio ei gwallt, estyn am siwmper i'w thynnu dros ei phen a gwneud llanast o'i gwallt eto. Clywodd lais Alun wrth i'w phen ymddangos trwy wddw'r siwmper.

'Mae yna ambell syniad yn y bwletinau diweddara, wrth gwrs.'

'Alun, ti'm o ddifri?'

Edrychodd Alun yn syth i'w llygaid.

'Am ddyfnhau'r hollt. Wel, wrth gwrs.'

'Am wneud hynny trwy ddulliau sy'n cael eu hargymell yn y bwletin wythnosol? Asu, Alun, ti wir yn meddwl bod Llafur – neu unrhyw un o'r pleidia eraill, tasa hi'n dŵad i hynny – yn sticio at syniada sy'n dŵad o'u pencadlys, a bod pob ymgeisydd yn dilyn y sgript fel robot bach da?'

'Ddeudais i byth dy fod ti wedi troi'n robot, Lowri, ti'n gwybod hynny. Ond mae yna syniada da, fel y gwyddost ti o'r sesiyna hyfforddi.'

'Ac mi fydda i yn eu defnyddio nhw, wrth gwrs y bydda i. Heb sôn am be mae rhywun wir yn ei ddysgu yn y sesiyna hyfforddi.'

Ac wrth weld Alun yn parhau'n ddryslyd, dyrnodd Lowri'r bwrdd yn ddiamynedd. Bownsiodd y teclyn. 'Nefoedd, Alun, paid â deud bod sesiyna'r asiantwyr a'r rheolwyr ymgyrch yn ddim byd ond canllawia'r Comisiwn Etholiadol ar sut i gyflwyno dy bapura mewn pryd. Roeddach chi'n dysgu oddi wrth eich gilydd, debyg? Bwria dy feddwl yn ôl i gynadledda ac ysgolion haf aballu y buon ni ynddyn nhw dros y blynyddoedd – a dwi ddim yn sôn yn unig am rai'r Blaid, chwaith. Wyt ti ddim wedi parchuso gymaint nes dy fod ti wedi anghofio'r dysgu anffurfiol oedd yn digwydd yn rheiny, nac wyt?'

'Wel – ym – naddo, siŵr, os mai sôn am yr un petha yr ydan ni. Ym ... sgyrsia anffurfiol, cymdeithasu aballu, 'te? Dŵad i nabod pobol.'

Ochneidiodd Lowri.

'Ia, os mai dyna wyt ti am ei alw fo. Cododd gylchgrawn oddi ar y bwrdd, byseddu'r tudalennau cyn troi eto at Alun. 'Sonist ti am banad?'

Cododd Alun a chamu'n anfoddog at y gegin. Gwaeddodd Lowri uwch sŵn y dŵr.

'Ges i chwanag o goffi, a mae 'na fisgedi reit neis, hefyd. Ti'n cofio'r stondin yna ym Marchnad y Ffermwyr lle buon ni'n canfasio dydd Sadwrn?'

Tawelodd y tap ar amrantiad a rhoes Alun ei ben yn ôl rownd y drws.

'Nest ti'm prynu dim byd a titha'n gwisgo dy rosét?'
Taflodd Lowri'r cylchgrawn ar lawr.

'Nefoedd yr adar, Alun, fasa fo ots eniwe? Rydan ni
newydd fod wrthi'n trafod dullia answyddogol, cyfla i
wneud rwbath fasa'n difrodi Llafur go-iawn, a dyma
titha'n bytheirio am ryw reola! Paid â chynhyrfu, dw
inna'n gyfarwydd â nhw hefyd, a na, nid tra oeddan
ni'n canfasio y prynis i nhw. Wnes i ddim dangos fy
lliwia o gwbwl a doedd y ddynas fach ar y stondin
ddim callach pwy oeddwn i.' A than ei gwynt wrth i
Alun ddychwelyd i'r gegin, 'Sy'n dangos faint o argraff
wnaeth ein canfasio ni, yn amlwg.' Cododd ei llais. 'Sut
bynnag, sôn roeddwn i am ddŵad i nabod pobol, hel
clecs a dysgu cyfrinacha, a dysgu pa dricia i'w
defnyddio.'

Clywodd sŵn clindarddach llestri yn y gegin.

'Alun! Pa mor blydi anodd ydi gneud panad, neno'r
Tad?'

Aeth drwodd ato. Roedd dau fygiad o goffi yn sefyll
ar y rhimyn o fwrdd dan y cwpwrdd wal, ond syllu'n
bryderus i'w chyfeiriad hi a wnâi Alun.

'Pan wyt ti'n sôn am dricia . . . Dal d'afael rŵan,
Lows. Rhedag ymgyrch gyfansoddiadol ydan ni, cofia.'

'O, 'ngwas gwyn i, tydw i'n gwybod hynny'n iawn? A
dyna'n union dwi yn wneud. Dyna oedd y nod, yntê, yn
nyddiau'r Gymdeithas a phob corff a mudiad arall y
buon ni yn perthyn iddyn nhw er mwyn cael y maen i'r
wal? Symud ymlaen. Dyna be oeddwn i'n wneud yn y
swyddi yn Ewrop, dyna sut cawson ni'r Cynulliad yn y
dechrau, sut yr aethon ni ymlaen i gael mwy o bwerau
– ac wedyn – '

'Cyrraedd y nod?'

'Cyrraedd y nod. Ac yn wahanol i rai, dwi'n falch ein bod ni ar y ffordd, wedi ennill mesur o lwyddiant a grym ac yn barod i neud hynny eto. Mae dyddia cadw ein hunain yn biwritanaidd bur a pheidio â baeddu'n dwylo efo cyfaddawd ar ben. Adawa'i hynny i'r bobol sydd â slogana yn lle ymennydd, sydd wrth eu bodd yn bod yn wrthblaid barhaol, yn Llais Lle Bynnag, y Te Parti Cymreig – ac mi adawa'i iddyn nhw gael cymaint o lwyddiant ag a gafodd yr un yn Mericia, heddwch i'w lwch o. Dwi'n byw yn y byd real ac yn barod i faeddu 'nwylo. Am hynny dwi'n sôn. Rŵan tyrd â'r bisgedi yna cyn i ni'n dau lwgu.'

Estynnodd Alun y plât.

'Adran – ym – answyddogol?'

'Adran tricia budron, os wyt ti am i mi wneud y peth yn hollol blaen i ti. Mae gan bob plaid arall un, a diolch byth ein bod ninna'n dechrau deffro i weld yr angen hefyd. Nid nad ydan ni wedi cychwyn yn barod, dybiwn i.'

'Ti'n sôn am LabRats?'

Gwenodd Lowri yn fodlon.

'Maen nhw wedi gneud argraff yn sicr, tydyn? Mi aeth y stori yna am y ddau ymgeisydd yng Nghaerdydd yn gwrthod siarad efo'i gilydd rownd fel tân gwyllt. A mae hanes y cynghorydd efo'r BNP yn ei orffennol wedi dechra magu traed hefyd, a honno'n nes at fama, wrth gwrs. Faswn i ddim yn meindio gneud rhyw awgrym bach am hynny tro nesa y bydda i allan.'

'Cymra ofal, hefyd, Lows.'

Roedd Alun yn cydio'n nerfus yn ei baned, ond yr oedd llygaid Lowri yn loyw.

'Dim rhaid i mi fynd ati i wneud dim ar hyn o bryd,

y ffordd mae LabRats yn ffeindio rhyw hanesion bach difyr am ymgeiswyr Llafur – hyd yn oed y rhai efo gobeithion go dda. Ond prin y medri di 'meio i am – wel – wthio ambell i stori yn ei blaen, gawn ni ddeud. Wedi'r cwbwl,' a difrifolodd yn sydyn, 'tydan ni wedi bod yn ista'n ôl a derbyn eu clwydda a'u hensyniada nhw am yn ddigon hir? Neith fyd o les iddyn nhw gael blas ar sut beth ydi o.'

Cytunodd Alun.

"Sdim rhaid i ti f'atgoffa i o hynny, nac oes? Rydan ni'n dau yn cofio'r dyddia cynnar. Ond Lowri,' yr oedd pryder yn ei lais eto, 'rwyt ti yn hollol sicr bod ein dwylo ni'n lân, wyt ti? Nad oes yna ddim cyfrinacha y gallan nhw eu sbringio arnan ni wrth iddyn nhw drio ffeindio pwy sydd y tu ôl i LabRats?"

'Alun bach,' roedd llais ac osgo Lowri yn hollol hyderus erbyn hyn, a safodd o'i flaen mewn ystum rhywun yn gwneud cyhoeddiad, '"yn naturiol, mae fy mhlaid yn hollol hyderus yng ngrym y dadleuon sydd gennym i'w cyflwyno i'r etholwyr i gario'r dydd, heb fod angen ymostwng i wleidyddiaeth y gwter trwy safleoedd a blogiau answyddogol, sydd, a gaf i bwysleisio, heb gysylltiad o fath yn y byd ag ymgyrch Plaid Cymru, ei hymgeiswyr na'i swyddogion." Hapus ŵan? Ond wrth gwrs, maen nhw'n deud nad oes yr un ohonan ni byth fwy nag ychydig fetrau oddi wrth lygodan fawr . . .'

*   *   *

Ers iddi fod yn gweithio yn Llundain, arferai Ruth feddwl am y fflat uwchben y swyddfa fel ei gwâl. Nid lle i ddianc iddo yn reddfol ar bob achlysur – roedd y fflat 'go-iawn' yn Chelsea yn ddihangfa ynddo'i hun, wrth gwrs, ac wedi ei fwriadu i fod felly. Rhagwelai y byddai'n dal ei gafael ynddo wedi'r etholiad – beth bynnag fyddai'r canlyniad. Gwenodd. A'r busnes hwn hefyd, y swyddfa ddi-nod yn Stoke Newington? Dim gwrthdaro buddiannau, hyd y gallai hi weld – a chymerasai'r holl gamau priodol i sicrhau ei *bod* yn gweld, a'i bod yn llwyr ymwybodol o unrhyw drap allai gael ei osod. Y busnes yn ddiogel – ac felly hefyd y fflat.

Aethai dros wythnos heibio ers iddi fod ynddo, ond doedd dim olion esgeulustod na gwacter wrth iddi gamu o'r lobi gul i'r ystafell fechan. Popeth yn ei le, digon o gysur ond dim moethusrwydd. Fe gâi hynny yn Chelsea – ond fe'i câi yma hefyd: moethusrwydd ei phreifatrwydd. Diolchodd nad oedd mynydd o bost diangen yno i'w chyfarch – dim llythyrau o gwbl, mewn gwirionedd, ac yr oedd eisoes wedi delio'n chwim a phroffesiynol â'i holl ohebiaeth electronig cyn mynd i'r swyddfa. Ac yn y swyddfa roedd popeth yn rhedeg yn llyfn, dim prosiectau mawr newydd ar y gweill, a hynny o'i dewis hi. Dim ond Sam yn cadw popeth i fynd yn llyfn – am y tro. Llogi rhai o'r hogiau allan, timau i ambell ddigwyddiad mwy na'i gilydd, a dyna ni. Fel y gallai gadw ei meddwl yn glir i bethau eraill, hyd yn oed cael noson o ymlacio yn y fflat bach distadl, os nad distaw.

Deuai synau cerddoriaeth amrywiol ati o'r stryd, ond heb fennu'n ormodol arni, wrth iddi hithau wneud ei dewis. Madrigalau y tro yma, rwy'n meddwl. A chwarddodd yn ysgafn wrth gofio ei hatebion hi a'i chyd-ymgeiswyr yn gynharach yn y dydd i'r cwestiwn cloi bwriadol annadleuol mewn sesiwn holi. Byddai wedi betio ar naill ai hoff lyfrau neu hoff gerddoriaeth, gan fod yn barod am y naill a'r llall, a heb gael ei synnu o gwbl pan fynegodd Gwynne ei hoffter o emynau, a llwyddo i grybwyll y ffaith ei fod yn aelod o gôr. Wrth gwrs ei fod. Ac fe fu Lowri Meirion o leiaf yn onest, gan ddweud mai Classic FM yn y car fyddai ei dewis hi, ac mai'r unig le y byddech yn debygol o'i chlywed (neu beidio) yn canu oedd yn y bàth neu mewn tafarn ar ddiwrnod gêm. Fe welsai'r ymateb i'w dewis hi: 'madrigalau a metel trwm' – yr union ymateb a ddymunasai, a gwyddai ei bod hithau hefyd wedi bod yn onest, waeth beth gredai'r lleill. A'r un dyn bach ar ôl? *Wrth gwrs* ei fod e wedi dweud yn ysgafn ddiymhongar, 'Stryd' a 'Cherddoriaeth Byd': bron na allech chi weld sgript yr awgrymiadau o'r swyddfa ganolog er mwyn gwneud i ymgeiswyr swnio'n gyfoes ac mewn cysylltiad â'r werin. Roedd e'n llawn haeddu ei chwestiwn pigog hithau, 'I ba fyd mae madrigalau a chorau a cherddorieth glasurol yn perthyn, 'te?'

Na, doedd Daniel Cunnah ddim yn broblem ar hyn o bryd. Ddim tra byse fe'n cadw at y patrwm, yn saff y tu mewn i'w ffiniau disgwyliedig. Ond fe fyddai hyd yn oed anifeilied bach dof am flasu rhyddid ambell waith.

* * *

'Pwdls, cŵn bach, llygod yn gadel y llong . . . Bwch dihangol oedd y disgrifiad caredica i mi glywed, am wn i.'

Cerddai Gwynne a Tecwyn yn ddigalon tuag at Lluarth ar derfyn diwrnod diffrwyth. Cymerasai Tecwyn ofal o'r taflenni canfasio 'i'w copïo a gosod y

wybodeth i mewn i'r system' ond yr oedd cymaint o'r
hyn a fynegwyd ynddynt eisoes wedi ei serio ar ei
feddwl ef a Gwynne. Digalondid, dicter, siom ac ambell
air gan gydymdeimlwyr, os nad cefnogwyr, yn rhyw
led-gyfaddef fod gormod o faich y bai wedi disgyn ar
ysgwyddau eu plaid hwy yn hytrach nag ail bartner
cryfach y glymblaid golledig. Ond bai pwy oedd
hynny? Tybiai Tecwyn nad dyma'r amser i bwyso am
ateb, wrth weld ysgwyddau ei ffrind yn crymu fymryn
fel y nesâi at ei gartref. Sylwodd nad oedd arwyddion
bywyd o gwmpas y tŷ; cymerodd gip ar ei oriawr. Wrth
gwrs, doedd hi ddim yn hwyr. (*Peidiwch byth â
chanfasio unwaith iddi ddechrau nosi, ac os nad ydech
chi wir am golli cannoedd o bleidleisiau, dim curo
drysau pan mae Coronation Street ymlaen.*) Roedd hi'n
ddigon cynnar i Siân fod allan yn rhyw gyfarfod neu'i
gilydd: busnes y llyfrgell, fwy na thebyg, neu ei grŵp
darllen. Sylweddolodd Tecwyn yn sydyn mai dyfalu yr
oedd, a bod gan Gwynne, fwy na thebyg, well syniad y
dyddiau hyn am symudiadau Siân. Ond dychwelyd i
dŷ gwag, er hynny. Chwiliodd yn ôl dros
ddigwyddiadau'r dydd a'r ymgyrch am rywbeth allai
godi ei galon.

'A wel, Caeau Gleision wedi bod yn dalcen caled
erioed, chware teg. Ddylen ni ddim disgwyl gormod
ene. Allse fod yn waeth, fe allsen ni fod wedi bod yn
trampio ar hyd Maes Melyn.' Ddim y peth mwya
gorfoleddus i'w ddweud, ond mae 'nhraed inne'n
dechre brifo erbyn hyn.

'Pobol dda yn byw yn y ddau le, cofia,' meddai
Gwynne. 'Ddylen ni ddim disgyn i'r hen drap o
gondemnio pawb oherwydd y lle maen nhw'n byw.'

O, tria helpu, 'rhen gyfaill. Teimlai Tecwyn ei hun yn colli amynedd ar ei waethaf. Am faint mwy y gallai ddal ati gyda hyn? Roedd yn dechrau teimlo ei oed. Ond dyna lais Gwynne eto, er y gwyddai ei gyfaill mai gorfodi'r optimistiaeth i'w lais yr oedd. Gweld yr ochr orau, a hyd y gallai, cuddio neu gelu'r ochr ddu. Onid dyna a wnaethai erioed?

'Wel, roedd llai o bosteri Llafur i'w gweld o gwmpas, dwi'n reit siŵr o hynny. Mewn lle oedd yn arfer bod yn solet iddyn nhw: arwydd da, siŵr o fod.'

'Bachgen Trefor Cunnah heb lwyddo i gael ei draed dano eto, ti'n meddwl, felly?'

Roeddent yn cerdded i fyny llwybr yr ardd erbyn hyn, a Gwynne yn ymbalfalu am ei allweddi. Ceisiodd Tecwyn fanteisio ar gwestiwn ei ffrind, gan wneud ei orau i gadarnhau gwendid yr ymgeisydd Llafur.

'Mae ene ryw sŵn ym mrig y morwydd – pobol ddim yn hapus . . .' dechreuodd Tecwyn, cyn i Gwynne dorri i mewn.

'Wedi laru ar wleidyddion ac ar bolitics yn gyffredinol, yn ôl tystioleth heno, siŵr i ti.'

Daethai o hyd i'r allwedd o'r diwedd, ond torrodd Tecwyn ar ei draws.

'Wel, elfen o hynny – ond mae rhai o'r cynghorwyr Llafur yn gneud syne, wsti.'

'Digon hawdd dychmygu pwy, hefyd, a pha syne mae Ken a'i gronis yn neud.' Daethai llais Gwynne yn annisgwyl siarp, ac oedodd Tecwyn ar stepen y drws, yn ansicr. Aeth Gwynne yn ei flaen.

'Mae o i'w weld yn ddigon gweithgar: eisie i'r bachgen gael cyfle sydd.'

Ond nid i ti roi cyfle iddo fo ar blât, neno'r Tad,

meddyliodd Tecwyn. Mae ene etholiad i'w ymladd gynta – gei di fod mor glên ag y mynni di ar ôl mis Mai. Ond ni ddywedodd ddim. Arhosodd Gwynne am ennyd yn y lobi, troi tuag ato.

'Ddoi di ddim?'

'Na, well i mi 'i throi hi, was, y taflenni canfasio, weldi.'

'Wrth gwrs.' Roedd Gwynne eisoes wedi troi ei gefn, ac wedi troi'r golau ymlaen yn y tŷ gwag. Wrth i Tecwyn droi'n ôl i lawr y llwybr at y ffordd, roedd smotiau cyntaf glaw'r gwanwyn i'w teimlo.

Pennod 6

Dydd Llun, 18 Ebrill 2016

Adre, mae Daniel yn sgwrsio â'i gymar yn eu cartref.

Dan Dare: Weekends a no-no at this stage: u cd come up?

JessJ: After what u said re Welsh transport system?

Dan Dare: Public consumption! Anyway, u noticed I praised govt's work on transport connections?

JessJ: Connections between North and South Wales – duh! Anyway, thought that was Assembly's doing??

JessJ: U there?

Dan Dare: Yep, just multi-tasking – as we men do ... lol. Still have blog to draft – make it sound personal, as I think u said? Anyway, any chance? M & H could see Nain.

JessJ: I know, babes, but bit diff. Holly wd have 2 miss drama class if we took train.

Dan Dare:	Dramatic enuff here . . .
JessJ:	Of course, if they had the same term times as England over there . . . Cd u do summat as an MA or whatever they call it?
Dan Dare:	Give me time . . . Anyway, just a thought. Ooops – doorbell. Either Seth with leaflets or Jerry with schedule of meets. Who'd be a politician?! TTFN
JessJ:	C U! When this is over . . .
Dan Dare:	K, love. Will txt. Xxxxxxxxxx

Blog LabRats.

Yn tyrchio dan yr wyneb.

19: 4: 2016. **Hapus i fod yn 'ffiaidd o gyfoethog'?**

Mae 'nghyfeillion yn nyth Llafur yng Nghymru yr wythnos hon yn gwneud eu gorau i ymbellhau oddi wrth y Blaid Lafur yn Lloegr, ac yn dweud eu bod yn ffieiddio'r term 'Llafur Newydd' (cofio hwnnw)? Efallai y buasai'n haws credu eu protestiadau petai'r fath endid â Llafur Cymru yn bodoli mewn gwirionedd, (gweler fy mhostiad diwethaf) a phetai gan o leiaf un o aelodau Llywodraeth Cymru gyfeiriad .cymru yn hytrach na .wales (wnawn ni anghofio'r nifer sy'n dal i ddefnyddio .gov.uk . . .)

Oni fuasai'n syniad i rywun gael gair yng nghlust Daniel Cunnah, ymgeisydd Llafur Newydd/Y Blaid Lafur/Llafur Cymru – ond byth Plaid y Gweithwyr – plîs! – ym Mhowys Fadog, ac awgrymu'n garedig wrtho nad yr Arglwydd Mandelson o amharchus goffadwriaeth yw'r patrwm gorau iddo i'w ddilyn?

Gwyddom oll fel y mae Llafur wedi mireinio'r grefft o bluo eu nyth eu hunain. Pwy all anghofio Simon Reynolds, cyn-AC yr etholaeth, cyn i'r newid ffiniau ei throi yn Bowys Fadog ac i rym y gyfraith ei droi ef yn rhywun llawer llai parchus nag Aelod Cynulliad? Mae rhentu'r nyth – sori, cartref y teulu – allan i bobl leol yn gallu ymddangos fel cam caredig i leddfu'r angen dybryd am dai fforddiadwy yn yr ardal. Wrth gwrs, y mae hefyd yn ffynhonnell o bres del i Mr Cunnah, i ategu ei gyflog pitw fel ymgynghorydd i un o sefydliadau mawr y Ddinas. Ond beth sy'n digwydd pan fo'r ymgeisydd 'lleol' eisiau dangos ei fod yn wreiddiedig yn yr ardal mae'n gobeithio'i chyn-rychioli? Ta-ta pobl leol – helo ymgeisydd Llafur yn symud i mewn er mwyn cael cyfeiriad dilys ym Mhowys Fadog werinol yn hytrach nac Islington bell.

Mae teulu Mr Cunnah yn dal i gadw troedle yn Llundain, wrth gwrs. Oherwydd petai ef yn gorfod troi'n ôl am Lundain wedi'r etholiad, bydd yn gysur iddo wybod na fydd angen iddo fynd i chwilota am gartref yno – yn wahanol i'r cwpl lleol ym Mhowys Fadog sydd yn gorfod ail-ddechrau chwilio am le i fyw.

Postiadau diweddar
 1:4:2016. **Ymgeiswyr Powys Fadog – Pwy fydd y Ffŵl Ebrill?**
18:3:2016. **Gwas newydd – hen bolisïau.**

Golwg 360
Etholiad '16
'Triciau budr' ym Mhowys Fadog
Ebrill 19, 2016. 12.20 Diweddarwyd am 16.45

Parhau y mae trafferthion y Blaid Lafur yn y gogledd-ddwyrain. Mae Daniel Cunnah, eu hymgeisydd ym Mhowys Fadog, wedi ymateb yn ffyrnig i ymosodiadau arno ar flog 'LabRats', fu'n cyhoeddi llif cyson o straeon negyddol am Lafur dros gyfnod yr etholiad.

Honnwyd ei fod yn elwa o rentu tŷ ei rieni, a'i fod hefyd wedi troi'r tenantiaid presennol allan iddo ef gael hawlio'r tŷ fel ei gyfeiriad yn yr etholaeth. Mewn datganiad, dywedodd Daniel Cunnah, sydd yn fab i'r diweddar Trefor Cunnah, y cyn-löwr a'r arweinydd undeb amlwg, ei fod yn gwrthod yr honiadau yn llwyr, gan eu galw yn 'enghraifft arall ymysg llawer o driciau budr ein gwrthwynebwyr gwleidyddol'.

Bu peth anfodlonrwydd pan ddewiswyd Daniel Cunnah i sefyll dros Lafur yn yr etholaeth, gyda rhai aelodau yn honni i ddarpar-ymgeiswyr lleol gael eu hanwybyddu yn annheg yn y broses ddethol.

Mae llawer o ddyfalu wedi bod ynghylch awdur y blog, ond gwadodd llefarwyr ar ran y Ceidwadwyr, Plaid Cymru a'r Democratiaid Rhyddfrydol fod a wnelo hwy unrhyw beth â LabRats.

Sylwadau

Madogwys
Yr un hen stori – wnaiff Llafur byth ddysgu?
Twm Edwards
A neiff Plaid Cymru byth roi gora i sbeitio? O leia ma fo'n fachgen o'r ardal – oedd y Blaid yn ei chael hi'n anodd ffeindio rwfun lleol, oeddan nhw?
D. Enw
Ers pryd mae Llundain yn lleol i Powys Fadog? Un

arall wedi ei barasiwtio i fewn gan Lafur Llundain yw Daniel Cunnah, er ei holl sôn am ei wreiddia yn yr ardal. Cynnrychiolydd clique Notting Hill ac Islington yn lle clique yr undebau – am ddewis!

Madogwys

Falle mod i'n bod yn annheg ac mai trio codi pres i'r Blaid Lafur y mae o – pawb yn gwbod eu bod nhw'n broc wedi gorwario ar yr etholiad Prydeinig llynedd. Blaenoriaethe, bois bach!

Purydd

A pham Powys Fadog? Lle gwneud! A pham nad adfer Powys Wenwynwyn??

Gohebiaeth Etholiadol

LOWRI MEIRION PLAID CYMRU – YN CYRRAEDD Y NOD

Yn etholiadau'r Cynulliad Cenedlaethol, mae Plaid Cymru mewn sefyllfa gref dros ben yn etholaeth newydd Powys Fadog. Yn wahanol i etholiadau San Steffan, fedr y Democratiaid Rhyddfrydol na'r Torïaid ddim ennill.

Profiad. Mae gan Lowri y profiad angenrheidiol i gynrychioli pobl Powys Fadog.

- Cyn-arweinydd tîm Busnes yn Ewrop, Brwsel.
- Cyd-sefydlydd Denu'r Doniau, cwmni llwybr-cyflym i raddedigion a disgyblion disglair
- Aelod o Fwrdd Rheoli Hen Wlad Newydd, menter denu gweithwyr o'r radd flaenaf yn ôl i swyddi yng Nghymru.

Ymrwymiad i'r ardal. Mae Lowri wedi ymrwymo i gael y fargen orau oll i'r gogledd-ddwyrain a

Phowys Fadog. Mae'n hanfodol bwysig fod gennym gynrychiolwyr fel Lowri sydd â'r profiad i wneud gwahaniaeth a gofalu bod ein llais yn cael ei glywed yng Nghaerdydd.

Gweledigaeth. Fel rhywun sydd â phrofiad helaeth mewn cysylltiadau rhyngwladol a blaengaredd busnes, mae gan Lowri weledigaeth o'r modd y mae am weld yr ardal yn datblygu. Mae eisiau cefnogi a chryfhau'r diwydiannau technoleg gwybodaeth a niwrowyddoniaeth pwysig, ac ar yr un pryd, ddod â swyddi newydd i mewn ac amddiffyn ein gwasanaethau hanfodol: ysgolion, llyfrgelloedd a bothau busnes, sydd mor bwysig i'n cymunedau.

Lowri yn agoriad swyddogol Canolfan Menter Madog.
Cyhoeddwyd gan: Alun Humphreys, 8 Maes Madog, Penyfron.
Argraffwyd gan Wasg y Ffin, Parc Diwydiannol Garmon.

Nos Fercher, 20 Ebrill 2016. 11.00 p.m.
'Dydi Lowri ddim ar gael ar hyn o bryd. Gadewch neges ar ôl y dôn, ac mi ddo'i 'nôl atoch chi cyn gynted ag sydd modd. Diolch.'
'Helôô, Gwil Edwards, ysgrifennydd cangen y Llan sydd yma. Isio gair efo'n hymgeisydd, yndê? Dim ond am ddeud fy mod i a'r pwyllgor bach wedi bod yn rhoi'n penne at ei gilydd y noson o'r blaen – wedi i ni fod yn rhoi *Llais y Ffin* at ei gilydd, – a

114

dyma ni wedi cael rhai syniade ynghylch y daflen. Yr anerchiad, felly, dwi'n feddwl, yndê? Gweld y patrwm geuson ni o Gaerdydd dipyn bach yn – be ddeuda'i – yn foel braidd, ar y mwya o bolitics, ddim cweit y math o daflen den ni wedi arfer ei chael rownd fan hyn, a meddwl oedden ni y base rhyw dipyn bach mwy amdanoch chi eich hun yn mynd lawr yn dda. Fase'n bosib i chi alw draw i chi gael golwg ar ein nodiade ni – heno, falle? Ac roedd Geraint – chi'n nabod Geraint, dydech, ysgrifennydd Siloam – yn meddwl y base'n beth da sôn am eich cysylltiade â'r fro, hefyd, yndê? Siŵr medrwn ni wthio hynny fewn ar y daflen yn rwle. Ac un peth arall, gyda llaw . . .' *Biiiiiip!*

Bore Iau, 21 Ebrill 2016. 1.00 a.m.
Turbopoker Login
Please enter your username and password to log in
Username: Ruthless
Password:

Oedi am ennyd yn unig a wnaeth Ruth cyn mewnbynnu ei chyfrinair: gwelodd y rhes o sêr yn ymddangos o'i blaen, a bwriodd ati.

Pennod 7

DANIEL, LOWRI, RUTH, GWYNNE

Dydd Iau, 21 Ebrill 2016

'"*Expletive deleted*" dwi'n meddwl ydi'r term, Daniel, 'set ti'n ddigon hen i gofio be mae o'n feddwl.'

'Wel, dwi wedi astudio hanes. Ac economeg a gwleidyddiaeth. A dech chi wedi sylwi, Seth, mod i'n gwbod y geirie Cymraeg am bob un ohonyn nhw? Rhyfedd i rwfun gafodd ei barasiwtio i fewn?'

Eisteddai Daniel a Seth yn wynebu ei gilydd dros y ddesg fechan yn swyddfa Llafur yn y dref, Daniel a'i ffôn yn ei law, a Seth yn bwrw cip yn awr ac yn y man ar y taflenni canfasio. Syllai Daniel yn syth i wyneb Seth pan godai hwnnw ei olygon. Gwnaeth hynny yn awr a syllu ar fab ei hen gyfaill.

'Wyt ti ddim wir yn poeni am be mae rhyw nashi dienw yn ddeud?' Swniai Seth yn wirioneddol bryderus.

'Pwy ddedodd mai nashis sy tu ôl i'r peth? O'r hyn dwi wedi weld, tydi LabRats ddim yn hwrjo Plaid Cymru yn fwy na neb arall; ymosod arnon ni ydi'r pwynt, hyd y gwela i – ac arna i yn yr etholaeth yma, yn fwy diweddar. Ond y post ene am y tŷ – clwydde noeth, yn gwneud i mi swnio fel rwfun fase'n troi pobol allan i'r eira i starfio. A be tase'r peth yn dŵad i glustie Mam? Arglwydd, Seth, dech chi'n synnu mod i'n rhegi?'

Cuchiodd Seth.

'Hen beth tsiêp, dan din oedd nene. Ond Daniel bach, mae tair blynedd ers i dy fam fynd i Blas Madog o'i dewis ei hun, efo'r hen grydcymale fel ag yr oedden nhw.'

'Wn i. Hi oedd yn mynnu, er i mi – fi a Jess, felly – ofyn iddi ddŵad aton ni. Ac am droi pobol allan – wel, dech chi'n gwybod yn iawn mai tenantiaeth tymor-byr oedd o, eu bod nhw wedi gadael fis go dda cyn i mi ddŵad yn dôl, dim drwgdeimlad na dim byd. Dech chi'n *gwybod* hynny.'

'Wel, wrth gwrs fy mod i. Sy'n profi, decini, mai ryw lol gen rywrai o'r tu allan ydi'r stwff ene yn LabRats. Pobol sy'n gwybod dim am y peth. Sy'n ein harwain ni yn ôl at Blaid Cymru.'

Cododd Daniel, troedio'n anniddig, ei ddwylo yn ei bocedi.

'Neu un o'r lleill,' meddai, ond twt-twtio wnaeth Seth.

'Dwi'n nabod Gwynne yn rhy dda, wsti. Wnâi o byth beth felly.'

'Ond nid Gwynne ar ei ben ei hun ydi'r Lib Dems, nace? Mae gennon nhw, hyd yn oed, dîm – pobol y tu ôl iddyn nhw – ac mi wyddom am eu tricie nhw hefyd.'

'Wel, mae Tecwyn yn oréit hefyd, dwi ddim yn ei weld o yn chware tricie budur, chwaith.'

Torrodd Daniel ar ei draws yn ddiamynedd.

'Yn erbyn pleidie ryden ni fan hyn, 'sbosib? Nid jest hen hogie iawn ryden ni wedi'u nabod ers talwm. Ac mi wyddon ni mor desbret ydi'r Lib Dems ar ôl llynedd.'

'Ac mor beryg ydi Plaid Cymru ar ôl eu llwyddianne nhw, heb sôn am y "Scotland tsunami". Synnen i ddim nad yden nhw wedi bod yn rhannu lot o bethe efo'u cefndryd Celtaidd, ac nid sôn am Eisteddfode na chiltie yr ydw i, chwaith.'

'Oréit, ond wela i ddim bod hyn yn mynd â ni fymryn yn nes at ffeindio pwy sy y tu ôl i LabRats.'

Teimlai Daniel braidd yn annifyr gyda dicter awtomatig Seth bob tro y crybwyllid cenedlaetholwyr. Roedden ni wedi ennill pleidlais yr Alban, neno'r Tad – nid bod hynny wedi cadw'r diawled yn dawel: sbiwch be ddigwyddodd y flwyddyn wedyn. Ond yr oedd rhywbeth yn cynhyrfu Seth, rhywbeth na allai Daniel roi ei fys arno, wrth iddo wrando ar ei asiant yn rhefru. Stwyriodd rhyw atgof yng nghefn ei feddwl – rhywbeth ddywedodd rhywun yn ddiweddar, rhyw ddatganiad cyhoeddus, sylw mewn hystings neu yn un o'r cyfarfodydd lu oedd yn llenwi ei ddyddiadur ef a'r ymgeiswyr eraill y dyddiau hyn? Na, ni fedrai gofio dim mwy na'r cyfnewid geiriau a'r dadleuon etholiadol arferol: yn sicr doedd y Lowri ene ddim wedi mynd yn bersonol o gwbl hyd yma, dim math o awgrym mai hi oedd ffynhonnell y triciau diweddaraf hyn. Diawch, yn y sesiwn gyda'r swyddogion iechyd y diwrnod o'r blaen, roedd hi hyd yn oed wedi defnyddio'r 'S-word'. Gwenodd Daniel wrth gofio'i hymateb i un o'r myrdd uwch-swyddogion oedd yno o'r Bwrdd Iechyd, 'Wrth gwrs, dan system iechyd wirioneddol sosialaidd', a'r ffordd yr oedd hi wedi sibrwd yn ei glust ef wrth iddynt adael y llwyfan, 'Ti'n meddwl bod ei gynllun iechyd preifat o'n mynd i dalu am sioc i'w nerfau?'

'Dene ni, calla peth ydi i ti wenu am y peth, anghofio amdano fo.'

Ymysgydwodd Daniel, sylweddoli bod Seth yn nodio'n fodlon ac wedi troi at y siart ar wal y swyddfa. Rhoes ei holl sylw iddo, gwneud ei orau i gofio ystyr yr amrywiol binnau ac arwyddocâd yr enfys o liwiau, ac ar yr un pryd, byseddu ei ffôn yn ei boced, ac atgoffa'i hun i wneud yn siŵr fod yr holl wybodaeth ar hwnnw o leiaf yn rhyw fras gyfateb i'r hyn yr oedd ei asiant yn ei gofnodi mor gydwybodol ar y mur. Ni fynnai am y byd ei bechu: o barch ato fel Llafurwr o hil gerdd yn gymaint ag fel un o gymdeithion agosaf ei dad. Prin y gallai gofio amser yn ei fachgendod pan na fyddai 'Yncl Seth' yn galw draw i roi'r byd yn ei le, neu pan wyddai, yn absenoldeb ei dad o'r cartref, fod y ddau mewn rhyw gyfarfod cangen neu undeb, yn mynnu hawliau neu'n unioni cam, yn hyrwyddo'r achos, a hynny yng nghaer y sicrwydd oedd gan y naill a'r llall mai dyma'r achos, mai dyma'r blaid fyddai'n ennill iddynt hwy a'u cydweithwyr yr hyn oedd yn ddyledus. Y sicrwydd unplyg hwnnw – a'r diystyru, hyd yn oed y dirmyg, at unrhyw blaid arall. Arhosodd. Gwawrio. Yr oedd Seth wrthi o hyd yn symud pinnau ar fap ar y wal. Roedd Daniel yn cofio bellach.

* * *

Eisteddai Lowri yn bwdlyd ar ei soffa yn y fflat, a'i hesgidiau'n flêr ar y llawr o'i blaen. Diwrnod hirfaith o ganfasio o'i hôl, a dim yn ei hwrjo ymlaen dros yr awr olaf o atebion surbwch, drysau caeedig a thraed blinedig ond y ddelwedd o'r un botelaid honno o Côtes du Ventoux oedd ganddi ar ôl ers llynedd. Llynedd – flwyddyn yn ôl – waeth iddi ddweud ganrif yn ôl ddim, gan mor anodd oedd bwrw ei meddwl yn ôl i'r cyfandir, i hedfan draw ac yma ar hyd Ewrop, yn brysur ond eto gyda phwrpas. Oedd, wrth gwrs, roedd ganddi bwrpas yma, beth arall y buo hi'n wneud drwy'r dydd ond dyrnu'r pwrpas a'r uchelgais a'r nod hwnnw i bennau cyndyn pobl y lle yma? Ond am ennyd, doedd hi ddim eisiau bod yn y lle yma, yn rwtsh-ratsh o etholaeth nad oedd hyd yn oed pwysigion ei phlaid ei hun yn ei hystyried nac yn ei chymryd o ddifrif. Roedd hi eisiau mynd yn ôl. Roedd hi'n ddigon call i gydnabod mai chwiw'r funud oedd hyn, estyn am gysur o ddyfnder blinder ond fe allai o leiaf ailgonsurio'r swyn gyda glasiad o'r gwin, a chymryd arni . . . Ac yna, a hithau newydd godi i fynd i'r gegin, dyma Alun wedi landio. Gyda photelaid o win, digon gwir – ac wrth gwrs, y botel honno gafodd ei hagor, ond nid gwin yn unig ddaethai'r asiant gydag ef. Yn awr, daliai Alun ei bapurau o'i flaen, gan edrych fel petai newydd sylweddoli mai papur ydoedd, ac nid tarian. Roedd yn ceisio amddiffyn ei hun.

'Iawn, Lowri, dwi'n gwybod ei fod o braidd yn hwyr rŵan.'

'Ac y basa Caerdydd yn mynd yn bananas – tasan nhw'n talu sylw i ni . . .'

'Ond . . . wel . . . ella nad ydw inna'n hollol hapus am y daflen.'

'O diawl, *et tu Brute*? Paid â deud bod ti isio i bwyllgor y papur bro sbio drosti hi? Wrth gwrs, fasa hynny'n golygu yr âi hi'n fis arall cyn i ni gael y peth allan, dim ots os ydi hynny'n mynd â ni i fis Mehefin: "Duwch, fel hyn den ni wedi arfer gneud pethe yn yr etholaeth yma erioed, welwch chi 'merch i." Ac a ydyn nhw wedi ystyried mai dyna pam, ella, bod ein pleidlais ni wedi aros 'run fath yn yr etholaeth yma erioed? Chwarae teg, Alun, roeddwn i'n disgwyl gwell gen ti.'

Ciliodd Alun. Yn ôl ei arfer. Roedd yn hŷn na hi, ac yn dechrau blino.

'Hynna ddim yn deg, Lowri.'

Teimlodd Lowri bang o gydwybod wrth weld ysgwyddau Alun yn crymu ychydig. Doedd bod yn rheolwr ymgyrch / asiant ddim yn jôc. Yn llai felly, bron, na bod yn ymgeisydd. Yna cofiodd eto am ei rhwystredigaeth a'i brwydrau gyda'r pwyllgor lleol ynghylch mater mor syml â thaflen: nid yr anerchiad etholiadol, hyd yn oed, ond taflen ychwanegol y llwyddwyd i ffalsio a chrefu a chardota cyllid i'w chynhyrchu. Ychydig iawn o eiriau, print bras, dealladwy i bawb, digon o luniau, neges syml. A'r pwyllgor, ffyddloniaid fu'n cynnal breichiau'r Blaid yn y gornel anghofiedig hon o Gymru ers mil naw dim dot. O, bendith arnyn nhw, ond poeth y bo nhw, 'run fath. Isio ailsgwennu'r bali taflen fel *War and Peace* yn ieithwedd Beibl William Morgan. Efo lluniau neisiach. Ymgryfhaodd.

'Fasat ti'n licio i mi ychwanegu llun neis ohona i a 'mhartner a 'mhlant – wps, sori, sgin i 'run ohonyn nhw.'

'Naci, jest meddwl – oedd rhaid i ti sôn am Hen Wlad Newydd *a* Denu'r Doniau.'

'Be, y ddwy fenter dwi falcha ohonyn nhw ac sydd wedi gwneud y mwya o les? O na, sori, mae hynna'n swnio fel taswn i isio ennill y dam etholiad 'ma, tydi?'

'Na, Lows, ti'm yn dallt.'

'Deud y gwir, Alun, nac ydw. Wir yr. Esbonia.'

'Wel, mi fasa sôn am *un* yn iawn. Mentrau, hollol unol â'r polisi. Cymunedol hefyd, hynna'n elfen yn Hen Wlad Newydd, tydi? Ond mae'r naill a'r llall yn canolbwyntio ar . . . ym . . .'

'Ia?'

Mae Alun yn fyddar i rymbls cynta'r llosgfynydd. Diolch mai ym Mhowys Fadog mae o ar y funud hon yn ein hanes, nid ar lethrau Vesuvius.

'Maen nhw'n canolbwyntio ar bobol glyfar. Pobl ifanc ddawnus.'

'Ydyn. Fel y deudodd Barack Obama: *I inhaled. That was the point.* Wnaeth o ddim drwg iddo fo am wyth mlynedd, naddo? A dwi ddim yn sôn am dôp, rhag ofn i ti fynd i dop y catsh eto. Yn fy nghyswllt i na fynta.'

'Ia, ond sbia be sy'n dŵad ar ei ôl o. Neith hi ennill? O damia ti, Lowri, ti'n neud o eto! Anghofia Obama a'r un sy'n dŵad ar ei ôl o.'

'Â phleser,' cuchiodd Lowri.

'Ond be sy gen i, yli, ti wedi gwneud y pwynt am ddenu'r dawnus. Grêt. Efo ti gant y cant. Peth ydi, does yna ddim sôn yn y daflen am . . .'

'YMBEIC.'

'Sgiws mi?'

Pwysodd Lowri yn ôl yn y soffa, codi gwydraid o win yn fwriadol oddi ar y llawr wrth ei hochr a gwenu'n ddireidus ar Alun.

'Bobol bach, ddim wedi cael y weithlen ddiweddara, Alun? Y *diktat* ddim wedi treiddio o Gaerdydd i bellteroedd Powys Fadog? Twt, twt.'

'Lowri, wir, be ydi'r busnes beic 'ma? Rwbath am y cynllun trafnidiaeth gynaliadwy? Ti'n gwbod mod i wedi bod mor brysur.'

Chwarddodd Lowri nes codi swigod ar wyneb y gwydryn, a rhoddodd ef i lawr heb ei yfed. Cymerodd drugaredd ar Alun.

'Y Mwyaf Bregus Yn Ein Cymdeithas, 'te del? Jest ei fod o'n codi mor aml, o'n i'n meddwl y baswn i'n creu acronym. Gan ein bod ni mor brin ohonyn nhw yng Nghymru. Ond o ddifri, Alun, dwi'n dallt be sy gen ti. A fedri di ddim dadlau nad ydi'r anerchiad etholiadol yn canu yn ôl y patrwm, ac yn canolbwyntio fel fflamia ar bawb sy angan help a chefnogaeth a mesurau arbennig a Duw ŵyr be. Yn ôl y patrwm, fel deudis i. Ac yn ôl y polisi. Cytuno. Dyna pam dwi'n ymgeisydd. Ond dŵad â hyn ata i rŵan – mor hwyr yn y dydd?'

Ymwrolodd Alun, o weld nad oedd, o leiaf, yn harthio arno.

'Ddois i â'r gwin, hefyd, 'ndo?'

Edrychodd Lowri yn amheus ar ei gwydryn. 'Hmmm. Fasa'm yn well i ti fod wedi aros nes mod i wedi cymryd rhyw wydriad neu ddau cyn deud nad oeddat ti'n hapus efo'r daflen?'

'Wel, rwyt ti wedi gwneud cystal fel ymgeisydd hyd yma, dyna sydd gen i, doeddwn i ddim yn meddwl y basa ots gen ti, a deud y gwir.'

'Mistêc, Alun.' Daeth dwrn Lowri i lawr yn benderfynol ar y bwrdd, yn beryglus o agos at y botel win. 'Dau, a bod yn onest. Y gwin, a'r daflen. Fel y deudis i, dwi yn ymgeisydd. Yn ymgeisydd sydd yn digwydd mynd allan, am unwaith, y tu hwnt i gadarnleoedd ein cefnogwyr. Dwi'n gweld pobol ar wahân i athrawon a Chymry Cymraeg. Am mod i'n digwydd bod wedi byw a gweithio a chymysgu am flynyddoedd efo pobol oedd yn gwneud jobsys eraill, fi oedd yn creu ac yn dyfeisio lot o'r jobsys hynny, a deud y gwir, ac nid jobsys athrawon oeddan nhw, na hyd yn oed jobsys saff, ond yn swyddi oedd yn golygu fod pobl yn meddwl drostyn nhw'u hunain, yn meddwl ar eu traed, yn blyffio – ac yn llwyddo. Ac yr oedd hi'n andros o hwyl. A 'sti be? Ddim lot o Gymry Cymraeg yno chwaith. A dwi'n dal yn fyw, yn dal yn genedlaetholwraig, ac yn dal yn Gymraes Gymraeg – yn fwy felly, tasat ti wir yn holi.' Edrychodd o'i chwmpas, sylwi ar y gwydryn ar lawr, ei godi, a chymryd llymaid. 'Ond wnest ti ddim holi, naddo? Mwy nag y gwnest ti holi am fy chwaeth mewn gwin. Dau gamgymeriad, fel y deudais i, Alun. Paid â phrynu hwn eto i mi, gyda llaw. Deud y gwir, faswn i'm isio i ti ei brynu o i ti dy hun. Ond tyrd yn ôl am funud at y bobol roeddwn i'n gweithio efo nhw yn Busnes yn Ewrop. Llwythi o bobl ifainc ddawnus, ddisglair, i gyd isio gwneud rwbath o'u bywydau a defnyddio'u doniau. Rhai ohonyn nhw'n Gymry Cymraeg, a lot ohonyn nhw o Gymru. Ond ddim *yng* Nghymru, dyna'r pwynt. Eu cael nhw'n ôl i weithio yn eu gwlad a thros eu gwlad ydi pwynt Hen Wlad Newydd a Denu'r Doniau – ac ydyn, maen nhw'n gynlluniau sy'n anelu at ein plant mwya disglair. I roi cyfla iddyn nhw. Manteisio ar eu donia nhw, nid treulio blynyddoedd yn dysgu 'sgilia' iddyn nhw y dylasan nhw fod wedi'u dysgu yn yr ysgol beth bynnag: sgwennu, rhifyddeg, codio, mynegi eu hunain. Am newid.' Cydiodd drachefn yn y gwydryn, edrych arno. Llymaid. 'Cyfla iddyn nhw gael trawsnewid eu gwlad, ddim jest gadael iddi hi lolian yn ei blaen fel mae gweddillion truenus y llywodraeth yma'n barod iddi wneud. Nhw wedyn wnaiff helpu YMBEIC – sori, Y Mwyaf Bregus Yn Ein Cymdeithas – hyd yn oed eu helpu nhw i *beidio* bod yn fregus. Felly, na, Alun, wna i ddim newid y daflen, dim ots beth wyt ti'n feddwl ohona i.'

Llyncodd weddill y gwydraid ar ei dalcen, gwthio'r botel yn nes at Alun, a chwilota am wydryn arall. Gwenu. Gwenu wnaeth yntau.

'Jest paid â 'meio i os cei di dy gyhuddo o swnio fel Ruth Fletcher.'

'Does neb fel honno, Alun. *One-off* ydi hi. Diolch byth.'

* * *

Ar yr union adeg yr oedd Alun a Lowri yn wynebu ei gilydd yn y fflat, yr oedd Ruth yn cau drws ei char wedi iddi ei lenwi yn yr orsaf betrol olaf ar y draffordd. Yna ymhen dim o dro, roedd yn nesáu at y ffin, ac wrth i wead lleisiau'r madrigalau glymu'n rhaff o gerddoriaeth o'i chwmpas yn awyrgylch y cerbyd, ceisiai ddadansoddi ei theimladau wrth groesi o Loegr i Gymru. Oedd, roedd hyn fymryn yn wahanol i deithio rhwng Caerdydd a Llundain, wrth gwrs. Dim pont, er ei bod yn edrych ymlaen at weld draig mewn dur a thir ar ei ffin newydd. Ond ffin er hynny, a Phowys Fadog ond dau gam unwaith iddi groesi i Gymru. Roedd eisiau setlo busnes contract gwarchodaeth agos ei chwmni diogelwch cyn cyrraedd. Canol-bwyntiodd.

Contract newydd i'w chwmni; iawn, dim problem yno. Seren roc anwadal, yn Llundain am bythefnos, wedi ffraeo efo'r cwmni diogelwch presennol. Cofio tsiecio nad cyffuriau yw'r broblem. Ffitie o dymer, fe alla i ddelio â nhw – rwy'n ymgeisydd, wedi'r cyfan. Ond dim amser ar hyn o bryd i sorto bywyde jyncis. Fe alla i gymryd y contract, mae gen i'r dynion all wneud y gwaith, a maen nhw'n alluog. Ym mhob ffordd. Ac mae'n fwy o arian. Yn fwy na hynny, fi luniodd y contract, ei deilwrio i'r cwsmer, tynnu sylw at y pwyntie manteisiol, yr abwyd. A'r cwsmer yn brathu.

Ymysgydwodd. Roedd y ffin yn agos, a'r madrigalau yn tynnu at y terfyn. Rwy'n ymgeisydd. Wedi llunio'r contract, ei deilwrio i'r cwsmeriaid, dangos y pwyntie manteisiol. Oedodd Ruth am ennyd, ac wrth ddewis ei cherddoriaeth, yn hytrach na symud yn ddifeddwl at y metel trwm fyddai fel arfer yn gwmni iddi at y ffin i ddyfnder Powys Fadog, gwyrodd oddi ar ei llwybr cerddorol arferol a dewis cân hollol wahanol. Yn nhir neb rhwng y draffordd a'r ddraig ddur, chwyddodd llais Barbra Streisand drwy'r car. Yna roedd wedi cyrraedd yr etholaeth. Ei dewis hi. Pasiodd stad o dai, a cheisiodd gofio'r enw, ond erbyn iddo ddod i'w meddwl, aethai'r blociau tai disylw heibio, ac yr oedd yn awr yn pasio lawnt ac adeilad mawreddog, yna un llai mawreddog, ond lled-gyfarwydd iddi: gwelodd arwydd Llyfrgell y Dref. Llosgai golau mewn un ffenest uwchben yr arwydd, yna roedd Ruth wedi mynd heibio, a'r gân ddieithr rhwng y madrigalau a'r

126

metel trwm yn llenwi ei chlustiau wrth iddi chwyddo'r sain.

Papa, watch me fly . . .

*   *   *

'I feddwl mod i'n arfer synied am ein plaid ni fel un teulu mawr,' meddai Siân wrth gau clawr ar lond bocs arall o lyfrau cyn troi at Gwynne, oedd yn ei chynorthwyo gyda'r un gorchwyl.

'Am i rai ohonyn nhw ddod yma i'n helpu ni i wneud hyn oeddat ti?' Gwenodd Gwynne wrth godi oddi ar ei liniau yn ara deg, a chymryd hafflaid arall o lyfrau o law ei wraig. 'Mi ro i fap o'r dre i'r genethod a'r hogie ddaeth drosodd o'r Brifysgol heddiw, os leici di. Bosib iawn y basen nhw'n gwneud llai o ddrwg yma yn y llyfrgell nag allan ar y strydoedd. Ydi'r rhain i fynd i'r un lle?'

'Efo'r stoc i'w gwaredu, fan hyn.' Camodd Siân drosodd at y ddesg. 'Biti na fasen nhw wedi bod yma pan oedden ni'n cwffio i osgoi gorfod gwneud hyn.'

'Mi wnaethon ni ein gore.'

'Ddim yn dy feio di, Gwynne bach, mi wyddost hynny. Dwi'n gwybod yn iawn faint y buost ti – a Tecwyn – yn wneud.' Oedodd. Llwytho mwy o lyfrau i focs arall, dipyn yn gyflymach nag o'r blaen. 'A doedd dim rhaid i ti ddod yma heno: mi wnes i ddeud. Dim ond trio tacluso fymryn yr ydw i, ysgafnhau tipyn ar y baich erbyn fory, rhag iddi fod yn draed moch llwyr yma.' Edrychodd o'i chwmpas ar y silffoedd hanner gwag, y bocsys o'u cwmpas ar hyd y llawr, ac ochneidiodd. 'Er, i be, dwn i ddim. Traed moch fydd hi ac ydi hi.'

'Ddeudodd Tecwyn rywbeth fod y Cyngor wedi cynnig help i symud y llyfre. Chlywes i ddim am hynny, mae'n rhaid i mi ddeud.' Bwriodd Gwynne ymlaen a gosod y llyfrau yn bentyrrau, ac ymladd y demtasiwn i oedi dros ambell gyfrol, ambell glawr.

'O, wrth gwrs, syniad diweddara pa athrylith bynnag yn y Pencadlys feddyliodd am y cynllun ad-drefnu llyfrgelloedd i ddechre. Fel tase'n gorfodi ni i symud ein stoc i ryw gytie cwningod annigonol ym mhen draw'r dre ddim yn ddigon, mi geuson ni gynnig "help" yn gynharach heddiw i wneud y symud. Dau foi a lorri'r Cyngor! Lorri ludw, synnwn i damed. Wydden nhw be *ydi* llyfrgell, dwed? Er,' edrychodd o'i chwmpas yn ddigalon, 'am wn i na fase lorri ludw jest y peth, a sidro faint o'r rhain fydd yn gorfod mynd i'w gwerthu neu eu hailgylchu. Mi wyddost dy hun faint o le sydd yn y storfa. Dwi'n crugo wrth feddwl faint o'n stoc ni fydd yn gorfod mynd, a ninne'n barod wedi gorfod gneud rheol na fedrwn ni gadw unrhyw eitem na fuo'n destun cais am fwy na blwyddyn.'

Eisteddodd yn drwm yn ei chadair wrth y ddesg, a symudodd Gwynne tuag ati, a llond ei hafflau o lyfrau. Oedodd; sefyll bellter oddi wrthi. Methu nesáu.

'Mi wnâi fyd o les i'r criw ddaeth drosodd o'r Brifysgol at Tecwyn a finne heddiw ddod yma i weld be ydi gwleidyddiaeth llawr gwlad go-iawn. Biti i rai yn y blaid anghofio hynny. Ond dyna ni, dal ati sydd raid. A dwi'm yn ame nad ydi hyd yn oed rhai o'r criw coleg heddiw wedi sylweddoli bod yn rhaid i bethe newid. Y rhai sydd ddim eisoes wedi'n gadel ni, dwi'n feddwl.'

Gosododd y llyfrau i lawr a chroesi drosodd at y

ffenest. Cododd Siân hithau a dychwelyd yn anfoddog at ei gorchwyl.

'I ffurfio'r Gwir Ryddfrydwyr, wyt ti'n feddwl?'

'Neu'r *Provos*, fel y galwodd ein harweinydd nhw ond den ni ddim i fod i ddeud hynny, wrth gwrs.'

Gwenodd Gwynne ac edrych allan trwy'r ffenest ar y stryd islaw. Ambell i gerddwr yr adeg yma o'r nos, dim mwy. Y dref yn tawelu. Fflach o oleuni sydyn, a char yn gwibio heibio, yna'n diflannu. Troes Gwynne yn ôl at ei wraig.

'Un teulu mawr.' Ac edrychodd dros ei phen, heibio i'r pentyrrau a'r blychau llyfrau, at y silff ben tân, a'u lluniau o'r plant. Yr oedd ei olygon yn mynd ag ef ymhell, bell dros y môr.

Pennod 8

LOWRI, DANIEL

Dydd Gwener, 22 Ebrill 2016

'Sgwn i pa farn fydd gan Daniel heno?' gofynnodd Alun wrth browlan o gwmpas fflat Lowri, oedd yn fwy o swyddfa'r Blaid erbyn hyn na chartref dros dro yr ymgeisydd. Roedd yr ymgeisydd ei hun wrthi'n sbio yn y drych yn addasu ei cholur, ac yna'n camu i mewn i'w hesgidiau newydd. Cofiodd eu prynu, a hithau ar wib bechadurus i'r Cyfandir am ddwy noson. Dianc i'w hen fyd cyn bwrw ati i ymgyrchu go-iawn – ai dim ond mis yn ôl y bu hi yno? Firenze . . . oesau'n ôl . . . Llusgodd ei sylw'n ôl i ganolbwyntio ar yr hyn roedd Alun yn ddweud. Daniel Cunnah. Reit.

'Meddwl y bydd o'n gwyro oddi wrth y *party line* ar ôl helynt LabRats wyt ti, Alun? Hmmm, wsnos yn ôl, faswn i wedi deud nefar in Iwrop, ond dwi ddim mor siŵr erbyn hyn. Pwy ŵyr nad ydi hyd yn oed Mistar Patrwm Ymgeisydd yn medru gwneud petha annisgwyl?'

'Hyd yn oed wedyn, well i ti neud yn siŵr bod y rhain gen ti.' A rhoes Alun ffeil solet yn hafflau Lowri.

'Arglwydd mawr, Alun, ymddangos ar raglen awr o

hyd ydw i, nid mapio rhaglen lywodraethu am bum mlynedd. A beth bynnag, os mai'r ffeil bolisi ydi hon, dwi wedi cael y rhan fwyaf o'r stwff dros y we. Pwy ti'n feddwl ydw i, Gwynne Roberts, druan?'

Gwenodd Alun.

'Roedd y creadur fel coedan *post-its* yn y sesiwn ysgolion yna diwrnod o'r blaen, toedd? Gneud i mi deimlo'n reit ifanc a blaengar pan fydda i yn fy nghymharu fy hun efo fo, felly gei di stopio gwneud hwyl am fy mhen i am fod yn gyndyn o roi'r gorau'n llwyr i bapur. A gyda llaw, ti yn cofio mai Arglwydd Llannerch Banna fydd y Lib Dem ar y panel?'

'Ydw, Alun, a chyn i ti ddeud, dwi wedi darllen y nodiada briffio am 'i gryfdera a'i wendida fo, a'r pwyntia y bydd o'n debyg o'u codi. Ond mi fedra i ddefnyddio'r fantais fy mod i'n ymgeisydd, yn hytrach na rhywun ar y cyrion.'

'Siŵr iawn, ond cofia y medar Daniel Cunnah chwarae'r un cerdyn. A Deulwyn Watkins hefyd, i radda.'

'O Alun, plis. Rhif tri ar restr ranbarthol y Torïaid, a dim ond yno am nad oes gynno fo hôps mul? Dio ond ar y rhaglen am bod y Ceidwadwyr eraill sy'n siarad Cymraeg i gyd yn rwla arall yn gneud rwbath rheitiach. A sôn am hynny, tydi hi ddim yn bryd i ti ddechra'i throi hi am gwarfod y Mesur Cynllunio?'

'Jest isio gwneud yn siŵr fod y pecyn polisi gen ti. A chofia, dwi wedi trefnu y bydd Eira a'r criw yno yn gefn – ar wahân i'r gynulleidfa, wrth gwrs.'

'Diolch, Alun. Tasa'r criw lleol i gyd fel Eira, fasa gynnon ni ddim lle i boeni. A tasa gin unrhyw un ohonyn nhw rithyn o grebwyll gwleidyddol, mi fasan

wedi bod yn meithrin Eira a'i thebyg ers blynyddoedd.'
Oedodd Lowri, trio siaced arall o flaen y drych, nodio,
yna edrych i lawr ar ei hesgidiau. *Damia, ddim yn*
matsio. Gaiff y siaced fynd, felly. Ond be wisga i? Mi
fasa'n dda gin i tasa Eira yma i roi cyngor. Am y
siaced, siŵr Dduw. Ond mae Eira'n dda fel arall,
hefyd. Aeth yn ei blaen, troi bron yn gyhuddgar at
Alun:

'Doedd dim yn ein stopio ni rhag cael hanner dwsin
o gynghorwyr yma y tro diwetha, a meddylia'r
gwahaniaeth fasa rhywun fel Eira wedi'i wneud. Ond
be sy gynnon ni? Pwy, yn hytrach?'

'Edward Tudor.'

'Ac roedd hi'n gwilydd gwlad fod y Blaid wedi
caniatáu iddo fo sefyll. Be dan ni'n drio neud, profi bod
y Cyngor yma'n medru gwneud Gofal yn y Gymuned
yn iawn?'

'Sut?' Doedd Alun ddim yn dilyn.

'Wel, dyna ydi cyfarfodydd y Cyngor i Edward Tudor
a'i debyg. Lle cyfforddus, cynnes dan do lle medran
nhw fynd am ryw deirawr i gwarfod hen begors tebyg
iddyn nhw, cael panad, a malu awyr heb fod dan draed
na gneud drwg i neb. Ond eu bod nhw *yn* gneud drwg
– dyna'r peth. Yfflon o ddrwg i ddelwedd, heb sôn am
ddemocratiaeth. A phaid â dechra sôn am gynllunio
olyniaeth: ŵyr y giang yma mo ystyr y peth, ac felly
debyg iawn y cawn ni'n gadael y tro nesa heb yr un
cynghorydd, a ninna mewn grym yn y Cynulliad.'

'Ti 'di newid dy diwn, do?'

'Sut felly? 'Nes i ond cytuno i fod yn ymgeisydd am
mod i'n ffyddiog bod gynnon ni obaith go dda o fod
mewn grym.'

'Meddwl am y "ni" yna oeddwn i; "ni" heb gynghorydd? Ti'n dechra meddwl am yr etholaeth yma, felly?'

'Waeth i ti heb â thrio 'nal i felna: be wyddost ti nad sôn am y Blaid yn gyffredinol oeddwn i?' Ond roedd Lowri yn gwenu.

'Ateb da: practis ar gyfer y rhaglen heno?' Saib. 'Ac mi fyddi yma wedi'r etholiad, wrth gwrs.' Edrychodd Alun o gwmpas y fflat cyn paratoi i fynd. O'r diwedd, edrych ar Lowri. Gwenodd hithau, a'i herian.

'Iawn i AC gael troedle yn yr etholaeth, tydi?' Cerddodd Lowri o gwmpas yr ystafell gyfyng, ceisio meddwl am y lle fel ei lle hi, yn hytrach na swyddfa dros dro oedd yn digwydd bod â gwely iddi hi ynddo. Gwenodd ar Alun. 'Er, fasa rwla gwell na hyn yn braf-iach. I ddechra cychwyn, 'di'r stof ddim yn gweithio – eto – a hyd yn oed tasa hi, dwi'n ama nad oes 'na ddim yn y ffrij ond rhyw lwmpyn o gaws oedd o gwmpas pan oedd Edward Tudor ym mloda'i ddyddia.'

'Siawns na fydd yna "luniaeth ysgafn" ar ôl y rhaglen.'

'Ddowt gin i, efo cyllideb S4C fel mae hi. A dwi wedi blino ar decawês yr ardal 'ma, er cystal ydyn nhw. Bechod na chawn ni gwestiwn ar hynny, dwi'n arbenigwraig byd ar Indians y glannau yma erbyn hyn. Iawn i ti, gei di wledda efo penaethiaid Cynllunio ar ôl dy sesiwn bach ysgafn di.'

'Aberth, Lows, aberth ond mae'n rhaid i rywun ei neud . . .' A diflannodd Alun cyn i dymer Lowri newid. Clywodd ei lais o waelod y grisiau yn galw arni: 'Wnei di ddim anghofio'r ffeil bolisi, na wnei?'

'Dos!'

Roedd yn dal i wenu wrth edrych i lawr arno o ffenest y fflat. Ac yn teimlo mymryn o ryddhad wrth feddwl na fyddai wrth ei chynffon drwy gyda'r nos. Na, mae hynna'n annheg, hefyd: roedd o'n cymryd tipyn o faich yr ymgyrch oddi ar ei hysgwyddau, yn ddi-fai efo'r holl weinyddiaeth, ac yn meddwl ymlaen, fel y gwnaethai heno trwy ofalu y byddai Eira a dyrnaid o'r lleill yno yn gefnogaeth solet. Crynodd wrth feddwl beth allasai ddigwydd petai'r cyfan wedi ei adael i'r cefnogwyr lleol, gyda haid amrywiol yn crwydro i mewn rywsut rywsut, y rhan fwyaf yn gweld y peth fel adloniant, ac ambell un yn benderfynol o rygnu ar ei hoff dant, beth bynnag fyddai'r cwestiwn.

A, ia. Sgwn i pwy fydd yr ambell un hwnnw? Fel taswn i ddim yn gwybod. Symudodd Lowri o gwmpas y fflat yn frysiog, cymryd cip yn y cwpwrdd rhew, a gadarnhaodd ei hofnau; yna rhoes yr esgidiau sodlau uchel yn ei bag, codi'r pecyn polisi gydag ochenaid, cyn clepian y drws ar ei hôl, mynd am ei char ac anelu am Neuadd y Glowyr.

* * *

'Mi weli'r hen le wedi altro, siŵr o fod,' meddai ei fam wrth Daniel. Roedd yn estyn ei chwpan ati o gongl yr hambwrdd, ac edrychodd hithau i fyny. 'Ti'n edrych yn smart, raid i mi ddeud. Ddedes i wrthat ti y base gwisgo tei yn gwneud gwahanieth.'

'Do, Mam. A dwi wedi gneud yn siŵr mod i wedi 'molchi tu 'nôl i 'nghlustie hefyd.'

Gwenodd Daniel ar ei fam, a chododd hithau ei haeliau arno cyn cymryd llymaid. Hyd yn oed y weithred honno bellach yn araf a phoenus.

'Cystal i rywun neud yn siŵr.'

Distawrwydd, a hithau'n sipian mwy ar ei the. Yna rhoes ei chwpan i lawr, twtian.

'Thagna'i mo'u harfer nhw yn y lle yma o roi'ch te chi 'run pryd â'r bwyd. Dwi'm isio fo efo'r bwyd ac erbyn i mi ddŵad ato fo, mae o'n llugoer. Dallt dim am fwyd.'

'Ddim fel chi, Mam.'

'Twt, pwy sy'n cofio hynny ŵan?' Gorffwysai ei dwylo yn ei harffed. Syllodd Daniel arnynt. Clymau cnotiog – y dwylo fu mor brysur yn y tŷ, yn y gegin – ei chegin hi a cheginau ysgol y fro, dwylo a breichiau â'u croen bellach fel papur sidan cleisiog. Ceisiodd beidio ag edrych, a thynnodd ei law trwy ei wallt – gwallt oedd yn dal yn winau tywyll, fel ei gwallt hithau unwaith.

'Fasech chi'n synnu gweld cymaint o groeso dwi'n gael pan fydd pobol yn sylweddoli mai hogyn Anti Myfi ydw i. Tydech chi wedi rhoi cinio ysgol i'w hanner nhw?'

'Taw â dy lolian.' Ond roedd gwên ar wyneb Myfi wrth edrych i fyny ar ei mab. 'Cofio dy dad maen nhw hefyd; rhoi gwerth ar ei waith o.'

Aeth bys Daniel at goler ei grys, ymgais i lacio'i dei a chuddio hynny rhag ei fam.

'Dim peryg i mi anghofio hynny efo Seth wrth . . . yn fy helpu i. A dech chi'n gwybod mor awyddus oedd Dad i symud pethe ymlaen, peidio gadael pethe fel y maen nhw . . . ym . . .'

'Dene pam oedd o mor falch dy fod ti wedi gneud cystal, wedi cael coleg ac ati. "Fydd dim rhaid i Daniel ni fynd i weithio i'r pwll" – ti'n cofio hynny?'

'Cofio'n iawn.'

Oedd. Y diwrnod cyntaf hwnnw yn y coleg, y dryswch a'r ofn – a'r penderfyniad i beidio byth â dangos hynny. I feddwl ei fod erioed wedi teimlo'n annifyr yn Llundain, yn swil o flaen y Saeson. Hurt oedd y syniad bellach o deimlo'n annifyr yn Llundain, a'i deulu, y plant mor hapus yno. Yr oedd yn dechrau aflonyddu, symud o un droed i'r llall, er yn gwneud ei orau i gelu hynny. Stwyriodd ei fam yn ei chadair, gwthio'r hambwrdd ymhellach oddi wrthi.

'Well i mi ei throi hi. Wn i ddim faint mor hir fydda i ar ôl i'r peth orffen . . .'

'Fyddi di'n siŵr o fod yn brysur, gweld pobol ac ati. Tyrd ti draw pan fedri di.'

'Mam – dech chi'n siŵr?'

'Daniel – ffwr 'ti. Ga i fwy na digon o gyfle i dy weld ti ar ôl y lecsiwn. Eich gweld chi i gyd,' ychwanegodd yn ddistawach wrth wylio'i mab yn brasgamu ymaith.

* * *

'A'ch proffwydoliaeth chi am drannoeth yr etholiad, Arglwydd Llannerch Banna?'

Troes yr holwr at bedwerydd aelod y panel.

'O, mwyafrif ysgubol i ni, a Democrat Rhyddfrydol yn Brif Weinidog. Fasech chi ddim yn disgwyl i mi ddweud dim amgen, na fasech?'

Daeth ton o chwerthin o gyfeiriad y gynulleidfa, ac yr oedd y pedwar panelydd, gan gynnwys y siaradwr ei hun, yn gwenu'n braf. Gwenodd y cyflwynydd yntau'n hynaws wrth droi atynt.

'Os cawn ni atebion mor bendant â hynna i bob cwestiwn, mi fydd gynnon ni raglen gampus. Diolch i

chi i gyd – ryden ni'n iawn o ran lefel y sain, felly . . .
a diolch i chithe'r gynulleidfa: cofiwch chi gymeradwyo
fel yna bob tro. Iawn, dim ond rhyw funud neu ddwy,
ac mi fyddwn yn barod i fynd.'

Wrth iddo wrando ar y cyfarwyddiadau yn ei glust,
ymlaciodd y pedwar y mymryn lleiaf, mân stwyrian yn
eu seddi. Addaswyd y meic ar siaced Daniel, twtiwyd
colur Lowri. Dechreuodd y ddau ŵr o boptu iddynt
addasu eu hwynebau cyhoeddus. Roedd y neuadd ei
hun yn dywyll, a'r goleuni wedi'i ganoli ar y set a
godwyd yn y canol. Tawelwch graddol, yna'r cychwyn,
a'r gerddoriaeth gyfarwydd.

Yn ôl y disgwyl, llanast y mesur Pleidleisiau a
Chyfreithiau Seisnig oedd pwnc y cwestiwn cyntaf.
Craffodd Daniel a Lowri i weld pwy oedd yr holwr,
sylwi nad un o blith yr un o'u carfanau hwy ydoedd, ac
wrth ymsythu'n broffesiynol ar gyfer yr atebion,
daliodd y ddau lygaid ei gilydd, a daeth arlliw o wên
rhyngddynt yn yr eiliad o gydnabod eu rhyddhad na
ddewiswyd y naill na'r llall ohonynt i ateb. Yna ymhen
dim, roedd Daniel yn sythu ei dei: wrth i'w dro yntau
ddod, nid oedd Lowri yn ymwybodol o ddim ond fflach
o liw coch yng nghornel ei golwg, ac yna roedd hithau
yn canolbwyntio ar ei eirio llyfn a medrus, yn gwylio
ymateb y gynulleidfa, a'i hymennydd yn rasio i dynnu
atebion i flaen ei meddwl.

Diolch byth bod y Tori wedi gneud ffasiwn lanast
ohoni – ond mae hwn yn glyfar, yn mynd ar ei drywydd
ei hun yn lle treulio'i holl amser yn lambastio Watkins
druan. Ocê, ddarllenais i hynna yn eu maniffesto nhw
– air am air jest, ac yn swnio felly – Islington ddim
wedi gwneud y byd o les i'w Gymraeg o, felly. Ond yr

hyn mae o'n ddeud, canolbwyntia, ferch: fydd 'na ddim pleidleisiau i'w hennill o watwar ei Gymraeg o. Reit, fy nhro i – anadl ddofn a phlymio.

Yn naturiol, aeth hanner cyntaf y rhaglen ar gwestiwn y pleidleisiau, a statws Aelodau Seneddol y gwahanol genhedloedd, a suddodd ysgwyddau'r pedwar fodfedd neu ddwy wrth ddod at yr egwyl. Roedd stwyrian ymysg y gynulleidfa hefyd, ac ambell wyneb yn dod yn amlycach wrth i'r goleuni godi. Tybiai Lowri iddi weld Dafydd Robaitsh yn gorlifo dros un o'r seddi, a throes yn sydyn iawn i nodio'n glên mewn ymateb i sylw gan yr Arglwydd a eisteddai wrth ei hochr. Ddigon saff i wneud hynny; pryd y deudodd o unrhyw beth dadleuol yn ei fywyd? Rhywbeth am hanes y lle yma, y neuadd . . . Ceisiodd Lowri edrych o'i chwmpas, ond yr oedd popeth wedi crebachu i hanner cylch set y rhaglen, a'r goleuni llachar y tu mewn i'r byd bach yn gwneud y neuadd y tu hwnt yn ddim ond cysgod. Ac yn awr, roedd y sbotolau'n fwy llachar, pobman yn tawelu eto, a'r dôn yn ailgychwyn.

'Croeso'n ôl i ail ran ein rhaglen o Neuadd y Glowyr, Powys Fadog, ac mi fwriwn ni ymlaen yn syth. A chwestiwn ydi hwn gan Dafydd Roberts: gawn ni eich cwestiwn chi, Dafydd, os gwelwch yn dda?'

Ochneidiodd Lowri yn fewnol wrth weld gŵr Hendre Gofidiau yn byseddu darn o bapur. Tric y goleuadau cryf, mae'n siŵr, oedd yn peri iddi feddwl ei fod yn tremio'n syth ati hi.

'Fase'r panel yn cytuno mai ysgolion bach y wlad ydi asgwrn cefn y Gymraeg a gobeth y genhedlaeth i ddod?'

Er mwyn y nefoedd, ro'n i'n meddwl mai rhaglen

wleidyddol oedd hon i fod? Pam fod yn rhaid i'n
cefnogwyr ni swnio fel pregethwyr neu feirdd o ddwy
ganrif yn ôl?

'Cwestiwn wedi ei anelu atoch chi, allwn i dybio,
Lowri Meirion: ydych chi'n cytuno â'r gosodiad?'

Edrych yn glên, ond peidio gwenu fel giât. Sganio'r
gynulleidfa, heb oedi'n rhy hir ar yr un ohonyn nhw.
Peidio deud eich bod chi'n falch ei fod o wedi gofyn y
cwestiwn – mae pob idiot yn gyfarwydd â'r tric oedi
hwnnw erbyn hyn. Ac wedyn saethu'r lolyn adweithiol
i lawr.

'Rydw i'n deall yn iawn pam fod y cwestiwn wedi'i
anelu ata i – wedi'r cyfan, Plaid Cymru ydi'r unig
blaid sydd yn rhoi gobaith i'r genhedlaeth nesa: cyn
iddyn nhw gyrraedd yr ysgol hyd yn oed; yn yr ysgol ei
hun, boed honno'n fawr neu fach; mewn gwaith neu
goleg yng Nghymru ei hun os mai dyna'u dewis nhw;
a thrwy gynllun arloesol yr Hen Wlad Newydd i
ddenu'n ôl ein merched a'n meibion disgleiria o
unrhyw fan yn y byd lle buon nhw'n gweithio neu'n
cael addysg . . .'

'Eu denu nhw'n ôl i ysgolion sydd wedi cau? Dyna
mae eich plaid chi'n wneud, yntê?'

Gallai weld dwy law fawr Deulwyn Watkins wedi'u
plannu'n solet ar fwrdd y set. Trodd ato'n chwim, heb
golli golwg trwy gil ei llygaid ar y gynulleidfa.

'Mae'n rhaid eich bod chi yn rhywle arall pan
roddwyd yr holl sylw i'r ddwy ysgol newydd sbon
agorwyd yn y de yn ddiweddar, a hynny diolch i
bwysau gan aelodau'r Blaid a neb arall. A phan mae'n
fater o orfod cau ysgol, be ydach chi'n feddwl ein bod
ni'n wneud efo'r plant – eu troi nhw allan i grwydro'r

strydoedd? Na: yn lle cael eu dysgu mewn adeiladau sy'n hŷn na phob un ohonan ni yma ar y panel efo'i gilydd, maen nhw'n cael y cyfleusterau gorau, y dechnoleg orau, efo'r cynllun cyfrifiaduron *graphene* – cynllun a sbardunwyd gan Blaid Cymru, ga i eich atgoffa chi – yn eu hardaloedd eu hunain. Fel yna maen nhw'n medru tyfu'n ddinasyddion gwybodus, medrus a chyflawn. A dyna'n nod ni i holl blant a phobl ifanc Cymru.'

O ochr wahanol i'r gynulleidfa lle'r eisteddai Dafydd Robaitsh, daeth sŵn curo dwylo, a gyrrodd Lowri saethweddi o ddiolch am Eira a'i ffrindiau. Ond erbyn hyn, daethai cyfle Daniel.

'Rydw i'n gyfarwydd iawn ag ysgolion bach – wedi derbyn f'addysg yma yn Ysgol y Llan.' *Ia, diolch am y pwyslais ar 'yma', y diawl, fel 'swn i ddim yn gwybod dy fod ti am wneud i mi swnio fel dynas ddŵad.* 'Ond gyda buddsoddiad Llywodraeth Cymru mewn ysgolion – fel y rhai mae ymgeisydd Plaid Cymru newydd fod yn eu brolio – mae gobaith i ni godi safonau addysg. Dyna'r unig beth wnaiff achub yr iaith Gymraeg, nid edrych yn ôl at ryw ddyf – ym – orffennol braf, na chynnig cynlluniau sydd heb eu testio.'

'Ond mae ysgolion bach yn perthyn i'r dyfodol, hefyd, tydych chi ddim yn cytuno?'

'Eich plaid chi gaeodd fwy ohonyn nhw . . .'

'Dan eich plaid chi y mae safone wedi gostwng mor ddifrifol . . .'

'Mae'n amlwg nad ydych chi wedi darllen yr adroddiadau diweddaraf am gyraeddiadau mwyafrif ein hysgolion, hyd yn oed yn yr ardaloedd mwyaf difreintiedig . . .'

'A phwy sy'n gyfrifol am y tlodi enbyd sy'n rhoi cymaint o'n disgyblion dan anfantais i ddechre cychwyn?'

Roedd y ddadl yn prysur ddirywio'n ffair wyddau, a throdd y cyflwynydd yn ôl at yr holwr yn y gynulleidfa, ac awdurdod ei lais yn codi uwchlaw'r cecru.

'Dafydd Roberts, chi ofynnodd y cwestiwn: gawsoch chi eich argyhoeddi am ddyfodol ysgolion bach gan atebion ein cyfeillion yma heno?'

Teimlai Lowri fod y tawelwch wedi para am byth. Roedd Dafydd Robaitsh yn sicr yn awr yn edrych yn syth ati hi a neb arall.

'Braidd yn siomedig bod *rhai* o'r ymgeiswyr wedi sôn am ysgolion yn y Sowth a llefydd sydd a wnelon nhw ddim â'r ardal yma. Poeni am ddyfodol y Gymraeg yng nghylch Powys Fadog ydw i, lle mae hi mor fregus. Fedrwn ni fod yn sicr fod dyfodol ysgolion bach yn saff yn nwylo Plaid Cymru, yn lleol ac yn genedlaethol, tasen nhw'n dod i rym? Fel y deudes i, dyma asgwrn cefn yr iaith Gymraeg, sef y peth pwysica i bawb yng Nghymru.'

Gwres y goleuadau oedd yn gwneud i Lowri wrido, mae'n siŵr. Neu ei gwylltineb llwyr â'r dyn; roedd o i fod ar ei hochr hi, neno'r Tad, a be oedd o'n wneud? Rhoi slap iddi hi fel unigolyn, i aelodau'r etholaeth, heb sôn am y Blaid ei hun. Cymerodd ei gwynt, ac anelu gwên can wat yn syth i'w gyfeiriad cyn ateb.

'Braidd yn gamarweiniol ydi'r siarad yma am asgwrn cefn fel petae o'n un endid, dach chi ddim yn meddwl? Ystyriwch holl esgyrn y *vertebrae* sy'n ffurfio asgwrn cefn, ac mi gewch well darlun, dwi'n meddwl: pob un yn cysylltu, pob un yn hanfodol – pobol, sgiliau,

141

technoleg, hyder, cyfoeth, cymdeithas, iaith – fedrwch chi ddim gwneud heb yr un o'r rheiny, mwy nag y medrwn ni fel cenedl sefyll yn dalsyth efo dim ond un ohonyn nhw.'

Gwyddai i sicrwydd fod y gymeradwyaeth yn dod gan rai ar wahân i'r selogion, oedd yn rheswm arall iddi eu sganio hwy ac osgoi edrych eto ar ŵr Hendre Gofidiau. Cariodd y don honno hi trwy ateb Deulwyn Watkins a'i ymgais i apelio at geidwadrwydd y Cymry, ac wrth bwyso i'w gyfeiriad i wfftio un o'i honiadau, sylwodd ar Daniel yn sgriblan nodiadau ar y papur o'i flaen. Roedd yn ymwybodol hefyd o ambell i gyfrannwr o'r gynulleidfa yn amenio'i safbwynt hi, er i bleidwyr yr ysgolion bach ergydio'n ôl cyn i'r cyflwynydd lywio'r cyfan yn ddeheuig at y cwestiwn nesaf. Tynnwyd mymryn o'r pwysau oddi ar ei hysgwyddau hi a Daniel wrth i Geidwadwraig holi'n ddiniwed-felys am beryglon clymbleidio o gofio canlyniadau trychinebus Etholiad Cyffredinol y flwyddyn flaenorol i'r Democratiaid Rhyddfrydol.

Cafodd y tri arall funud o fwynhad maleisus wrth weld yr Arglwydd yn suddo'n ddewr dan y don, a gwnaeth eu hatebion hwythau, pan ddaethant, y gorau i wthio unrhyw rafft yn ddigon pell o'i gyrraedd. Gyda'r gynulleidfa, hyd yn oed os oeddent yn cydymdeimlo ychydig, yn gwerthfawrogi'r cyfle i wawdio targed hawdd, roedd yr awyrgylch yn ysgafnach pan ddaeth yr ail egwyl.

Eistedd yn ôl eto yn eu cadeiriau, a sylwodd Lowri ar Daniel yn syllu tuag i fyny, uwchben y gynulleidfa yn troi ei ben fel petai'n chwilio am rywbeth. Ond cyn gynted ag y dychwelodd y gerddoriaeth, roedd ei sylw'n ôl ar y papur o'i flaen, a phan gododd ei ben, roedd ei lygaid a'i wên wedi eu hanelu eto at y gynulleidfa. Yn un o'r seddi blaen, eisteddai Seth; roedd Lowri eisoes wedi sylwi arno yn ystod y rhaglen, yn pwyso ymlaen yn ei sedd pan ddeuai tro Daniel i siarad, yn nodio wrth glywed ei bwyntiau bachog, ac yn gwneud dynwarediad cystal o fam mewn eisteddfod gylch fel y bu'n gryn gamp i Lowri ymatal rhag gwenu. Ond nid at Seth y symudodd y meic ar archiad yr holwr y tro hwn, ond at ŵr ryw dair sedd yn uwch nag ef. Aeth gwefusau Seth yn llinell fain. Roedd llaw Daniel yn llonydd ar y papur ysgrifennu o'i flaen.

'"Mewn undeb mae nerth" medden nhw. Ydi'r panel yn cydweld mai yn hen undebe'r gweithwyr llaw yr oedd yr unig wir nerth ac nad oes fawr i'w ddysgu gan y sefydliade ffasiwn-newydd sy'n mynd dan yr enw undebe?'

Cwestiwn rhyfeddol o gryno, o gysidro mai Ken ofynnodd o, oedd y peth cyntaf ddaeth i feddwl Daniel. Yna'r dadansoddiad, yn fflachiadau un ar ôl y llall yn ei ymennydd, y cyfan yn yr eiliadau a dreuliodd yn sythu ac yn edrych yn awyddus wrth i'r cyflwynydd droi tuag ato ef yn ddisgwylgar.

'Cwestiwn pwrpasol yn wyneb yr holl ddatblyg- iadau diweddar. Daniel Cunnah, beth sydd ganddoch chi i'w ddweud?'

Meddwl yn gyntaf. *Rhy glyfar o lawer i Ken, ond fo ofynnodd y cwestiwn. Rhywun arall y tu ôl iddo fo, felly. Pa un o'i griw o ar y Cyngor, tybed?* Daeth llais Daniel yn glir.

'Nerth oedd y cwestiwn yn bwysleisio, ond undeb

ddywedwn i yw'r gair pwysicaf, o gofio hanes y blaid y mae gen i'r anrhydedd i berthyn iddi.'

Mi fase'n gwneud drwg i ni fel plaid os cytuna'i yn strêt, ond os dyweda i'r gwir mi wna i ddrwg i mi fy hun.

'Ac fel cyn-swyddog undeb, rydw i'n falch o'r gwaith a wnes i a'm hundeb dros ein haelode i gyd.'

Ond wela i ddim cynghorwyr yma, felly pwy sydd nesa ato yn ei helpu? Neb o'r tîm, ond pwy 'di honne? – ddim yn ei nabod hi . . .

'Ac wrth gwrs mae yna bethe drwg wedi digwydd, ond tydw i ddim fel y llywodraeth bresennol yn Llunden, yn condemnio carfan gyfan oherwydd beiau rhai pobl. Ein pobl ni sy'n bwysig, y rhai ryden ni'n eu hadnabod.'

Ac oes, mae angen taclo corruption *ar ei ben o'r dechre – o* shit, *be ydi* corruption *yn Gymraeg?*

'Ddim mod i am ddweud na fu yne brobleme. Does gan y llywodraeth ddim bwriad o gwbwl i guddio nac esgusodi gweithredoedd drwg. Wedi'r cwbwl, pwy wnaeth ddangos y camddefnydd o arian – a'r twyllo – a ddigwyddodd *un* waith mewn *un* undeb? Ac mewn llawer mwy o gwmnïau preifat, cofiwch chi. Arweinydd Llafur, dyna pwy. A roedd y pole piniwn diweddaraf yn dangos mor boblogaidd yr oedd hynny hefo'r cyhoedd.'

'Wythnos gwas newydd, does bosib? Arweinydd newydd yn gorfod profi ei hun.' Torrodd Lowri ar ei draws, a daeth llais Eira o'r gynulleidfa yn syth.

'Sôn am yr hen undebe – rhai gyda mwyafrif eu haelode yng Nghymru, a phrobleme llygredd yn nes at adre oedd byrdwn y cwestiwn, yntê? Be sy gennoch chi i ddeud . . .'

Cododd y cyflwynydd ei ddwylo i dawelu'r mur-muron oedd yn codi o lawer cwr yn y gynulleidfa, ond daeth llais Daniel yn glir ar eu traws:

'Mi wn i'n well na neb am hanes yr hen undebe yma yng Nghymru – ac yma yn y neuadd yma o bob man. Ydw, rydw i'n siarad ar ran cenhedleth aeth i ffwrdd oddi yma i weithio – ac i ddysgu hefyd. Y gwahanieth ydi mod i rŵan, gyda'n llywodraeth ni yng Nghymru, yn medru dŵad yn ôl hefo'r hyn ddysges i o 'nghyfnod i ffwrdd – ond fy mod i'n gwybod hefyd nad dŵad yn ôl i bregethu rydw i, ond i roi fy mhrofiad i ochr yn ochr â phrofiad y goreuon o 'mhlaid i sydd yn dal i weithio yma – a goreuon dwi'n olygu. Dyna sut mae cael gwared o lygredd – yma a thros y ffin.' *Diolch, ti yn y coch, am roi'r gair ene i mi.*

Sylwodd Daniel nad oedd neb o gymdogion Ken yn troi ato nac fel petaent yn gwneud ati i siarad ag ef, a bod Seth yn syllu'n syth o'i flaen: roedd yn ei adnabod yn ddigon da i wybod mai dim ond y ffaith ei fod mewn man cyhoeddus oedd yn ei atal rhag ffrwydro yn ei ddicter. Ond lle cawsai Ken y cwestiwn? O leia, llwyddasai i hwylio'n ddigon deheuig trwy'r ateb. Anadlodd ychydig yn fwy rhydd, ond bwrw ymlaen heb roi cyfle i'r un o'r lleill gamu i mewn.

'Ond dwi ddim am i neb yma heno feddwl na faswn i'n barod i gymryd penderfyniade anodd i gael gwared o unrhyw lygredd sydd ar ôl yma ym Mhowys Fadog, os bydd y fath beth anffodus yn codi'i ben eto.'

Cymerodd gip ar Seth yn y rhes flaen oedd yn awr yn curo dwylo mewn rhyddhad. Ceisiodd ddal ei lygad, ond gwelai ei asiant yn hanner troi yn ei sedd fel petai am gael cip ar wyneb Ken i fyny yn y rhesi y tu ôl iddo.

Daethai'n dro Arglwydd Llannerch Banna, a rhaid oedd i Daniel ymfodloni ar geisio mesur ymateb y gynulleidfa gyfan.

Roedd y rhaglen yn tynnu at ei therfyn, a'r ysbryd yn ysgafnhau dipyn: hwyrach mai hwn fyddai'r cwestiwn olaf, a hyd yn oed wedyn, fyddai yna ond amser i un cwestiwn bach ysgafn neu anfygythiol gyda lwc. Dechreuodd Lowri fynd trwy ei rhestr feddyliol o fwytai, cyn i rith-bresenoldeb Alun wrth ei hysgwydd ei llusgo'n ôl at ei dyletswydd. Rwyt ti'n ymgeisydd bob munud awr o'r dydd a'r nos, a gwatsia'r munuda dwytha pan fydd y lliwia a'r goleuada'n pylu a thitha'n meddwl bod pob dim yn tynnu at y terfyn, a'r ras ar ben. Dyna pryd mae hi beryclaf.

Ond dod i ben yn hwylus ddigon wnaeth y rhaglen, ac wrth i bawb symud o'u seddi, anelodd Lowri'n syth at Eira a'i ffrindiau oedd eisoes yn dod tuag ati.

'Gwych! Roeddet ti'n ardderchog, Lowri,' meddai Eira'n frwd.

'Licio d'ateb di am yr ysgolion,' ategodd un arall o'r criw.

'Dwi ddim yn meddwl bod pawb o'r un farn â ti yn fanna.' Gwenodd Lowri, ac edrych o'i chwmpas i weld a oedd deiliad y farn arall yn rhywle yn y cyffiniau.

'Twt,' wfftiodd Eira, 'wedi'i hel hi o'ma, siŵr iawn, yn enwedig pan ddalltodd o nad oes yna fwyd am ddim wedi'r rhaglen.'

'Sôn am hynny, dach chi ffansi mynd am bryd?'

'O daria, 'swn i wrth 'y modd, Lowri, ond roeddan ni wedi addo mynd i'r cwarfod am y Ddeddf Gynllunio yn syth ar ôl y rhaglen. Ddeudis i wrth Alun, ac mi fydd Elgan Rhys yno hefyd, bydd? Ysgafnhau tipyn o'r baich ar d'ysgwydde di oedd y bwriad, cofia.' Edrychodd Eira arni'n betrus, ond twt-twtiodd Lowri eu pryderon.

'Mi fydd cael noson heb f'angel gwarcheidiol cystal ag unrhyw wledd. Ewch chi, mi a' i i lenwi 'mol. Goda'i wydryn i chi a meddwl amdanach chi'n ymdrybaeddu ym maes polisi cynllunio a chofiwch yrru negas ata i os llwyddwch chi i gael Elgan Rhys i siarad fel bod dynol, nid fel datganiad i'r wasg ar ddwy droed.'

Wedi ffarwelio â'r cefnogwyr, symudodd Lowri allan i'r cyntedd, ac yn nes at y drws, lle dysgasai o brofiad fod gwell signal. Diolch yn fawr, menter Cyswllt Cyflym Cymru, biti mai'r rhan yma o Gymru ydi'r dwytha un i chi gyrraedd – fel arfer, sgyrnygodd dan ei gwynt, yn barod i wynebu cryn chwarter awr o gysylltu tameidiog ac aflwyddiannus ag amrywiol fwytai. Cafodd gip ar Daniel hefyd ynghlwm wrth ei ffôn, a chodi ei haeliau arno mewn cydymdeimlad. Gwên garedig yn ôl, cyn iddo hanner troi oddi wrthi. Symudodd Lowri ymhellach i ffwrdd gan synhwyro fod ei neges yn breifat.

*   *   *

Gwenu o hyd yr oedd Daniel wrth edrych arni hi'n pellhau, clywed tap-tap ei hesgidiau yn gyfeiliant i'w fyseddu ef ar ei ffôn. Teimlai'n ddiolchgar iddi am gilio a meddwl yn annifyr annheyrngar am eiliad y byddai Seth wedi ymddwyn yn wahanol, yn busnesu, brysio, eisiau ei annog yn ei flaen. Craffodd ar ei sgrin; roedd hi'n anodd gweld ei restr cyfeiriadau yng ngwawl y cyntedd, felly symudodd yn ôl at gorff y neuadd, oedd yn dawel bellach wedi i'r set gael ei datgymalu a'i

147

chludo ymaith, ac i bobl y rhaglen ddiflannu. Ac yntau ar fin agor y drws, goleuwyd ei sgrin gan neges, a gwenodd. Chwarae teg i Jess, gwybod y byddai ef yn rhydd erbyn hyn ac am holi ei hynt. Agorodd ei neges.

Wd u believe! Bldy designer delivered wrong fabrics for M's room ! Have 2 sort it tmorro, will txt. X J

Pylodd y golau ar ffôn Daniel, rhoes y teclyn yn ei boced a safodd yn stond y tu allan i'r drws. Tybiodd ei fod yn clywed stwyrian y tu mewn yn y neuadd. Na. Pawb wedi mynd. Trodd, a cheisio darllen y geiriad ar y plac yn y cyntedd oedd yn coffáu adnewyddu ac ailagor y neuadd, ond nid oedd dim ond logo Cronfa'r Loteri ac ambell sefydliad arall yn sefyll allan yn y gwyll.

Roedd Lowri yn gogor-droi yn flin yn y neuadd, wedi ei methiant llwyr i gysylltu ag unrhyw dŷ bwyta o fewn pymtheng milltir oedd yn swnio hyd yn oed yn hanner awyddus i'w diwallu. Er mwyn ymdawelu, dechreuodd gadw pethau. Papurau yn gyntaf, yn ôl yn y ffeil, bron yn union fel y buont cyn dechrau'r rhaglen. Pam bod mor wirion â meddwl y byddai unrhyw un wedi gofyn cwestiwn digon treiddgar i'w gyrru hi at y pecyn polisi o gwbl? Waeth iddi fod wedi dod â *Rhodd Mam* efo hi ddim. Pa sawl math o wleidyddion sydd? Dau fath: Math Ni a Math Nhw, gesiwch p'run 'di p'run, a pheidiwch byth â meiddio deud fod ein Math Ni weithiau yn rong, a bod eu Math Nhw o bryd i'w gilydd yn medru esgor ar syniad da nad ydan ni wedi meddwl amdano.

'Fatha'r Daniel 'na a'i atab am ddŵad yn ôl wedi dysgu petha, ond yn barod i ddysgu hefyd. Faswn i ddim wedi disgwyl iddo fo roi slap i un o'i bobl ei hun felna ond slap gyfrwys, hefyd. Siŵr mai dim ond rŵan mae Ken yn sylweddoli mai slap gafodd o, a'i fod o'n pendroni pam tybad fod ei foch o'n brifo. Tasa'n gwrthwynebwyr Llafur ni i gyd felna, mor dwp ac unllygeidiog â fo, mi fasan ni'n iawn, dim byd i'w ofni gan bobl felly. Ond mi ddylaswn i fod wedi neidio mewn yn fanna, wir, cadarnhau beth ddeudodd Daniel Cunnah, fasa hynny wedi llorio Ken go-iawn, cael rhywun arall oedd wedi bod i ffwrdd ac wedi dŵad 'nôl yn deud rwbath tebyg.

Cododd Lowri ei llaw at ei boch, teimlo mymryn o anghysur. Bali colur yno o hyd – o wel, wneith o ddim drwg os llwydda'i o gwbwl i fynd allan i gael bwyd, o leia mi fydda i yn edrych yn weddol ddesant, efo tipyn o slap wedi'i roi ymlaen gan rywun proffesiynol am newid. Roedd cudyn o'i gwallt yn dianc i lawr ei gwegil er hynny; triodd ei wthio'n ôl i afael y clip, a sbio o'i chwmpas yr un pryd am ei bag. Melltithiodd y pwysau wrth iddi ei godi oddi ar y bwrdd lle gorweddai'r ffeil. Agorodd ef – aaa, fanno rois i'r sgidia fflat, dim rhyfadd fod o mor drwm. Disgynnodd esgid ar lawr, gan roi cic ar yr un pryd i ddisodli cynnwys ei bag colur. Pensiliau llygad a lipstics yn rholio tuag at y pentwr cadeiriau; trodd Lowri yn sydyn ar ei sawdl i geisio eu dal, a bu bron iddi â disgyn. Ciciodd ei hesgidiau sodlau uchel oddi ar ei thraed, a sefyll yn droednoeth ar y llawr sgleiniog yn hanner tywyllwch y neuadd.

Trefn, bebi, trefn – wnei di byth AC fel hyn.

Fydd gen i bobol o 'nghwmpas i gario bagia pan fydda i'n AC.

Ac i godi fy mêc-yp?

I'w roi o, i'w roi o, 'fath â'r hogan cyn y rhaglen heno.

Ond yn y cyfamser, dwi isio sgidia fflat, cyfforddus, a pheidio gorfod ymbalfalu dan gadeiria i ddŵad o hyd i'r masgara, dwi isio cwestiyna call sy'n cyfiawnhau halio'r pecynnau polisi yma o gwmpas y lle.

A tisio stopio siarad efo ti dy hun.

Sylweddolodd ei bod wedi dweud y frawddeg olaf yn uchel, ac edrychodd o'i chwmpas yn frysiog. Un arall eto fyth o'r petha y bydd yn rhaid i mi eu ffrwyno – Alun, mi fyddi'n falch ohona i, dwi'n byhafio fel ymgeisydd bach da rŵan. Yn hel fy mhethau at ei gilydd yn drefnus, yn broffesiynol yr olwg – hyd yn oed os ydi fy meindar/cysgod i wedi cael noson i ffwrdd. Casglodd Lowri ddyrnaid o focsys bychain o bowdrach at ei gilydd, a hymian yn araf dan ei gwynt. Fedri di ddim cwyno am hynny, Alun – emynau. Di-fai i'n Math Ni.

Mae'n Math Ni yn medru canu mewn tiwn.

Daeth llais Alun i'w meddwl, yn fwy siarp na'i lais go-iawn.

Hymian ydw i.

Ond er hynny, symudodd yn sydyn o 'Fryniau Caersalem' wrth iddi roi'r sgidiau sodlau uchel yn ddestlus i sefyll wrth ochr y ffeil, ac achub dyrniad o ddalennau rhydd a ddihangasai o'i Filofax. Efallai bod Alun yn nes at oedran cenhedlaeth ei rhieni, ond nid fo oedd yr unig un oedd yn dal yn gaeth i bapur yn ogystal â thechnoleg, chwaith, meddyliodd wrth ddal i hymian.

'Dym, dym, dym-dym, dym, dym, dym *dym.*'

'Rydw i wedi dy ennill di drosodd mor fuan â hynny, felly.'

Daeth llais Daniel o'r tywyllwch, a disgynnodd y dalenni yn gawod eira fechan o law Lowri. Mygodd sgrech wrth i'r ddalen olaf lanio'n dwt yn ei hesgid chwith wag ac i Daniel ymddangos o gefn y neuadd.

O leia roedd o'n nabod y diwn, felly twll dy din di Ffaro Alun.

'Camgymeriad Llafur Newydd eto fyth,' meddai hi'n uchel wrth geisio adfer ei phapurau a'i hurddas.

'O, mae'n arw gen i. Ryden ni'n gyfarwydd â'r "Red Flag" yn Islington, coelia ne beidio, ond hwyrach mod i wedi cael y diwn rong? Doedd y canu ddim mor ardderchog â hynny, ac o gofio, rydech chi yn Plaid Cymru yn cael trafferth i ganu o'r un *hymn-sheet* weithie, dydech?'

'Wedi cael y ddynes rong wyt ti, debyg: ddylet ti ddim bod yn holi Gwynne am diwnia ac alawon a phetha felly? Fo ydi'r hen wraig, cofia. Hola fo ar ôl y practis côr neu lle bynnag oedd o heno yn lle bod yma yn ein hwynebu ni'r llewod.'

Go dda, Lows, dangos nad ydi'r diawl ddim wedi dy daflu di 'ddar d'echel. Snechian felna o'r cysgodion ata i, wel, fedra inna fod yn slic a phroffesiynol hefyd, mêt, meddyliodd Lowri, gan godi ei bag ar ei hysgwydd, codi ei ffeil bolisi a'i Filofax mewn un symudiad chwim, a throi i wynebu Daniel. Yn droednoeth.

'Llewod oedden ni, felly, yn y program ene heno?' Sbio i'w hwyneb yr oedd Daniel, diolch byth. Be oedd y bet y medra hi sleifio at y naill bâr o sgidia neu'r llall a'u gwisgo nhw heb yn wybod iddo fo? Roedd un o'r esgidiau fflat yn reit agos ati – lle gythraul oedd y llall? A, ia, yn y bag, oedd yn cael ei ddal mor broffesiynol ar ei hysgwydd. A'r pâr sodla uchal reit yn fanno ar y gadair, dan ei drwyn o. Fasa hyd yn oed ymgeisydd Llafur ddim mor ddall â hynny. Llewod. Waeth iddi glymbleidio yn hyn o beth dros dro o leia, petai ond i ennill amser i gael rhywbeth am ei thraed.

'Wel, ni oedd y gwleidyddion yno, 'te, roedd gynnon ni fantais. Dan ni'n gwybod pethau nad ydyn nhw'n wybod.' Tria sefydlu tir cyffredin, wedyn pan fyddan nhw'n sefyll arno fo, tynnu'r tir o dan eu traed. Ti'n dysgu, Lows.

'A, ia. 'Fatha gwybod sut i hymian y "Red Flag".'

O, cachu hwch. Reit, washi, ti 'di gofyn am hyn.

'Os ma dyna dach chi'n ei alw fo yn Islington.'

'Mae hi'n anthem – ryngwladol.'

Ti 'di oedi, fanna – dim ond jyst cofio'r gair nest ti, 'de?

'Ac amlieithog.'

'Ym?'

Gotcha. Ar yr union beth mae Llafur a phawb arall yn ein cyhuddo ni ohono fo. *Linguistic one-upmanship.* Da iawn, ymgeisydd bach perffaith. Fasa Math Ni wrth eu bodd, jest y math o beth i estyn allan at y difreintiedig. Oes raid i mi fod yn gymaint o hen bitsh?

'Mae'n iawn, 'sti, mae'r camerâu wedi mynd, gei di gyfadda nad wyt ti wedi dŵad ar draws y gair "amlieithog" heb i rywun o'r gynulleidfa dy saethu di.'

'*Multicultural?*' holodd Daniel yn betrus.

'Agos. Iaith, diwylliant, be 'di'r gwahaniaeth – os nad wyt ti'n digwydd bod yn Dafydd Robaitsh, Hendre Gofidiau.'

'Hwnne oedd y dyn ofynnodd y cwestiwn am yr ysgolion?'

'Hwnnw oedd isio fy saethu i.'

'Ond un o'ch pobl chi, decini? Meddwl mai fi fase fo am ei saethu.'

'Ddim bod hynny'n ei stopio fo isio fy saethu inna hefyd.' O siarad gydag o fel hyn, teimlai Lowri ei bod yn medru diosg rhywfaint o bwysau llethol bod yn ymgeisydd. Aeth yn ei blaen. 'Ond mae'n siŵr bod gynnoch chitha rai felly hefyd yn y Blaid Lafur. Amlieithrwydd nac aml-ddiwylliannaeth nac aml-ddim byd ddim yn apelio lot atyn nhw.'

'Ydi iaith a diwylliant ddim mor bwysig i tithe felly? Gan ein bod ni'n siarad *off-camera*.' Ond doedd dim her wironeddol yn llais Daniel. Sylwodd Lowri fod rhywbeth yn ei gylch, rhyw lacrwydd na fu mor amlwg ar y rhaglen, ac yntau yn llygad y camera.

'Ddeudwn i mo hynny. Be wnaeth i ti feddwl nad ydi petha felly'n bwysig i mi?'

'Ffaith dy fod ti'n hymian y "Red Flag".'

'Hy – dangos faint wyt ti'n wybod. Hymian yn Gymraeg oeddwn i.'

'Aha – dyna pam dy fod ti gymaint allan o diwn, felly.'

'Dim ond efo cerddoriaeth, mêt. Ac os nad ydi'r "Faner Goch" yn gerddoriaeth byd, be sy?' *Diolch, Ruth, am hynna o leia. Ac ydw, rydw i yn hen bitsh. Dyna pam mod i'n ymgeisydd.*

'Felly efo ideoleg, gobaith i ni dy weld ti eto ar lwyfan efo ni?'

''Na'i rannu llwyfan, fel y gwnes i heno. A doeddwn i ddim yn ymwybodol bod gynnoch chi ideoleg bellach eniwe. Bod hynny wedi mynd drwy'r ffenast efo *Clause*

Four a sosialaeth a ryw nialwch hen ffasiwn felly, ar waetha'ch arweinydd newydd.'

'Syniadau stereoteip, Ms Meirion. Rhaid i chi gamu'n ôl oddi wrthyn nhw.'

A chamu 'nôl wnaeth yntau, yn nes at y llwyfan oedd yn wag bellach o drimins y rhaglen, ond gan osod ei hun rhwng y ddwy gadair oedd yn dal yno yn y canol, lle'r eisteddasai Lowri ac yntau yn gynharach yn y noson. Chwarddodd hithau, dal ei gwynt hefyd o'i weld yn sefyll yn dalsyth o'i blaen. Dal yn drwsiadus, ond yn fwy – be? – yn fwy real, rywsut, yn fwy hwyliog. Mistar Patrwm Ymgeisydd yn dechrau cilio, a'r dyn go-iawn yn dod allan o'r cysgodion. A'r llygaid yna eto . . .

Ymysgydwodd Lowri, ceisio callio, a gweld fod ei bellter hefyd yn rhoi cyfle iddi hithau fodfeddu fymryn yn nes at ei sgidiau.

'*Step away from the ideology*, Mr Cunnah?'

'O, i'r gwrthwyneb, Ms Meirion. Ac o leia rydw i'n medru canu – ryw siort.'

Rhoes un droed yn benderfynol o flaen y llall, a tharo'i frest â'i law dde. Cliriodd ei wddw'n arwrol:

'Perffaith chwarae teg i'r cystadleuydd nesa,' apeliodd Lowri, oedd erbyn hyn yn sefyll o flaen y gadair lle gorweddai ei hesgidiau.

'A-hem!'

'Caewch y drysau!'

'*The people's flag is deepest red,*
It shrouded oft our martyred dead . . .'

Tenor melys yn hofran ati o flaen y llwyfan a'i sadiodd am ennyd. Roedd hi'n sefyll o flaen y gadair, ond wedi anghofio ei sgidiau.

'Dim mwy?'

'Dwi'n gwybod y fersiwn arall, wrth gwrs.'

A daeth yr un llais eto, ond roedd gwên yn y llais a'r wyneb y tro hwn.

'The people's flag is deepest pink,
It's not as red as you might think . . .'

Torrodd ar ei draws.

'Nes at y gwir, ella, ond nid dyna o'n i'n hymian.'

'Ti'n torri ar draws y consart? *Typical Plaid Cymru wrecking tactics.'*

'Gwella, ddim difetha. Beth am hyn?' Ac yna daeth ei llais hithau.

'O'r gwan a fathrwyd o dan draed
Y daeth i'w phlygion liw y gwaed.'

Tro Daniel oedd sefyll yn stond; syllu ar Lowri wrth i liwiau ei ffrog symud o'i flaen yng ngwawl y neuadd, ac i'w llais hwylio tuag ato.

'Mae'r Faner Goch yn fflam o dân
Yn chwifio yn yr awyr lân.'

'Hei . . .'

'Ocê, dwi'n methu canu – dyna pam mai hymian o'n i. Ond hymian yn Gymraeg – fel y deudis i.'

'Nest ti neud honna i fyny?'

'Be, y "Faner Goch"? Naddo, siŵr. Dyna ddeudis i, 'te – amlieithog. O Arglwydd, ddim clôn Llafur arall sy'n meddwl mai dim ond yn Saesneg y bydd y chwyldro. Ti 'di byw'n rhy hir yn Islington, washi.'

'The revolution will not be televised . . .'

Safai Daniel yn yr un lle o flaen y rhes cadeiriau, ond yn fwy llonydd yn sydyn.

'Mae hwnna ar gael yn Gymraeg hefyd, wsti.'

Rhoesai Lowri'r gorau i ymbalfalu'n llechwraidd

am ei sgidiau. Roedd hi'n rhythu yn syth o'i blaen.

'Lot o bethau ar gael yn Gymraeg heb i mi fod yn sylweddoli.'

'O, mae hynny'n eitha cyffredin, os wyt ti'n byw i ffwr aballu.' Ond ychwanegodd yn sydyn, rhag i Daniel feddwl mai ei golbio eto fyth yr oedd hi. 'Ddigwyddodd o i minnau hefyd, cofia. Byw i ffwr. Allan o Gymru.'

'Be sy'n dŵad wedyn?'

'Sut?'

' "Chwifio yn yr awyr lân." Be sy'n dŵad nesa? Gen i gof am *Within its shade we'll live and die*. A be sy yna yn Gymraeg am *"cowards flinch and traitors sneer"*?'

Roedd y canwr wedi camu oddi ar y llwyfan erbyn hyn, ei lais yn dawelach.

'Digon o rheiny ar gael hefyd, cofia,' atebodd Lowri, ond bwrw ei golygon tua'r llawr wnaeth hi, peidio sbio arno fo. Oedd, wrth gwrs, yn golygu mai sbio arni'i hun yn nhraed ei sanau yr oedd hi. Teimlo cryndod. Rhyw symudiad yn ystyllod y llawr wrth iddo nesáu.

'A hefo ni.'

Cytunodd Lowri. 'Bownd o ddigwydd, tydi? Dan ni fel ymgeiswyr yn ei chanol hi. A phawb arall ar y tu allan, yn dallt dim, ond yn ddigon parod i ddeud wrthan ni be i neud . . .' Edrychodd y ddau ar ei gilydd. Fflach o ddeallltwriaeth. Nodiodd Daniel ei ben.

'Heb sôn am etholwyr sy'n cael eu safbwyntiau a'u newyddion yn syth o'r *Daily Mail.*'

'Rheiny i'w cael yn Islington hefyd?'

'Ddigon sicr. Ac *agents* sydd ofn am eu bywyde i chi ddeud y peth rong, *off-message.*'

'A! Nabod rheiny'n iawn.'

'*So* mae gan Plaid Cymru *control freaks* hefyd?'

'Fydda i yn meddwl weithia yn yr etholiad yma mai ni ddyfeisiodd nhw. A cyn i ti ddeud, basa, mi fasa f'asiant i wedi rhoi row i mi am ganu ond dwi'n rhyw ama mai beirniadu'n llais i fasa fo. Dyna pam mai i mi fy hun y bydda i'n canu neu'n hymian.'

'Hymian mewn neuadde gwag ac yn y bàth, felly?'

Roedd o'n dod yn nes, ac erbyn hyn gwyddai Lowri ei fod o'n syllu arni, neu ar ei thraed. Camu'n ôl o hyn.

'O, dwi ddim yn meddwl y basa "brad y stanc a nos y gell" yn siwtio i'r bàth rywsut, wyt ti?'

'Brad y be?'

'Ti ofynnodd. Dyna'r cytgan:

Er brad y stanc a nos y gell
Cyhoedda'r faner ddyddiau gwell.'

Wrth ganu, roedd hi'n troelli, troi ar ei sawdl, troi ymaith fymryn ymhellach oddi wrtho, fel petai'n siglo i sŵn y gân.

'Y Gymraeg ddim yn sôn am lyfrgwn a bradwyr, ti'n gweld.' Ac ychwanegodd, hanner dan ei gwynt: 'Dim angan gwneud – pawb yn gwybod eu bod nhw yno.'

Ond roedd o mor agos ati fel y clywodd, serch hynny.

'Oes 'na wahaniaeth arall, felly?'

'Gwahaniaeth?'

'Rhwng y ddwy. Rhwng y "Red Flag" a'r – be – y "Faner Goch"?'

'Oes siŵr. Aralleiriad, nid cyfieithiad. Nid mod i'n gwybod y geiria i gyd, cofia.'

'Pwy sy? 'Fatha'r anthem genedlaethol tydi; pwy sy'n gwybod yr ail bennill?'

'A rhai gwleidyddion wedi bod yn ddigon gwirion i ddangos nad oeddan nhw'n gwybod y pennill cynta,

157

hyd yn oed. A dan ni yn sôn am yr un anthem, dwi'n cymryd?'

'Wna i ddim disgyn i'r trap yna, paid â phoeni, ac ie, "Hen Wlad Fy Nhadau" oedd gen i mewn golwg. Mi fedrwn ganu digon ohoni, os bydd rhaid.'

'A finna. Jest digon i gadw pawb yn hapus. Dyna'n hanas ni, 'de, dyddia yma? Dysgu'r sgript.'

'Ond ein bod ni'n – ym – crwydro oddi wrth y sgript weithie?'

'Ni?' Dyna ddeudodd o? Sylweddolodd Lowri eto mai'r dyn, nid yr ymgeisydd, oedd yn siarad fan hyn. Ond pwy oedd yn ei ateb? Y ferch 'ta'r ymgeisydd? Ond aeth Daniel yn ei flaen.

'Wel, ddim yn meddwl bod yr hyn roeddat ti'n ganu yn sgript dy blaid di.'

'Na d'un ditha, tasa'n dŵad i hynny. Ond fel deudis i, dyna pam mai hymian i mi fy hun y bydda i. Wrth roi petha mewn trefn. Papurau aballu.' Cydiodd yn dynnach yn ei ffeil.

'A sgidie?'

'A, wel, does gynnoch chi mo'r broblem yna, nac oes?' Ond mae gen i. Un esgid yn y bag, llall ar lawr, pâr ffansi ar y gadair. A fynta'n sefyll reit o flaen y gadair, rhyngdda'i a pharchusrwydd. 'Gwisgo i siwtio'r etholwyr – neu'r camerâu.'

'Mae Seth – a Mam – yn swnian arna i dragywydd i wneud yn siŵr mod i'n gwisgo tei.'

'Ond mi fedri gerdded hyd yn oed pan wyt ti'n gwisgo tei.'

'Sylwi dy fod ti wedi cerdded i mewn heno 'ma yn reit ddidrafferth, hyd yn oed yn y rhain.'

Ac yn sydyn, roedd o wedi troi ei gefn ati

ac wedi codi'r esgidiau oddi ar y gadair, a'u hestyn ati.

'I ti gael eu gwisgo nhw. Neu eu rhoi nhw mewn trefn, wrth gwrs. Ella y gwna i dy glywed ti'n hymian wrth wneud hynny.'

'Jest wrth roi pethau mewn trefn y bydda i yn gwneud hynny. Ffeindio'i fod o'n help.' Roedd hi wedi dod yn nes ato yn awr, o fewn cyrraedd. Ond chymerodd hi mo'r esgidiau.

'Pwysig rhoi pethe mewn trefn, felly?'

'Dyna fasa Alun yn ddweud, saff i ti.'

'A Seth hefyd. Rhaid ein bod ni'n andros o siom iddyn nhw, yn ddi-drefn fel ag yden ni, yn 'cau gwisgo teis – na sgidie.'

'Ti'n dal mewn siwt, er hynny – a thei.'

'Digon hawdd newid hynny.' Roedd y tei eisoes yn llac ac yn agored dan goler ei grys, a chymerodd hi ddim eiliad iddo'i chwipio ymaith a'i roi yn ei boced. 'A dyna ni ar yr un lefel, felly?'

Heb y sodlau uchel, roedd hi'n gorfod codi ei golygon fymryn ato. Roedd yntau'n edrych arni hithau; ymdrechodd Lowri i gadw'r sgwrs yn ysgafn.

'Y ddau ohonan ni'n boen enaid i'r bobol sy'n ein rheoli ni?'

'Hynny hefyd, am wn i.' Roedd Daniel fel petai'n difrifoli. 'Ond fedran nhw ddim gwneud hebddan ni chwaith. Ni ydi'r ymgeiswyr, wedi'r cwbwl.'

'Bosib colli golwg ar hynny, weithiau.'

'*Tell me about it*. Dyna un rheswm pam y des i'n ôl yma rŵan.'

'Ro'n i'n pyslo pam.'

'Isio gweld y lle fel mae o go-iawn.' Oedodd Daniel,

ac yn y tawelwch, edrych o'i gwmpas. 'Heb y goleuade a'r camerâu a'r gynulleidfa a holl sioe'r etholiad.'

'I be, felly?'

'Wel, Neuadd y Glowyr, 'sti. Hanes. Isio gweld oedd y lle wedi newid go-iawn.'

'Wrth gwrs.' Cofiodd ei bod yn siarad ag un a fagwyd yma – ar fwy nag un ystyr. 'Ac ydi o?' holodd. Oedodd Daniel cyn ateb, a swnio'n betrus hyd yn oed wedyn.

'Ddim yn siŵr. Mae o'n fwy tebyg i'r hen le rŵan nag oedd o'n gynharach heno. Fwy naturiol, rywsut.'

'Heb ei sgidia?'

Sbiodd y ddau ar ei gilydd. Chwerthin. Nesaodd yntau ati.

'Ddeuda'i un peth.'

'Mmm?'

'Newydd feddwl, ella na fasa dy ganu di – sori, hymian – ddim wedi bod mor ddiarth i'r hen le.'

'Wel, roeddan nhw'n arfar cynnal cyngherdda aballu yma, toeddan?'

'O, siŵr iawn, ond nid dyne oeddwn i'n feddwl, chwaith. Mwy am y geirie.'

'O?'

'Yr hen bobl – cenhedleth Dad a Taid – ddim yn ame na fasen nhw wedi bod yn gyfarwydd â'r geirie Cymraeg ene.'

'T'r "Faner Goch", wyt ti'n meddwl?'

''Nes i rioed foddran gofyn, a rŵan . . .'

'Wyddost ti byth. Fedret ti holi rhywun rownd fan hyn, dwi'n siŵr. Ti sy'n eu nabod nhw.' Hynny yn siarp eto, o gofio'i ateb iddi ar y rhaglen yn gynharach yn y noson, ond difarodd bron ar unwaith. Doedd o ddim yn edrych yn gymaint o lanc rŵan, yn sicr.

'Ydw i?'

'Ti'n credu yn yr un petha, debyg, ne fasat ti ddim wedi dŵad yn ôl yma, na faset?'

'Dyna ddeudais wrth Je – dyna dwi'n ddeud wrtha i fy hun.'

'Reee-iit.'

Roedd Lowri'n troedio'n ofalus erbyn hyn, sylwi ar ei wefusau wedi tynhau. Yna sylwodd arno yn troi'n ôl tuag ati, ei ysgwyddau wedi disgyn ronyn, ei law yn fwy llipa wrth ei ochr. Ar amrantiaid, gollyngodd y pâr esgidiau, a gwnaeth sŵn y glec ar lawr pren y neuadd iddi neidio.

'Dene nhw yna i ti, os wyt ti isio nhw.'

'Dim brys. Rydan ni i gyd yn gorfod dengid oddi wrth ein gwylwyr a'n rheolwyr weithia, tydan? Trwy gofio geiria anthema sy ddim cweit yn ffitio i'r patrwm neu trwy wisgo sgidia sy'n pinsio dipyn, dim ond eu bod nhw'n ffitio'r ddelwedd.'

'Ro'n i wedi sylwi dy fod ti wedi bod yn reit gyfforddus heb dy sgidia.'

Tasat ti ond yn gwybod, mêt.

'A titha yn dangos diddordeb yn y "Faner Goch" yn Gymraeg.'

'Be oedd hwnne ddeudist ti am "nos mewn cell" ne rwbeth?'

'"Nos y gell". "Cyhoedda'r faner ddyddiau gwell."'

'Tasa hi ond mor hawdd â hynna. Canu'n probleme i ffwrdd.'

'Neu eu hymian nhw.'

'Sawl mil o weithwyr aeth i'w bedd
Yn brwydro am yr hyfryd hedd?'

'Waw, ti wir wedi mynd i mewn i hyn, do?' Cymysgedd o syndod ac edmygedd oedd yn llais Daniel.

'Ddim mewn gwirionedd. Jest ambell i air ne ymadrodd sy'n dŵad allan o ganol y doman jargon ma rywun yn gorfod brwydro drwyddo fo bob dydd.' Ceisiodd Lowri ateb yn ddidaro, ond allai hi ddim cadw'r dinc o chwerwedd draw. Ffeiliau polisi a maniffestos a datganiadau i'r wasg. A'i thro hi oedd gollwng rhywbeth yn awr. Disgynnodd y ffeil yn seitan ar lawr, lle gorweddodd heb hyd yn oed godi llwch.

'Dim papure, felly.'

'A dim sgidia, chwaith.'

'A dim tei.'

'Be ddeude'r etholwyr, dwed?'

'Yn waeth byth, be ddeuda Alun wrtha i? A Seth wrthat ti?'

'Ond tydyn nhw ddim yma, nac yden?'

'A'r ymgeiswyr yn cael cyfla i fod yn nhw'u hunain am eiliad?'

'Mwy nag eiliad, falle?'

'Noson? Www, peth peryg. Swnio fel addewid gwleidydd, hynna. Pwy sydd i ddeud be ddigwydda ar ôl un noson?'

'Y wawr yn torri, fel arfer.'

'Fe gân y gwan am newydd wawr.'

'"Faner Goch" eto?'

'Ti'n dysgu'n sydyn.'

'Dwi'n meddwl mai newydd ddechre yr ydw i.'

Pennod 9

LOWRI, DANIEL, GWYNNE, RUTH
Dydd Sadwrn, 23 Ebrill 2016

'O fy Nuw. O fy Nuw.'

'Ti be?'

'Ddim efo ti o'n i'n siarad.'

'Wel, dwi yn hogyn ysgol Sul, coelia ne beidio. Ond 'nes i ddim sidro bod neb yn rhegi yn Gymraeg. Ta hymian oeddet ti?'

Pwyso ar ei benelin, sbio arni hi. A gwenu.

O fy Nuw am reswm arall. Gneud i 'mherfadd i droi'n stwnsh am yr ail waith. Wel, drydydd waith, tasa rhywun yn cyfri'n fanwl, ac os ydi o'n cyfri'n fanwl dwi'n mynd i'w ladd o rŵan hyn a dim ots os gwnaiff hynny annilysu'r etholiad. Ella baswn i hyd yn oed yn medru ennill, taswn i'n ei ladd o a neb yn gwybod pwy nath. Lowri! Gwena!

'Hei, helô, chdi.'

Pwyso tuag ato fo. Cusan. Diawl, taswn i wedi deffro'n gynt, laswn i o leiaf fod wedi llamu i'r stafell 'molchi, llnau 'nannadd fel na fasa fo'n troi oddi wrth fy ngheg gwaelod caets bwji. Ond tydi o ddim, nac ydi?

Mmmm . . .

Ac wedi'r gusan, Daniel yn tynnu'n ôl yn anfoddog.

'Faint 'di o'r gloch?'

'Hannar awr wedi saith.'

'Ac mae'n ddydd Sadwrn?'

'Diawch, tydi'r peiriant Llafur yn rhoi'r holl wybodaeth i chi? Rhaglen deledu ar S4C neithiwr sy wedi bod yn mynd allan bob nos Wenar ers oes pys, felly mae'n fora Sadwrn. O, cachu hwch!'

Llamodd Lowri o'r gwely, saethu o gwmpas yr ystafell, cydio yn ei dillad oedd yn addurno gwahanol ddarnau o ddodrefn y stafell wely.

'Canfas canol dre!'

'Am hanner awr wedi saith?'

Ond yr oedd Daniel hefyd wedi codi erbyn hyn. Daeth Lowri i stop. Edrych arno.

'Ia, oréit, ti'n iawn. A chlywist ti mo hynna, gyda llaw, sgin ti'm clem lle byddwn ni'n canfasio heddiw.'

'Mwy nad oes gen titha ddim syniad ein bod ni am hitio marchnad y Llan.'

Edrychodd y ddau ar ei gilydd. Difrifolodd Daniel fymryn, ond gan ddal i wenu wrth edrych ar Lowri yn gwibio o gwmpas y stafell yn sgowtian am ei dillad.

'Ocê. Wel os felly, nei di fadde i mi am fod yn ymgeisydd am sbel, a gofyn be yden ni am neud am y sefyllfa yma? A gyda llaw, am y rhain ti'n chwilio?' Tyrchodd dan y *duvet* am bâr o deits, a'u dal i fyny o'i blaen. Cipiodd hithau nhw.

'Wel dwn i'm amdanat ti, ond mi fydda i'n barod efo pob taflen a rosét yn ei lle mewn pryd i gychwyn y canfas canol dre. A ddim dyna wyt ti'n feddwl, naci? Oréit, os ga i siarad fel ymgeisydd, cyhoeddi clymblaid?'

'Wel, dwi'n falch nad efo Gwynne Roberts dwi'n siarad: gen i syniad go dda am ei farn o am glymblaid. Ond o ddifri, mae'n rhaid i ni neud rwbeth am hyn. Tase Seth yn cael dod i wbod . . .'

Sgiws mi? Seth? O mama mia . . . Ond wrth gwrs, tasa Alun – aaaa!

'Daniel.' *Pam bod ei enw o'n swnio'n wahanol pan dwi'n siarad efo fo, a finna wedi'i ddeud o filoedd o weithia yn ystod yr ymgyrch?* 'Gad i ni wynebu petha. Tasa Seth a chriw dy blaid di neu Alun a chriw 'mhlaid i yn dod i wybod am hyn, fasa'n bywydau ni ddim gwerth eu byw. Heb sôn am golli'r etholiad yn y fan a'r lle.'

'At bwy wyt ti'n cyfeirio fanne?'

Cym dy wynt, ferch.

''Na i'm deud hynny, na wnaf. Dal yn gymaint â hynny o wleidydd.'

'A finne. Ond . . . ym . . .'

'Dim rhaid i neb wybod, nac oes?'

'Wir?'

'Ddim tan ar ôl yr etholiad.'

'Nac oes, bosib. Ac wrth gwrs . . .'

'Mmm?'

'Dan ni ond yn sôn am bythefnos.'

'Dwy wythnos.'

'Pythefnos dan ni'n dal i ddeud yng Nghymru, 'sti, *tourist.*'

'A pwy sy i ddweud mai *tourist* ydw i?'

'Dim ond am bythefnos?'

'Fy nghyn-Brif Weinidog i'n iawn felly, 'doedd?'

'Be?'

'Wythnos yn amser hir mewn gwleidyddiaeth . . .'

* * *

Ac wyth awr a deugain yn hwy fyth. O leia, dyna oedd ym meddwl Lowri y bore wedyn, a hithau 'nôl yn nhŷ Daniel. Ac yn ei wely. Eto.

Da iawn, Lowri. Deng mlynedd o gallio a rheoli 'mywyd carwriaethol a dyma be sy'n digwydd. Yng ngwely rhywun diarth – o na, ddim yn ddiarth o gwbwl, yn gyfarwydd iawn wedi pythefnos o ymgyrchu – yn orgyfarwydd, wir. Hynny'n iawn, felly? Dyma ni, griw bach ohonan ni, yn cael ein taflu at ein gilydd, yn union fel y deudais i wrth Alun pan gytunais i â'r syniad boncyrs yma, i gyd yn 'nelu am yr un nod – ond bod ei nod o a'n nod i mor hollol wahanol. Wel, na, 'run nod yn union ydi o, 'te?

Ochneidiodd Lowri, a rhowlio drosodd i'r pant yn y gwely a adawsai Daniel. Ei phen lle bu ei ben. Ymgeisydd plaid arall. Y gelyn, yn enw pob rheswm! A wel, rhoi ystyr hollol newydd i *sleeping with the enemy*, debyg. Ond yn waeth na hynny, ar ei dir ei hun – yn ei dŷ ei hun (a dwi'n ymwybodol o hynny, diolch i LabRats). Gwridodd, yna llamu ar ei heistedd wrth glywed sŵn traed ar y grisiau. Roedd y *duvet* wedi'i lapio'n barchus o'i chwmpas pan ddaeth Daniel i mewn yn cario hambwrdd ac arno ddau fygiaid o goffi a phlatiaid o dost.

'Os ydi hyn yn ymgais i 'mreibio i . . .'

'Hefo Marmite?'

'Peryg iawn – be 'swn i'n ei gasáu o?'

'Hanner efo, hanner heb.'

O, rêl Llafur Cymru.'

Cyn gynted ag yr ynganodd y geiriau, teimlodd Lowri fel claddu'r cyfan ohoni'i hun yn hytrach na dim ond ei hanner dan y *duvet*. Ond wnaeth y mygiau ddim taro yn erbyn ei gilydd, hyd yn oed, wrth i Daniel osod yr hambwrdd i lawr ar y gwely.

'Os mai cynnig dewis mae hynna'n feddwl . . .'

'Dewis. Diolch. A – sori. Cadoediad?'

Estynnodd am y tost. Symudodd Daniel fygiaid o goffi yn nes ati, ymholiad yng nghodiad un ael. Petai modd i Lowri fod wedi'i chicio'i hun heb golli coffi dros y gwely, byddai wedi gwneud.

'*Truce*. A wir, dwi ddim . . .'

'Be?'

'Yn trio siarad Cymraeg posh er mwyn codi cywilydd arnat ti.'

Daeth y geiriau'n un rhuthr, a chymerodd gegiad o dost rhag gwneud mwy o ffŵl ohoni'i hun. Eisteddodd Daniel ar erchwyn y gwely, ac edrych yn syth i'w llygaid.

'Dwi wedi bod yma'n ddigon hir ŵan i sylweddoli nad dene ydech chi'n neud. A dwi inne'n dysgu.'

'Ocê. Ailddysgu, debyg? Ond wnest ti rioed golli dy Gymraeg, naddo?'

Symudodd Daniel yn nes ati ar y gwely, gafael yn ei goffi ag un llaw, rhoi ei fraich rydd o'i chwmpas.

'Colli rhai mathe o Gymraeg, dwi'n meddwl. Mae fel'se iaith newydd wedi dod i'r fei ers i mi ddŵad yn dôl. Trafod politics yn un peth – ro'n i wedi arfer efo hynny mewn rhyw ffordd – Nhad ac ati.' Cododd ei lais fymryn, a chadwodd Lowri olwg ar y mŵg coffi yn ei law. 'Fydde fo'n trafod yn Gymraeg, wrth gwrs.'

'Wn i. Fel mae'n digwydd, mae gen i go clywed neu weld cyfweliad efo dy dad flynyddoedd yn ôl pan oeddan nhw'n ymladd yn erbyn cau'r pwll. Ne rwbath am y gwaith cemegol oedd o?'

Synhwyrodd fod Daniel yn ymlacio dipyn, ac aeth yn ei blaen. 'Ac efo fi, wel, roedd Mam a Dad yn siarad gwleidyddiaeth drwy'r amser, a finna wedi prifio efo'r peth, ei gymryd yn naturiol. Ond mae hyn yn wahanol i mi hefyd, cofia. Iaith newydd i arfer efo hi. Iaith llywodraethu, nid iaith protest dragywydd. Dan ni i gyd yn gorfod ei dysgu hi o'r newydd.'

'A finne wedi dysgu be ydi cadoediad.'

'Ti'n dysgu'n gyflym.'

'Dysgu mod i'n iawn amdanat ti a Marmite, yn un peth. Ti wedi sglaffio'r cwbwl. Trafferth ydi, dwinne'n ei leicio fo hefyd.'

Edrychodd Lowri ar y briwsion ar y plât, yna ar Daniel. Chwarddodd y ddau, gan osod y mygiau coffi mewn dirfawr berygl unwaith eto.

Lowri oedd y cyntaf i godi. Chwiliodd o'i chwmpas am ei dillad, a chofio nad oedd ganddi ond y siwt ymgeisydd fu'n gymaint o help efo'r canfasio canol dre. Casglodd y cyfan at ei gilydd yn frysiog, gwneud ati i wisgo, er ei bod yn boenus ymwybodol trwy'r amser o lygaid Daniel arni, ac yntau'n lled-orwedd ar y gwely. Ar ei wely o. Digon hawdd iddo fo, wrth gwrs, meddyliodd wrth ei weld yn ei jîns a'i grys-T, a llewys byrion y crys yn datgelu'r lliw haul ar ei freichiau. Anadlodd yn ddwfn. Mi fyddai'n rhaid iddo yntau barchuso hefyd, meddyliodd, ond wrth gwrs, mae ganddo fo ddillad yn handi wrth law yn y tŷ. Ei dŷ ei hun, wel, mwy neu lai. Cymerodd gip brysiog o gwmpas yr ystafell, rhag ofn iddo gymryd yn ei ben mai busnesu oedd hi. Ond doedd fawr i'w weld, ar wahân i fanion eitemau personol, a'r geriach etholiadol oedd, fel y gwyddai Lowri, yn lledaenu dros fywyd ac eiddo pawb oedd yn ymgeisydd. Ambell i lyfr. Dim lluniau. Brysiodd i gau botymau ei siaced.

'Golwg ddigon parchus arnat ti i rywun feddwl dy fod ar dy ffordd i'r capel.'

'Ti wedi deud yn barod dy fod ti'n hogyn ysgol Sul. Dwi wedi darganfod dy gyfrinach di felly, do? Ti'm yn deud hynny wrth dy selogion Llafur, debyg?'

'Wel, dwi'n meddwl mod i'n nabod y Cymry capel.'

'Diawl o berig. Diosg *stereotypes*, dyna fy job i – a job fy mhlaid i – 'ta wyt ti ddim wedi sylwi ein bod ni wedi ennill hyder dros y blynyddoedd dwetha yma, ac yn dweud "sori" yn llai amal?' *Lowri, nei di gau dy geg – ddim fo ydi'r gelyn . . .*

'"Stereotypes" *I get*. A'r gair arall?'

'"Diosg". Tynnu amdanan.'

'Hmmm. Bosib mod i'n misio rwbath fan hyn ond o'n i'n meddwl ein bod ni wedi gneud hynny'n barod?'

'Do.' Ond roedd yn rhaid iddi ei wynebu.

'Be ddiawl wnawn ni?'

'Mae arnan ni angen – ym – strategaeth?'

Roedd wedi dod o hyd i'r un peth i chwalu ei phryder. Rhoes sgrech o chwerthin.

'Os na fedra i ddengid rhag y blydi gair yna yn y gwely, dwi'n rhoi gif-yp! Gwranda, Daniel, dan ni'n cadw'n dddistaw ac yn gweld ein gilydd – a ti'n gwybod beth mae hynny'n feddwl – pan fedrwn ni. Dan ni'n dau yn ymgeiswyr. Wedi curo'r lleill i fod ar flaen y gad. Ddyla fo ddim bod tu hwnt i'n crebwyll ni, reit? Rŵan, plis addo i mi na nei di byth ddeud y gair "strategaeth" eto – wel, 'blaw pan dan ni ar y llwyfan, reit? A rŵan dwi am fynd.'

'I'r capel?'

Cododd ar ei eistedd a syllu arni.

'Smalio mai dyna lle dwi'n mynd – os digwydd i mi daro ar draws rhywun ar y ffordd o'ma.'

Difrifolodd Daniel.

'Ofn cael dy weld?'

'Mae'n rhaid i ni fod yn gall, cofia. Meddwl be i'w wneud.'

'Osgoi cael ein gweld gan Gwynne Roberts a Ruth Fletcher, i ddechre cychwyn. Ond den ni'n reit saff bore 'ma. Fydd Ms Fletcher ar wib rhwng Llunden a fama, a Gwynne ar ei ffordd i Siloam. Sydd yr ochor arall i'r dre, rhag ofn dy fod ti'n poeni.'

'Wn i lle mae Siloam.'

Rhy snaplyd: Lowri, cau dy geg. Ond roedd Daniel yn edrych arni ac yn dal i wenu.

'Den ni'n iawn, felly, tyden? Saff i ti adel. Os . . .'

'Os?'

'Os mai dene wyt ti isie.'

Y tro hwn, rhoes Lowri ei hymennydd ar waith cyn agor ei cheg. Yn ara deg, cododd ei bag a throi at y drws.

'Rŵan, ia. Mae gwaith yn galw, hyd yn oed ar y Sul. Ond wedyn?'

'Pythefnos. A tydi o ddim yn amser hir mewn gwirionedd. Dim ond yn ymddangos felly. Dim ond i ni fod yn gall ac yn ofalus. A defnyddio'r – ym – strategaeth iawn.'

'Deuda di'r gair yna eto a dwi wirioneddol o'ma.'

Difethodd Lowri y cerydd trwy ddechrau piffian chwerthin.

'A finne newydd fod wrthi'n dysgu sut i ddeud y geirie newydd. Mi fydd yn rhaid i mi gael mwy o wersi, yn amlwg. Gin *expert* – dal d'afel – arbenigwraig?' Saib, a Daniel yn dawelach yn sydyn. 'Dwi'n feddwl o, Lowri. Mi fydd yn bosib – ym – gweld ein gilydd a chadw'r peth yn ddistaw?'

Doedd dim sŵn yn y llofft, dim ond ochenaid sydyn gan Lowri.

'Mi fyddwn yn yr un llefydd efo'n gilydd mor amal, wneith neb feddwl ei fod o'n od, dyna sy'n wirion. A baswn, mi faswn isio dy . . . *weld* di. Fedrwn ni dwyllo pobol am bythefnos, 'sbosib?' *Aw – da iawn, Lows, traed ynddi eto, mae'r boi yn briod ne rwbath, tydi?* Ond gwenu roedd o.

'O'n i'n meddwl mai dyna oedd ein job ni i gyd? Ond o ddifri, mi fydd pethe'n iawn efo Seth a'r tîm – wna i ddim byd gwirion.'

'A dwi'n iawn hefyd.' Symudodd Lowri yn bendant at y drws y tro hwn, gan obeithio i'r nefoedd y cymerai Daniel bod 'iawn' yn hollgynhwysol. Dilynodd Daniel hi i lawr y grisiau, a godre ei jîns prin yn gwneud sŵn siffrwd ar y pren. Symudodd gam o'i blaen i agor drws y gegin iddi, troi i'w hwynebu ar ôl cymryd cip brysiog drwy'r ffenest gefn.

'Tan y tro nesa, felly?' Roedd mymryn o chwerthin, yn ogystal â gobaith, yn ei llais.

'Cyfarfod prif swyddogion y Bwrdd Iechyd dydd Mawrth, os cofia'i,' meddai Daniel. 'Wedi cael *three line whip* gen Jerry a Seth.'

171

'Chwip din ga inna gin Alun os na fydda i yno. Tydi bywyd ymgeisydd yn boen?'

A chyda gwên sydyn, troes Lowri ar ei sawdl a rhedeg i lawr llwybr yr ardd.

* * *

Cerdded yn araf tuag at Lluarth yr oedd Gwynne yn nes ymlaen y bore hwnnw pan sylwodd ar y car glas wedi aros ger y palmant. Stwyriodd rhywbeth yn ei gof, a chadarnhawyd hynny yr eiliad nesaf pan welodd Ruth yn camu allan ac yn syllu o'i chwmpas fel petai'n chwilio am rywbeth.

'Ar goll?'

Trodd hithau'n sydyn a'i wynebu.

'O, bore da. Wel, fasen i ddim taen i wedi gwrando ar fy sens yn hytrach na'r *sat-nav*. Trial dod o hyd i Ganolfan Madog oen i.'

'A! Synnu dim fod y *sat-nav* wedi'ch gyrru chi ar gyfeiliorn, felly. Neuadd y Gweithwyr oedd yr enw swyddogol, ond ei fod o wedi newid i Ganolfan Madog llynedd. Heb sôn am y ffaith mai'r Hôl mae'r rhan fwyaf o bobl rownd ffor hyn yn galw'r lle beth bynnag.'

'Lwcus i fi ddachre whilo amdano fe heddi, 'te – siawns i fi gyrraedd yno erbyn dydd Mawrth.' Gwenodd Ruth.

'A! Cyfarfod swyddogion y Bwrdd Iechyd. Fyddwch chithe yno hefyd?' Wrth gwrs y byddai, meddyliodd Gwynne. Mae hi'n ifanc, yn uchelgeisiol – ond yn ddigon parod i fod yn gyfeillgar, neu i swnio felly, o leiaf.

'Os gwna i ffindo'r lle.' Swniai'n gyfeillgar o hyd.

'Digon hawdd. Dim ond angen troi i'r chwith ar

waelod y lôn fan acw . . .' estynnodd Gwynne ei fraich
a chymerodd Ruth gam sydyn yn ôl rhag cael swadan
gan *Caneuon Ffydd* a ddaliai yn ei law, 'ac mi welwch
Neuadd y Gweithwyr yn eich wynebu chi. Ond mai
Canolfan Madog ydi'r enw, fel y deudes i.'

'Chi'n hoffi newid enwe rownd ffor hyn, on'd ych chi?
Neuadd yn troi'n Ganolfan. Powys Fadog yn newydd
sbon.'

'Democratiaid   Rhyddfrydol   a   Cheidwadwyr
Cymreig?'

Chwarddodd Ruth.

'Heb sôn am Lafur Newydd a Plaid. Ond dyna ni, lot
o bethe'n newid, on'd ŷn nhw?' Llithrodd yn ei hôl i
sedd y gyrrwr, ac edrych i fyny i'w wyneb. 'Diolch yn
fawr, ta beth, Gwynne. Wela i chi yn y ganolfan – neu'r
neuadd – dydd Mawrth, 'te.'

Safodd Gwynne am ennyd yn syllu ar ei hôl wedi i'r
BMW ddiflannu rownd y tro. Merch ifanc yn mynd yn
bell. Ysgydwodd ei ben. Beth ddaethai â Bethan i'w
feddwl mor sydyn, tybed? Doedd hon ddim byd
tebyg iddi – rhyw bwten fach dywyll, a Bethan . . .
Dychmygodd ei ferch, yn rhedeg ar ryw draeth yn
Awstralia, ei gwallt melyn yn y gwynt. Gwallt ei
mam . . . Yna caeodd ei feddwl ar y darlun, edrych i
lawr y ffordd lle diflanasai'r car. O leiaf, roedd wedi
rhoi'r ferch hon ar y llwybr iawn. Aeth yn ei flaen i'w
dŷ gwag.

*   *   *

'Sul, gŵyl a gwaith,' meddai Seth dan ei anadl wrth
ymdrechu i roi'r pecynnau canfasio mewn trefn ar
gornel o'r bwrdd yn y swyddfa.

'Sut?'

Newydd gicio'r drws i'w agor a dod drwodd gyda dau fŵg yn ei ddwylo yr oedd Jerry, ac nid oedd yn siŵr ai siarad ag ef ei hun ai peidio yr oedd Seth.

'Rho nhw draw fan ene: gnociodd un o griw dydd Gwener jygied o ddŵr dros werth pnawn cyfa o daflenni canfasio. Dwy awr y bues i'n trio'u sychu nhw ar nene.'

Amneidiodd tuag at reiddiadur blinedig. Chwiliodd Jerry o'i gwmpas am le sbâr, sgubo pentwr o faniffestos i'r llawr, a gosod y mygiau ar gornel y ddesg simsan.

'Dene beth mae Daniel yn neud heddiw, felly – dal i fyny efo'r taflenni canfasio? Hynny oeddet ti'n ddeud am weithio ar y Sul?'

Rhoes Seth y gorau am eiliad i stwffio deunydd i'r bagiau ysgwydd. Edrychodd i gyfeiriad Jerry, oedd eisoes yn llowcio ei goffi. Ochneidiodd, plygu eto i'w dasg.

'Rwbeth felly. Roedd y stwff – y wybodeth – i gyd gan Daniel ar ei ffôn neu ei betingalw.' Estynnodd Seth drosodd am y mŵg, a'i synhwyro. Cegiad. Coffi. Ceisiodd wneud ei ffordd at y gegin gan dynnu cyn lleied o sylw ag oedd modd. Dilynodd llais Jerry ef.

'Falle bydd y "betingalw" o help i drio ffeindio allan pwy sydd tu cefn i LabRats.'

'Ie?' Doedd Seth ddim yn swnio'n hollol argyhoedd-edig.

'Wel, genno fo well technoleg na ni – Daniel, dwi'n feddwl – bosib medr o fynd at wraidd y peth. Dene lle mae o bore 'ma, siŵr. Mae'r peth yn mynd yn fwy na phoen erbyn hyn – yn enwedig i Dan. Dechre mynd yn bersonol – a dwi'n poeni faint o ddifrod mae'n wneud i'r ymgyrch dros Gymru i gyd. Rhaid bod ene ryw ffordd o wybod pwy sydd y tu ôl i'r dam peth: os mai un ydi o, wrth gwrs. Alle fod yn fwy.'

'Wel, technoleg, 'de?' Allai Seth, hyd yn oed yng nghanol ei bryderon am ei ymgeisydd ac am ei blaid, ddim maddau i un ergyd fach i gyfeiriad un a roddai gymaint o ffydd mewn cyfryngau newydd. 'Rwyt ti'n deud y medrwn ni ddefnyddio technoleg i ddod o hyd i LabRats, ond technoleg sydd wedi'u creu nhw, hyd y gwela i. Wedi creu eu gallu nhw i guddio cystal, beth bynnag.' A thaflodd Seth olwg ar y pecynnau canfasio cyn camu'n sydyn i'r gegin. Cododd ei lais i foddi sŵn tywallt y coffi i lawr y sinc a throi'r tegell ymlaen. 'A ddeudodd Daniel y base fo'n dod draw i helpu efo'r taflenni ene? Efo tri ohonan ni, fasen ni fawr o dro yn gorffen.'

'Prin mai dyna'r defnydd gore o amser yr ymgeisydd, ti'm yn meddwl?' Swniai Jerry'n amheus, ond ceisiodd gelu hynny rhag pechu gormod ar Seth. 'Siŵr mai adre mae o, yn trio mynd at wraidd y dirgelwch, ffeindio pwy sy'n sgwennu'r stwff. Unweth i ni wneud hynny, mi fedrwn symud ymlaen efo'r ymgyrch: digon hawdd i ni gael rhai o'r hogie a'r genod i wneud y gwaith arall.'

Erbyn hyn, roedd Seth yn ei ôl yn yr ystafell, a'i de wedi'i guddio yn yr un mŵg.

'Siŵr dy fod ti'n iawn, Jerry. Gweithwyr yn y winllan, yntê?' ychwanegodd dan ei wynt, rhag rhoi cyfle arall i'w gydweithiwr fethu â deall. 'Fyddi di'n galw i'w weld o ryw ben heddiw?'

'Yrres i neges yn gynharach; heb gael ateb eto. Falle

y tria i eto, neu alw draw i'w godi o o'i wely. Jôc, Seth,' wrth ei weld yn edrych yn amheus. 'Mae gen Daniel ddigon o bethe i beri iddo fo godi o'i wely.'

* * *

Roedd sodlau sgidiau Lowri yn tip-tapian ar hyd y palmant, yn gyfeiliant i'w meddyliau wrth iddi ddychwelyd i'r fflat.

Dydd Sul, diolch byth. Fawr neb o gwmpas: adra, newid, brêc bach i feddwl. Sut dwi wedi 'nghael fy hun i mewn i hyn? Cario mlaen, canolbwyntio ar yr ymgyrch, dim ond pythefnos, dio'n ddim o amsar mewn gwirionedd. Pryd gwela i o nesa? Cwarfod iechyd – dydd Mawrth. A dim ond dydd Sul ydi hi rŵan, be dwi'n mynd i neud? Callio, dyna be – awran bach i mi fy hun, rhoi petha mewn trefn heb neb i fy styrbio, dim problem – aaaa!

Wrth nesáu at y fflat, daeth i stop mor sydyn nes y bu bron iddi faglu dros ei thraed. Roedd Alun yn cerdded i lawr y stryd, yntau hefyd yn amlwg yn cyrchu'r un fan. Gyrrodd Lowri saethweddi o ddiolch am y goeden ar ben y lôn: oni bai iddi lamu i'w chysgod, byddai Alun yn siŵr o fod wedi ei gweld. Nid bod hynny'n datrys y broblem, chwaith.

Cerdded yn bowld tuag ato a smalio mai wedi picio allan i brynu papur yr oedd hi? Ia, wrth gwrs yn ei siwt ymgeisydd a'i sgidia sodlau uchel. Heb anghofio'r ffaith mai yn y cyfeiriad arall yr oedd y siop bapur. Fflamiodd Lowri, a sylweddoli ar yr un pryd fod llygedyn o obaith iddi snechian i mewn trwy fynedfa gefn y fflatiau, o redeg yn ddigon cyflym . . . yn ei sodlau uchel.

Trwy roi sbonc o'r tu ôl i'r goeden at y lôn gefn, gwibio ar draws yr iard at y cefnau gan lwyr ddifetha ei hesgidiau, a llamu i fyny'r grisiau at y fflat, llwyddodd i gyrraedd fel y clywai ddrws ffrynt y bloc yn agor. Rhuthrodd i'r llofft, cicio ei hesgidiau i'r gornel, a thaflu siaced y siwt ar y gwely. Roedd Alun yn curo ar y drws wrth iddi straffaglian i dynnu crys chwys dros ei phen – o leiaf, meddyliodd wrth fynd i'w ateb, mi fydd yn hawdd iddo goelio mai newydd godi rydw i ac wedi lluchio'r pethau nesa i law amdana'i. Prin ei bod wedi agor y drws nag yr oedd llifeiriant geiriau Alun yn ei tharo.

'Be ddiawl sy'n bod? Be sy wedi digwydd i dy ffôn di? Dwi wedi bod yn trio cael gafael – a mae Caerdydd jest â mynd yn boncyrs!'

O'r nefoedd, sut daethon nhw i wybod? Rhywun wedi'n gweld ni? Ffôn? O, diawl! Wnes i ddiffodd o, 'ndo? Reit, cŵl-hed ŵan, dwi'n mynd i ddŵad allan o hyn.

''Di'r peth ddim allan eto, diolch byth, felly mae gynnon ni amsar.'

'Alun – am be ti'n sôn? Be ddim allan? Fy ffôn i . . . ym . . . heb ei wefrio, 'mai i, dwi'n gwybod, ond be sy? Be dwi wedi neud?'

'Ti?' Edrychodd Alun arni'n iawn am y tro cyntaf. 'Dim, hyd y gwn i. Trio cael gafael arnat ti roeddwn i. A Chaerdydd. Ond os doedd dy ffôn di ddim ymlaen, mae hynny'n esbonio petha, er, ti'n gwybod y cyfarwyddiada rydan ni wedi gael . . . Ta waeth, chlyw-aist ti mo'r newyddion, felly?'

'Er mwyn y nefoedd, Alun – be?'

Roedd rhyddhad yn peri i Lowri fod yn ddiamynedd o siarp, ond doedd Alun ddim fel pe bai wedi sylwi.

'Llafur yn San Steffan wedi rhoi 'u traed ynddi eto fyth: mae'n debyg fod rhywun wedi dŵad o hyd i dystiolaeth sy'n profi y buo'u Haeloda Seneddol Cymreig nhw yn rhan o'r cynllwyn i gyfyngu ar bwerau benthyca'r Cynulliad.'

'O LabRats daeth hyn? Alun, ti'n gwybod y buo 'na sibrydion ar fanno ers sbel – prin ei fod o'n newyddion.'

Ddim yn ddigon i gyfiawnhau i ti ddŵad yma a jest â rhoi hartan i mi, meddyliodd, ond yr oedd Alun yn ysgwyd ei ben.

'Na, gan ryw gyn-was sifil daeth hyn – ac mi fydd o'n deud ar goedd, mae'n debyg, ar y slot gwleidyddiaeth Cymru yn y rhaglen amser cinio. Mae Caerdydd wrthi'n trefnu'n hymateb ni.'

'Nid dyna pam eu bod nhw'n trio cael gafael arna i, 'sbosib?' meddai Lowri mewn braw. Am y tro cyntaf y bore hwnnw, ymlaciodd Alun a chaniatáu gwên iddo'i hun.

'Sori, Lows, ella bod Powys Fadog wedi cropian dipyn yn nes at eu radar nhw, ond ddim digon i adael i ti gymryd lle'r arweinydd ar raglen prif-lif. Ond mae isio i ti fod yn barod i roi ymateb ar y newyddion radio, yn dibynnu'n union be fydd yn cael ei ddatgelu gan y boi 'ma, a pha mor niweidiol fydd o. Nid dim ond Aelodau Seneddol y de oedd yn rhan o'r miri, yn ôl pob sôn. Nes at adra, fel dwi'n dallt.'

'Yr ardal yma ti'n feddwl?' Nodiodd Alun. 'Wel, wel. Wrth gwrs y bydda i'n barod. Gei di ddeud wrth Gaerdydd na fydd yna ddim problem. Tyrd, waeth i ti roi'r cefndir i mi rŵan, i mi gael paratoi. A sori am y ffôn, gyda llaw.'

Anadlodd Lowri ochenaid ddistaw o ryddhad, a rhoi ei meddwl ar waith i geisio datrys dwy broblem. Yr un wleidyddol, gallai ddatrys – neu o leiaf gynnig atebion, a bod yn barod i fod yn wyneb cyhoeddus, i siarad yn rhugl. Diolchodd eto am y filfed waith am ei phenderfyniad, gymaint o flynyddoedd yn ôl bellach, i weithio a byw ar y Cyfandir. Cofiai ei theimladau cymysg ar y pryd ond ciliasai llawer o'r rheiny yn awr. Gallai edrych yn ehangach ar bethau, heb ei chyfyngu gan feddylfryd Prydeinig na hyd yn oed un Cymreig. Ac fe wyddai am beth yr oedd yn sôn.

A'r ail broblem? Unwaith eto, roedd llawer o'i theimladau cymysg wedi cilio, ac yr oedd hi a Daniel yn gytûn ar ddoethineb cadw pethau'n dawel: wrth gwrs, roedd ganddo ef fwy i'w golli. Oedodd, wrth ddilyn Alun, a cheisio cofio'n ôl. Roedd hi bron yn sicr nad oedd wedi synhwyro unrhyw ias o euogrwydd yn osgo Daniel nac yn unrhyw beth a ddywedasai.

Cerddodd y ddau i'r ystafell fyw, a chiciodd Lowri ddrws yr ystafell wely ar gau wrth basio, heb brin fwrw golwg ar siaced y siwt ar y gwely.

Pennod 10

GWYNNE, LOWRI, DANIEL, RUTH
Dydd Mawrth, 26 Ebrill 2016

'Dydd Llun, dydd Mawrth, dydd Mercher . . .'

'Ti'n siriol iawn, Gwynne. A ti *yn* cofio mai dydd Mawrth ydi hi?'

'Ydw diolch, Siân, mae'r cyfan ar y papur gen i fan hyn. Jest meddwl y baswn i'n ymarfer y llais, gan nad ydw i wedi cael cyfle i neud hynny'n ddiweddar.'

'O na, dim ond tri chwarfod dydd Sadwrn, Ffermwyr Ifanc Powys Fadog a'r Glanne neithiwr, a phen bandits y criw oedd yn gyfrifol am gau Ysbyty'r Bwth bore 'ma. Synnu nad wyt ti'n grug, wir.'

Clepiodd Siân ei chês ynghau, a throi i edrych ar Gwynne cyn mynd at y drws. Gwenodd yntau arni.

'Colli canu. Ddim wedi bod mewn practis côr go-iawn ers dechre'r ymgyrch. Ond wyddost ti fel mae hi.'

'Ac fel y bydd hi?'

Oedodd Gwynne.

'Hwn fydd y tro dwetha, dwi'n meddwl.'

Tynhaodd Siân ei gafael ar ei chês.

'A dwi wedi clywed hynna o'r blaen.'

'Dwi'n blino, Siân.'

Doedd dim swn ond clep y cês yn disgyn ar y llawr.

Roedd y ddau yn llonydd. Siân oedd y cyntaf i sythu.

'Ond rwyt ti am ddal ati? Y bythefnos ola . . .'

Roedd yr anogaeth sydyn yn ei llais yn ei synnu hi, hyd yn oed. Trodd i edrych ar ei gŵr, ond yr oedd Gwynne yn camu tuag at y drws.

'Tan y cyfri a'r canlyniad. A wedyn – gawn ni weld. Trio rwbeth newydd. Teithio, hyd yn oed.'

'O.' Wyddai Siân ddim sut i ymateb i hyn. Disgwyliodd am fwy: roedd yr ateb yn hir yn dod, felly mentrodd yn ei blaen. 'Y daith o gwmpas Cymru rwyt ti wedi bod yn addo i ti dy hun – i ni – ers tro?'

'Mynd yn bellach, pwy a ŵyr?' Safodd yn ei unfan wrth y drws, ei law ar y bwlyn. 'Pen draw'r byd, hyd yn oed.'

Ni ofynnodd Siân iddo fanylu. Gwyddai'r ateb. Ond yna roedd Gwynne fel petai'n cyflymu, yn dweud yn fwy ysgafn ei dôn wrth adael.

'Ond fel pob tro ar ôl pob etholiad, yr hyn fydda i wir angen fydd noson iawn o gwsg. Well i mi ei throi hi.'

Ceisiodd Siân wenu wrth iddo ei phasio, ond yr oedd Gwynne eisoes yn anelu i lawr llwybr yr ardd. Cwsg, sibrydodd wrtho'i hun. Petai ei wraig wedi ei ddilyn at giât yr ardd ac allan i'r stryd, gallai fod wedi ei glywed yn sibrwd:

'And miles to go before I sleep,
And miles to go before I sleep.'

* * *

'Cloc larwm wedi gweithio am unwaith?' holodd Alun pan welodd Lowri yn sefyll wrth ddrws Canolfan Madog yn ei ddisgwyl. Roedd ef wedi gorfod teithio i mewn y bore yma, wedi un o'i ymweliadau cynyddol

181

brin i aros gyda'i deulu, ond yr oedd Lowri, ar y llaw arall, wedi dechrau dod i edrych yn fwyfwy cartrefol yn y clytwaith yma o etholaeth y bu mor barod i'w damnio pan roddwyd y cynnig iddi gyntaf. Etholaeth amlweddog, oedd yn gallu dangos wyneb annisgwyl ar yr union adeg pan oeddech chi'n tybio eich bod wedi dod i'w nabod. Reit debyg i'r ymgeisydd ei hun, meddyliodd Alun. Ond yr oedd Lowri yn barod gyda'i hateb.

'Chwanag o hynna, a fydd yna ddim job i ti ar fy staff i pan fydda i'n AC.' Brasgamodd Alun i ddal i fyny â hi.

'Yn gynta, faswn i ddim balchach o job sy'n golygu gweld llai o 'nheulu nag ydw i'n weld ar hyn o bryd hyd yn oed; yn ail, dwi'n mynd yn rhy hen, ac yn drydydd . . .' estynnodd ei law yn chwim i gadw'r drws mewnol rhag clepian yn ei wyneb wrth i Lowri sgubo i mewn, '. . . yn drydydd, rwyt ti'n hyderus iawn yn sydyn. Nid mod i'n cwyno, cofia.'

'Aeth petha'n iawn efo'r cyfweliad radio 'na, ddeudwn i – heb sôn am ganlyniada'n harolwg ni o bleidleiswyr benywaidd bora 'ma.'

Arhosodd Lowri yn stond a pheri i Alun frecio'i draed rhag baglu drosti. *Mae'r hen swyn yn dechra gweithio*, meddyliodd Alun wrtho'i hun. *Adrenalin, gwleidyddiaeth, testosteron, galwch o beth fynnwch chi, unwaith iddo frathu, mi fydd yno yn eich gwaed chi am byth. Dim ots faint mae o wedi bod yn gorwedd ynghwsg, yn achos Lowri yn Ewrop ac mewn busnes, a thrwy bob dim mae hi wedi'i gladdu a'i anghofio a hyd yn oed ei ddifetha – does ond rhaid iddi gael y chwa ysgafna ohono fo, ac mae'r dwymyn yno eto. Yr atyniad.*

Ymysgydwodd yn ôl i'r presennol, a gweld fod Lowri eisoes wedi symud at y bwrdd ym mhen draw'r ystafell lle'r oedd dau o'r ymgeiswyr wedi ymgynnull ac ambell i swyddog bathodynnog a phryderus yn hofran. Aeth yntau i eistedd yn ddisylw yn y cefn. Sylwodd fod Gwynne yn sefyll yn sgwrsio gyda swyddog, ond aeth Lowri yn syth at y bwrdd a neilltuwyd ar gyfer yr ymgeiswyr. Gwelodd hi'n setlo'n hyderus ddigon nesaf at yr ymgeisydd Llafur; plygu i estyn papurau o'i chês. *Proffesiynol. Da iawn.*

Ymdrechodd Lowri i droi ei gwên yn un broffesiynol wrth gymryd y sedd nesaf at Daniel. Cyfeillgar, addas i gydnabod sydd er hynny yn wrthwynebydd. I roi ennyd yn fwy iddi'i hun, plygodd at ei thraed i godi ei phapurau o'i chês – a oedd, wrth gwrs, yn rhoi cyfle iddi –

'Paid ag aros yn rhy hir i lawr ene.'

'Dim ond ddigon hir i estyn am fy nadleuon.'

'Gwatsia na fyddi di'n twtsiad fy rhai i mewn camgymeriad.'

Roedd y wên broffesiynol ddof yn anoddach fyth i Lowri ei chynnal wrth iddi sythu. Papurau ar y bwrdd. Sbio'n syth ymlaen. Ond o gornel ei llygad, gwelodd law Daniel yn modfeddu i'w chyfeiriad. Fymryn yn nes. Beth yn union oedd yn bosib ei guddio â ffeil neu y tu ôl i bentwr o bapurau? Yna ffrwcsiodd y swyddog pryderus i fyny atynt.

'A, Ms Fletcher, da iawn, pawb yma, felly? Dewch i fyny fan hyn rŵan, rhag i neb ein cyhuddo o ffafrieth, ryden ni'n mynd i'ch gosod chi yn nhrefn y wyddor. Ms Meirion, tasech chi'n symud, ac mi gawn ni Ms Fletcher fan hyn, nesa at Mr Cunnah, wedyn chi, a Mr

Roberts. Rhag i neb godi cwyn yn ein herbyn cyn i'r drafodaeth hyd yn oed gychwyn, yntê? Ha, ha!'

Ha blydi ha i titha hefyd, mêt, meddyliodd Lowri yn rhwystredig, gan anfon saethfelltith at ei rhieni. *Wrth gwrs mod i'n falch o gael cyfenw Cymraeg fel y rhan fwya o'n ffrindia, ond be haru Mam yn fy ngeni i'n syth wedi i ganlyniad Meirionnydd ddŵad i mewn? 'Sa Mam wedi aros am awran, fyswn i wedi bod yn Lowri Arfon, byswn? Ac yn cael ista nesa at Daniel.*

Doedd dim i'w wneud ond ymdrechu i ganolbwyntio arno fel ymgeisydd a gwrthwynebydd yn unig, a dygymod â Ruth yn llithro'n esmwyth i'r sedd rhyngddynt. Trodd i edrych i'r dde a gwenu'n wanllyd ar Gwynne oedd erbyn hyn hefyd yn cael ei hysian i'w le gan y swyddog.

'Reit, gan ein bod ni i gyd yma, dwi'n siŵr fod yr ymgeiswyr i gyd yn awyddus, a hithe mor agos at yr etholiad . . .'

'Perthnasedd amser.' Llwyddodd i sibrwd wrth Daniel, a hwythau'n gadael y cyfarfod.

'Wel, mi fydd fy Nghymraeg i wedi gwella, os nad dim arall, diolch i'r lecsiwn yma. Be oedd hwnne?'

'Relativity. Siŵr y basa gan Einstein ryw esboniad am y peth; sut mae cyfnod mor fyr yn medru estyn ymlaen i dragwyddoldeb.'

Roedd hi'n ymdrechu i gadw ei llais yn ysgafn, ond sylwodd Daniel arni'n cicio graean y maes parcio'n ffyrnig. Edrychodd yn frysiog at ei ffôn cyn troi at ei gar yntau.

'Werth trio cwarfod heno, yn hwyrach? Mae'n rhaid i mi fynd gynta i . . .' Arhosodd. *Faint dwi'n ddeud wrthi? Ond mae gen bob ymgeisydd dîm ymgyrchu, 'sbosib, 'di peth felly ddim yn gyfrinach nac yn debyg o roi mantais i blaid arall . . .*

'Mi, mi yrra'i decst,' ychwanegodd yn ansicr.

Gochelu rhag gwenu ar ei gilydd yn rhy gynnes hyd yn oed, gan fod Alun yn hofran yn y cefndir, a negeseuon pencadlysoedd eu pleidiau yn pingian i mewn i'w dyfeisiau ac yn atseinio yn eu pennau. Sylwodd Daniel ar Ruth yn ffarwelio'n glên ag un o'r swyddogion ar risiau'r ganolfan, ac yn cerdded heb oedi at ei char. Dim bwrw golwg ar negesuon, dim tîm i'w weld o'i chwmpas – ond ei dewis hi oedd hynny, mi allai fentro. Fyddai arni hi ddim angen neb i warchod ei chamre.

'Sylwi y byddwch chi'ch dwy mewn cyd-gyfarfod nes ymlaen wsnos yma,' meddai Alun, gan amneidio at gefn Ruth. 'Fydd arnat ti angen nodiadau?'

Ochneidiodd Lowri yn dawel.

'Dwi'n meddwl y do i i ben. Tydw i ddim yn gweld haid o warchodwyr o'i chwmpas hi.'

'Dim llawer o Gymraeg rhyngddi hi a'i gwarchodwyr, yn ôl be dwi'n ddallt – dim Cymraeg o gwbwl gan Dorïaid y lle yma, beth bynnag – *expats*, a chymudwyr sy'n gweithio dros y ffin. Siŵr eu bod nhw'n cael tipyn o job ei chadw hi mewn trefn.' Roedd Alun yn swnio'n fyfyriol. Oedodd Lowri cyn agor drws ei char.

'O'i safbwynt hi, Alun, jest cystal nad ydi hi'n cael ei chadw mewn trefn. Fetia i mai hi, nid yr *expats*, sydd i gyfri am y canlyniadau da maen nhw'n ddangos yn yr arolygon rownd ffor hyn. Ond dyna ni, mi fasat ti'n cydymdeimlo efo'r trefnwyr ymgyrch a'r asiantiaid druan, basat? A dwi'n dallt yn iawn – mi fasa etholiada gymint yn haws eu rhedeg tasa'r bali ymgeiswyr yma ddim dan draed bob munud.'

Clepiodd ddrws y car a gyrru ymaith. Gadawyd Alun ar ei ben ei hun yn y maes parcio, a'r ymgeiswyr oll wedi mynd.

* * *

'Maen nhw wedi addo y daw ene gwpl o ymgeiswyr pwysig draw i helpu.'

'O, diolch yn fawr, Tecwyn.'

Edrychodd y ddau ohonynt i lawr y stryd llawn stondinau, a'u taflenni yn barod yn eu dwylo. Byseddodd Gwynne ei rosét, gwenu wrth glywed Tecwyn yn gwneud ei orau i ddad-ddweud ei sylw.

'Ymm, Pencadlys ddeudodd bod gobaith i'r Llefarydd Addysg bicio draw,' meddai Tecwyn.

'Ar ddiwrnod marchnad ganol wythnos, efo athrawon yn ôl yn yr ysgol, swyddogion addysg yn eu gwaith, a'r lle'n llawn ffermwyr a dynion busnes fydd am drafod trethi, a dirywiad y diwydiant llaeth, neu sut i adfywio canol trefi?'

Camodd Gwynne o'r neilltu i osgoi masnachwr oedd yn cario tomen o grysau pêl-droed at stondin. Ailymddangosodd Tecwyn wrth ei ochr, gan wneud ail ymdrech i swnio'n galonogol.

'Wel, meddwl am dy arbenigedd di maen nhw, siŵr o fod.'

'Tybed?'

Yna, cymerodd Gwynne drugaredd, a throi at ei asiant.

'Mi gychwynnwn ni i lawr y stryd, den ni ddim isio colli mwy o amser. Gân nhw ddod ar ein hole ni.'

186

A chan nodio a chyfarch y siopwyr ar ei hynt, dechreuodd gerdded yn araf drwy'r dorf.

Dim ots mod i'n araf. Cyfarch, gweld pobol, rhoi amser iddyn nhw:

— S'mai, Mr Roberts – cofio fi? Siŵr iawn – a thaflen.

— Chi'n sefyll eto, dwi'n gweld. Be, ar ôl llynedd?

— Dal ati, wchi . . .

— Na, sori mêt, byth yn fotio, be 'di'r iws, dech chi i gyd 'run fath.

— Gwynne, sut ti'n cadw, iawn?

— Be – Lib Dems? Oes ene rai ar ôl, deudwch? – ha, ha . . .

'Gwynne, maen nhw wedi cyrredd.'

Torrodd llais Tecwyn ar draws y taflennu a'r symud araf, a throdd y ddau i wynebu'r newydd-ddyfodiaid siwtiog, a'u tywys trwy dryblith y stondinau. Roedd un gŵr fymryn ar y blaen ac yn nesáu atynt – y Llefarydd Addysg a Sgiliau (a Threftadaeth, Diwylliant a dyrnaid o bortffolios eraill, brinned oedd yr Aelodau Cynulliad).

'A, Glyn, da iawn – gweld eich bod chi wedi dechre'n gynnar, gwd.'

'Gwynne.'

'Pardwn? O sori, ie, wrth gwrs. Reit, ymlaen? Hitio nhw gyda digon o *leaflets*; presenoldeb yw'r peth, chi'n gweld.'

'Taw â deud,' meddai Gwynne dan ei wynt, ond bwrw ymlaen serch hynny, magu hyder o fod yn ddyrnaid yn hytrach nag yn ddau, nes cyrraedd pen y stryd lle'r oedd y stondinau a'r cwsmeriaid yn prinhau. Tybiai Gwynne ei fod yn lled-gyfarwydd â'r gŵr ifanc oedd yn fflapio o gwmpas y Llefarydd, myfyriwr neu ymchwilydd a welsai mewn rhyw gynhadledd, hwyrach? Bosib, ochneidiodd Gwynne, a meddwl tybed a oedd yn werth plygu i godi rhai o'r taflenni oedd eisoes wedi'u gollwng yn ddiofal neu wedi eu lluchio'n flin ar y stryd. Dim gobaith o weld yr ymwelwyr pwysicach yn gwneud hynny, tybiodd. Roedd y llanc eisoes yn edrych ar ei oriawr ac yn dechrau hopian o un goes i'r llall. Gwelodd Gwynne ef yn tynnu llygad ei bennaeth, a'r funud nesaf, yr oedd gwên broffesiynol y Llefarydd wedi'i throi'n llawn arno ef a Tecwyn.

'Dyna'r Swyddfa Ganolog wedi llwyddo i dicio cwpwl o focsys, felly,' meddai Tecwyn yng nghlust Gwynne, ond boddwyd ei ateb ef a ffarwél ffurfiol y lleill gan floedd corn siarad o gerbyd yn pasio heibio. Gwelodd Gwynne fflachiadau o liwiau gwyrdd a glas yn amlwg, yn tynnu ei lygaid ef a'r dyrfa; ac yr oedd eu dyrnaid rosetiau hwy yn sydyn yn cilio i'r cysgod.

'Ruth Fletcher a'r Ceidwadwyr Cymreig ar Fai'r pumed. Cofiwch fwrw pleidlais dros Ruth Fletcher, ymgeisydd y Ceidwadwyr Cymreig, yn etholiadau'r Cynulliad. Llais newydd, llais ifanc i bobl Powys Fadog. Mae Ruth, eich Aelod Cynulliad nesa, yn eich ardal chi heddiw. Dewch i'w chyfarfod, dewch i fod yn rhan o'r newid.'

O gornel ei lygad, yr oedd Gwynne yn ymwybodol fod AC ei blaid yn gadael. Ond lliwiau glas a gwyrdd, wyneb gloyw a gwallt du Ruth Fletcher oedd yn meddiannu ei stryd a'i dref.

* * *

Michael Parry
Investigative reporter
T: 07767575687
E: mikethemole@freepress.co.uk

'Trawiadol iawn,' meddyliodd Daniel, a gosod y cerdyn yn ôl ar y ddesg yn hen stydi ei dad. Roedd ei fysedd yn hofran dros ei ffôn, ond heb eto gyffwrdd. Yn hytrach, cododd ddogfen i'r sgrin o'i flaen, a phwyso i graffu'n fanylach arni wedi'r sganio brysiog cyntaf.

From the World Capital of Unbridled Capitalism to Wherever (with not even a mention of Valleys – what do you think I am – a sub? Puuh-leaaze!)
    Gret, wedi bod yn fêts efo ti ers i ni'n dau landio yn Planet LSE, a bet ti'n gofyn i mi neud? Hel llygod mawr. *I'd do the same for you, any day*. Ond i ateb dy bwyntie di:

Gwenodd Daniel, codi ei olygon am funud, sbio o gwmpas y stafell oedd mor gyfarwydd, mor ddiarth. Dim lluniau bellach, dim tystysgrifau ar y muriau. Ennyd i feddwl – lle'r aethon nhw? Wrth gwrs, on'd oedd Mam yn daer dros gael rhai i fynd hefo hi i'r Cartref? A 'Rydym yn annog ein trigolion i ddod ag eitemau personol gyda hwy o'u cartrefi . . .' Syniad i ofyn iddi tro nesa y byddai'n ei gweld a fase ene unrhyw beth arall y carai gael o'r lle. Caeodd ei lygaid, darlunio'r bwrdd bach wrth ochr ei gwely yn y Cartref, y lluniau – hi a'i dad, llun eu priodas, fo'n stiff a balch mewn siwt, a hithau'n cydio yn ei fraich, yn fechan wrth ei ochr yn ei chostiwm, a'i gwên yn pefrio. 'Run wên yn union ag yn y llun o Holly a'i brawd, yn lliwgar yn y ffrâm nesaf ati. Dychwelodd yn sydyn at y sgrin, ac agor yr atodiad.

Lle Mae Nyth y Llygod Mawr?

• Y Nashis. Granted, mae eu Dirty Tricks Dept nhw wedi gwella (and not before time) ers iddyn nhw ddeallt be ydy grym. Mae gennon nhw gwpwl o bobol dda sy'n gedru chwarae'r gêm yn sgilgar iawn (fel den ni wedi gweld mewn llywodreth leol to our cost) ond nid dyna'r slant fan hyn. Odd posting dwetha LabRats yn dy gyhuddo di, fwy neu lai, o fod yn 'crypto-nationalist' (how 60s is that??) felly ddim yn gweld bod gen Plaid unrhyw beth i ennill fan hyn.

• Tory Central Office. Galle'r cyhuddiad 'crypto-nationalist' arwain ti i'w hame nhw – maen nhw'n dal yn ddigon clueless yma yn Llunden am Gymru – wel, sdim rhaid i fi ddeud. Ond no offence, fase hyd yn oed No. 22 in a Cabinet of 22 yn poeni am Powys Fadog?

• Ceidwadwyr Cymraeg. (Ges i row am ddeud hyn rywbryd. Will you please tell me what I'm doing wrong?). Werth trio fan hyn, chwilio ymhellach. Ddim y criw lleol, lle mae'r geirie piss up a brewery yn dod i'r meddwl – ond Ruth(less) Fletcher? Ti'n cofio fi'n sôn wrthot ti bod y Financial Section fan hyn yn crynu yn eu sgidie pan glywan nhw ei henw hi, felly mae hi'n possible. Ac yn dringo yn y polls, yn ôl be dwi'n glywed?

Dyna ateb dy bwyntie di. Dwi ddim yn cyfri'r Lib Dems, wrth gwrs (pwy sy?). Ond cwpwl o bethe dwi'n towlu i mewn jest i ti gael *think*.

• Ffactore mwy lleol? Ti sy'n gwybod ore, ond ar

wahân i'r anti-wind power loonies, sy'n ymosod ar bob un ymgeisydd sydd erioed wedi dweud y gair 'ynni gwynt', yma neu yn y Cynulliad, oes yne issues lleol alle wylltio pobol? Ddim yn ôl y wybodeth roist ti i mi, ond os clywi di fwy, rho wybod ac mi wna i dyrchio.

• Past history. OK, dwi'n gwybod dy fod ti yn squeaky-clean – ond rhywbeth efo un o dy swyddi yn y gorffennol? Ti'n cofio pan oeddet ti hefo'r Undeb a nhwthe yn erbyn y syniade busnes ddaeth o Ewrop? Toedd y ferch Plaid – Maldwyn, Meirion, whatever – yn gweithio ar hyn yn Brussels? Ac o gofio mai dyma ydi un o'r enghreifftie prin o gynllunie Ewropeaidd yn llwyddo i greu swyddi da a chodi llefydd allan o dlodi – beth mae hi'n deimlo tuag atat ti?? Jest gofyn . . .

Eniwe, gobeithio bydd hyn o help.
Btw, be ti'n feddwl o sgwennu Cymraeg fi? Not bad, eh? A fi ddim hyd yn oed yn 'crypto-nationalist' . . .
Mike

Eisteddodd Daniel yn ôl yn ei gadair yn stafell ei dad. Caeodd y ddogfen, ond arhosai'r geiriau o flaen ei lygaid:

With not even a mention of Valleys . . .
Hel llygod mawr.
Ffactore mwy lleol.
Beth mae hi'n deimlo tuag atat ti?
Gwybod dy fod ti'n squeaky-clean.

Roedd ei fysedd yn dal i hofran dros ei ffôn. Gallai ateb Mike. Hyd yn oed ei ffonio, cael gair, ailgysylltu â'i fyd a'i fywyd yn ôl yna. Ond yn Llundain yr oedd ei le – on'd oedd Jess wedi pwysleisio hynny dro ar ôl tro, on'd oedd eu bywyd yno mor fywiog, mor llwyddiannus, mor brysur? Roedd ei fysedd yn hofran am eiliad dros rif ei gartref. Ailfeddwl. Symud at rif symudol Jessica. Cododd ei lygaid, edrych unwaith eto ar waliau moel ei hen gartref.

Beth mae hi'n deimlo tuag atat ti?

Diffoddodd ei ffôn yn ffyrnig.

Pennod 11

LOWRI, RUTH

Dydd Mercher, 27 Ebrill 2016

'Saethwch fi, plis,' ochneidiodd Lowri dan ei gwynt wrth glepian drws ei char a dechrau troi i fyny'r dreif o'r cartref henoed. Roedd car ei chydymaith, y Parchedig Melfyn Gruffydd, yn diflannu o'i blaen, a gallai Lowri glywed crensian y graean hyd yn oed dros synau'r injan.

'Ac os dio'n difrodi'n teiars a'n paent ni, dyn a ŵyr sut mae cael cadeiriau olwyn i mewn ac allan,' meddyliodd, cyn i'w chalon blymio ymhellach wrth iddi ystyried nad oedd, o bosib, fawr o draffig cadeiriau olwyn o flaen y sefydliad hwn. Roedd traffig meddyliau'r trigolion wedi gyrru ei hysbryd i'r gwaelodion, ac nid yn unig am y teimlai ym mêr ei hesgyrn na fyddai un bleidlais ar ei hennill o'r ymweliad. Wrth gwrs, fedrai hi ddim gwrthod apêl y gweinidog – hwnnw'n un o'r criw bychan o selogion lleol, a Duw a ŵyr, roedd hi wedi gwneud digon i bechu'r rheiny yn ystod yr ymgyrch – a heddiw hefyd y byddai'r gynhadledd i'r wasg gan y Blaid yn pwysleisio'r polisi ar ddiwygio gofal preswyl. Gwyddai Lowri'r dadleuon oll, ond yr hyn oedd yn atseinio yn ei chlustiau a'i meddwl wrth iddi adael Green Lawns oedd cwynfan tawel, undonog y wraig fach yng nghornel y lolfa, am sut yr oedd yn rhaid iddi guddio'i gemwaith drudfawr rhag i'r staff ei ddwyn; y diwn gron iasol a ddeuai'n anweledig o un o'r ystafelloedd, 'I want to go home. Have you come to take me home?' Roedd bron yn rhyddhad cael ei thywys gan y gweinidog i weld Mrs Lewis, Pleidwraig ers degawdau, un o sylfaenwyr yr Ysgol Feithrin, ymgyrchwraig flaenllaw dros sefydlu Ysgol Gymraeg y dref, cefnogwraig selog dros y blynyddoedd blin. Wrth gwrs, fe fyddai'n falch o weld bod ymgeisydd y Blaid wedi galw heibio – ac y mae hi weithiau'n reit glir ei meddwl, wchi.

Gwingodd Lowri wrth gofio ei hannifyrrwch a'r mymryn rhyddhad o gerdded i mewn yn ôl troed Melfyn Gruffydd a gweld gwên groesawgar Mrs Lewis, clywed ei chyfarchiad siriol. Dal i wingo wrth gofio sut ymdrech oedd peidio swnio'n nawddoglyd: mae hon yn ddynes ddeallus, yn gyn-Ynad Heddwch, blaenor, colofn ei chymdeithas.

'Ac ydach chi'n gyfforddus yma, ydi fama'n lle braf?'

'O ydi,'mechan i, a handi hefyd, efo Mam a Nain yn byw dest i lawr y lôn.'

Y dyfodol? Lowri Meirion, a rhywun clên yn dŵad i fyny ati yng Nghartref Erwau Gleision yng ngweriniaeth y Gymru Rydd, ac yn holi'n ffeind, gan siarad yn uchel ac yn ara deg. Yr ofalwraig eisoes wedi sibrwd yng nghlust yr ymwelydd – *Ms Meirion? O,*

dynas glyfar yn ei dydd. Goeliech chi ei bod hi wedi
bod yn Aelod Cynulliad unwaith, wchi, 'nôl yn yr hen
ddyddia?

Breciodd Lowri yn sydyn, gan ei bod mewn peryg o
golli'r tro at ei chyrchfan nesaf. Mi fyddai Prosiect y
Glannau rhag Trais yn y Cartref yn wahanol, o leia.
Fel mae *migraine* yn wahanol i'r ddannodd,
meddyliodd wrth gyrraedd Tŷ'r Glannau a gweld bod
BMW glas wedi parcio y tu allan eisoes. Parodd hynny
iddi gofio'r rheswm arall ei bod mor flin. Wynebu'r
gelyn. Doedd dim ots ganddi y byddai Ruth Fletcher
yn rhan o'r cyfarfod, wrth gwrs, roedd hynny i'w
ddisgwyl. Ond y busnes LabRats yma a ddaeth mor
amlwg yn ddiweddar – roedd hi'n ansicr. Hyd yma,
Llafur yn amlwg fu'r targed; a thros y dyddiau
diwethaf, Llafur – a Daniel – yn yr etholaeth hon yn
benodol. Ambell i gic neu drawiad slei i gyfeiriad y
Blaid a'r Ceidwadwyr, ond teimlai Lowri'n reddfol mai
rhyw ddigwydd gyda llaw yr oedd hynny, wrth fynd
heibio, bron. Gobeithio. Ar un wedd, wrth gwrs, pwy na
fyddai'n croesawu'r ymosodiadau hyn? Gwyddai, o
sgwrsio gyda'i chyd-ymgeiswyr mewn etholaethau
eraill, eu bod hwy wrth eu boddau, yn gweld y peth fel
ergyd arall eto fyth at Lafur. Yn answyddogol, yn
naturiol – roedden nhw cystal giamstar â hi ar resynu
mewn cyfweliadau a datganiadau. Cyn ymhyfrydu'n
ddirgel yn yr ymosodiadau cyson ar y gelyn.

Y gelyn. Daeth Lowri yn ôl i'r presennol. Nid ei bod
hi'n ddig na fyddai Daniel yno – yn wir, mi fasa'n
gwneud pethau'n haws – roedd yr ymddangosiadau
cyhoeddus gyda'i gilydd, y pellter parchus, yn dechrau
mynd yn goblyn o straen, yn enwedig o gofio mor

wahanol yr oedd yr ymddangosiadau – ym – *llai* cyhoeddus. Gwenodd Lowri ar ei gwaethaf, a gwenu yr oedd hi pan agorodd drws ochr yr adeilad a Ruth yn camu allan, sefyll, ac edrych o'i chwmpas. Trodd wrth glywed Lowri'n dynesu – fflach o wên broffesiynol, a'r pen gloywddu yn nodio cydnabyddiaeth oedd yn lled-gyfeillgar erbyn hyn, a hwythau wedi bod gymaint yng nghwmni ei gilydd dros yr wythnosau diwethaf.

'Dŷn nhw ddim cweit yn barod 'to, medden nhw. Hi Helen, y cadeirydd – sori, *cynullydd* – wedi penderfynu nad oedd hi'n hapus 'da shwt oedd y cadeirie wedi'u gosod mas – roedd 'u dodi nhw mewn rhes yn rhy *confrontational* ne rwbeth, *so* ma hi wedi cael pawb i'w trefnu nhw mewn cylch. Ddes i mas am dam' bach o awyr iach.'

'Ddim yn dy feio di, wir. Ond cylch? I ddwy ohonan ni? 'Ta ydyn nhw wedi penderfynu gwadd Gwynne Roberts a – ym – Daniel Cunnah wedi'r cwbwl?'

Ysgydwodd Ruth ei phen.

'Byth. Gweud y gwir, fues i boiti gweud wrthon nhw mod i wedi gwahodd Gregory – 'n *agent* i, t'mbo? – i ddod gyda fi, jyst er mwyn gweld 'u hwynebe nhw o sylweddoli y bydde DYN yn dod dros y trothwy sanctaidd.'

Chwarddodd Lowri.

'Dyna un peth da o'n i'n weld am y peth, 'sti, mod i'n cael dŵad yma heb nac asiant na rheolwr ymgyrch yn gysgod i mi. Neis ydi cael tipyn bach o ryddid.'

'Hyd yn oed os taw rhyddid i drafod trais yw e? Ti'n iawn, *though*.' Gwenodd Ruth. 'O ystyried eu bod nhw'n meddwl ein bod ni'n ffit i gynrychioli miloedd o bobol a gweud ein barn ar bob pwnc dan haul, mae'n rhyfedd mor gyndyn yw'n pleidie ni i'n gadael ni ymgeiswyr mas heb ein *minders, babysitters*.'

'O, dyna dach chi'r Ceidwadwyr yn 'u galw nhw hefyd, ia?'

Roedd y ddwy yn gwenu ar ei gilydd erbyn hyn. Edrychodd Ruth ar ei horiawr.

"Sen i feddwl 'u bod nhw wedi cael digon o amser i bleidleisio ar shwt i osod y cadeirie erbyn hyn. Awn ni i fewn?'

'Fasa dim wir ots gin i am hynny, ond y busnas 'ma o ddim ond ein gwadd ni'n dwy sy'n dân ar 'y nghroen i. Waeth iddyn nhw fod wedi gofyn i ni aros ar ôl i neud y te, ddim. A dio ddim fel tasa'r cwarfod *yn* y lloches i ferched – 'swn i'n dallt hynny – ond *swyddfeydd* ydi rhein, neno'r Tad.'

'Tisie bet os bydd yna fenyw gafodd 'i bwrw yn rhan o'r cyfarfod?'

'Dwi'm yn betio. Ond dwi'n gweld be sy gin ti. Reit, mewn â ni, a mynegi syndod nad ydi Llafur a'r Lib Dems yma hefyd, ia?'

Cerddodd y ddwy i mewn, ac meddai Ruth, ennyd cyn cyrraedd drws yr ystafell gyfarfod: 'Soi'n gwbod am Gwynne Roberts, ond falle bod Daniel Cunnah yn eitha balch o beidio gorffod bod yma. Rhoi mwy o amser iddo fe drio ffindo mas pwy sy'n trial sbwylo'i ymgyrch e ar LabRats, falle?'

Agorodd y drws, a cherddodd y ddwy i mewn i wynebu trefniant newydd y cadeiriau.

* * *

Neges destun Lowri at Alun:

Cartra henoed yn grim. Merchaid wedi curo yn well. Udodd Ruth rwbath difyr re LabRats. Be ti'n feddwl?

From: DanielCunnah@Lab4PowysFadog.org.uk
Sent: 27 April 2016
To: MiketheMole@freepress.co.uk
Subject: LabRats
Helo Meic,
Any joy? I've been trying to dig here, but no luck as yet. Last posting was damaging, tho inaccurate. But time's running out, and I *do* have an election to ~~fight~~ [*dilëwyd*] win.
Let me know if u find anything.
Cheers
D

Neges destun Alun at Lowri:

T'n awgrymu mai hi . . . ????

Neges destun Lowri at Alun:

Dwn im. Ellai gai amsar i feddwl pnawma, rol y cwarfod llyfgell.

Neges destun Alun at Lowri:

T'n mynd i hwnna? Ond t'n gwbod bo v d addo mynd i gyngerdd ysgol yr hogia?

Neges destun Lowri at Alun:

YNDW! Fydd Eira efo v. Dont cynhyrf.

Rhoes Lowri ei ffôn yn ei phoced gydag ochenaid o ryddhad. Alun efo'i deulu: hi yn rhydd. *Win-win*. Cysur, os cysur hefyd, oedd gwybod fod ymgeiswyr y pleidiau eraill yn cael eu gwarchodwyr yr un mor blagus. Rhoes chwerthiniad bach wrth gofio *babysitters* Ruth. Ruth: od iddi ddweud hynna am LabRats. Be oedd tu ôl i'r peth, sgwn i? Rhyw orfoleddu yn y ffaith fod y ras bellach yn agored, ynteu a oedd hi'n trio awgrymu rhywbeth mwy? Annodweddiadol ohoni hi, hefyd, rywsut, o'r hyn welsai Lowri ohoni. Ysgydwodd ei phen i geisio clirio hynny o'i meddwl, a throi ei sylw at Eira oedd yn dychwelyd ati o gyrion y cyfarfod yn Llyfrgell y Dref. Roedd honno'n gwenu'n siriol.

'Nest ti'n dda fanne, wir, Lows. Roedd hyd yn oed Siân Roberts yn gneud syne "clywch, clywch" pan soniest ti am y cymal diwylliant yn y maniffesto.'

'Wel mi fasa hi debyg, basa? Mi wnes i bwysleisio rôl hanfodol llyfrgelloedd a llyfrgellwyr hyfforddedig, wedi'r cwbwl.'

'Ia, ond ti'n gwybod pwy ydi hi, 'n'dwyt? Ar wahân i redeg y llyfrgell yma, dwi'n feddwl? Gwraig Gwynne Roberts ydi hi.'

Trodd Lowri ati mewn syndod.

'Ti rioed yn deud? A Lib Dem ydi hi, debyg?'

'I'r gradda 'i bod hi'n ffafrio unrhyw blaid arall ond Plaid Sbiwch Arna i, Siân Roberts. A dwi'n ame y base Mr Siân Roberts – sori, Gwynne – yn swyddog uwch yn 'i phlaid hi tasa fo'n ddarlithydd mewn Prifysgol fel oedd Madam isie, yn lle rhyw Goleg Addysg Bellach ceiniog-a-dime.'

'Be nawn i heb dy wybodaeth leol di, Eira, dwn i'm wir. A gyda llaw, fedri di roi un darn o wybodaeth leol arall i mi?'

'Os ti isio manteisio ar fy nawn i i hel clecs – sori,

cywain gwybodaeth, go-hed. Faset ti'n synnu mor fuddiol ydi bod yn ysgrifennydd cangen at ryw bethe felly.'

'O, dim byd mor gyffrous, mae arna i ofn. Mae gin i ryw fymryn o waith ymchwil dwi am neud, a cha i byth mo'r amser os bydd raid i mi ddeud helô a howdidŵ wrth y giang yma i gyd.' Ac amneidiodd Lowri i gyfeiriad y twr o bwysigion oedd o gwmpas er i'r cyfarfod ffurfiol ddod i ben. 'Dwi wedi gneud fy mhwyntia, ond mi fydda i'n bownd o bechu rhywun os gwelan nhw fi'n martsio allan trwy'r drws ffrynt, 'nenwedig gan bod yna rai o'r cynghorwyr Llafur yn y cwarfod. Mae'r hen snichyn annifyr Ken yna'n ddigon parod i bigo bai ar unrhyw un o'r Blaid. Ti'm yn digwydd gwbod am ryw ffor arall allan o'r lle 'ma?'

Amneidiodd Eira tuag at gefn yr ystafell cynllun agored, heibio i'r Adran Blant.

'Os ei di trwy'r drws acw, lawr y grisie a heibio'r hen le cyfrifiaduron, mi ddoi allan wrth y maes parcio. Maen nhw'n ei gadw fo ar glo fel arfer, ond dwi'n gwbod mai fforna mae rhai o'r staff yn mynd pan maen nhw am gael smôc.'

Winciodd Lowri ar ei ffrind, codi ei bag ar ei hysgwydd, troi tua'r cefn, a sleifio drwy'r drws. Cychwynnodd i lawr y grisiau, ac fel y dywedasai Eira, gwelodd yr ystafell fechan ar y chwith, oedd yn cael ei defnyddio'n achlysurol pan fyddai'r galw ar y cyfrifiaduron yn y brif ystafell yn arbennig o drwm. A hithau hanner ffordd i lawr, gwelodd gefn dyn yn diflannu o'i blaen trwy'r drws at y maes parcio, a thybio bod rhywun ar yr un perwyl â hithau, ac eisiau gadael y cyfarfod heb dynnu gormod o sylw. Rhyfedd, er hynny – doedd hi ddim wedi sylwi ar yr un o'r ymgeiswyr eraill yno. Yna, wrth basio'r ystafell, synnodd Lowri o weld fod un o'r peiriannau ymlaen: gyda'r cyfarfod newydd ei gynnal, fyddai dim defnyddwyr cyhoeddus yn yr adeilad, 'sbosib? A'r crinc blêr wedi anghofio cau'r cyfrifiadur i lawr, hefyd – a, wel, mae'n debyg y byddai un o staff y llyfrgell yn dod yn y man i wneud hynny. Anelodd Lowri at y maes parcio – yna oedi wrth y drws i godi dernyn o bapur oedd wedi disgyn ar lawr wrth i'r dyn adael. Darllen. Ac oedi eto. Ei llaw, gyda'r darn papur ynddo, yn crynu'r mymryn lleia. Tybiai ei bod yn gwybod cefn pwy oedd wedi diflannu trwy'r drws, a gwyddai i sicrwydd ystyr yr ychydig ysgrifen ar y darn papur. Edrychodd o'i chwmpas yn frysiog, yna camu i mewn yn sydyn i'r ystafell, mynd yn syth at y cyfrifiadur, a theipio'r enw defnyddiwr a'r cyfrinair o'r papur. Ni fu'n rhaid iddi aros mwy nag ychydig eiliadau cyn i ddogfen ymddangos ar y sgrin, a daliodd ei gwynt. Os mai cosiad bach annifyr o gydwybod a barodd iddi oedi eiliad cyn camu i'r ystafell wedi gweld y papur, ias oer o sioc a wnaeth iddi eistedd yn stond o flaen y peiriant.

From: oldlab@hotmail.com
Sent: 27 April 2016
To: llgodanfawr@gmail.com
Subject: LabRats
Here's the next instalment: DC wasnt at this Librery meeting, so we could do something about that as well. So read on . . .

A dyna a wnaeth Lowri. Gwyddai'n union beth ydoedd. A gwyddai'n union hefyd mai cefn Ken, y cynghorydd Llafur, a welsai yn diflannu i gyfeiriad y maes parcio.

Pennod 12

LOWRI, DANIEL

Roedd ei chyffro wedi cludo Lowri ymhell o gyffiniau'r llyfrgell, cyn i ddau beth beri iddi frecio'n sydyn. Yn gyntaf, roedd hi y tu allan i'w fflat, lle'r oedd yr adnoddau y gallai eu defnyddio i fynd â'r wybodaeth a gawsai ymhellach. Yn ail, sut ddiawl i fynd â'r wybodaeth ymhellach? Ac oedd hi wir am wneud hynny?

Dringodd i fyny'r grisiau i'r fflat yn ddidrafferth, er bod ei bag ymgyrchu, fel arfer, ar ei hysgwydd. Dros yn agos i dair wythnos, daethai i hen arfer â chludo'r bag llawn ffeiliau a phapurach a thaflenni a chardiau (a theits sbâr a brws gwallt call a phensel golur i guddio'r cysgodion duon dan ei llygaid). Nid cynnwys y bag oedd yn pwyso arni heno, ond un dernyn papur bychan. Wedi cau'r drws, crafangodd yn sydyn yn ei phoced – oedd, wrth gwrs ei fod yno, toedd hi wedi atal ei hun ganwaith rhag ei fyseddu'n ormodol, ei feddalu a dinistrio'r dystiolaeth?

Tystiolaeth. Eisteddodd yn blwmp ar y gadair, y bag wedi'i ddiosg wrth ei hochr, ei thaflenni a chornel y maniffesto yn gollwng allan ohono. A'i llaw yn dal yn ei phoced. Darn o bapur. Beth i'w wneud efo fo? Ac wrth gwrs mai darn o bapur oedd o – dyna oedd yr ateb – a'r broblem. Haws petai ganddi dystiolaeth i'w hanfon yn syth dros y we at y Swyddfa Ganolog, at Alun, at y wasg, at – na, wrth gwrs na wnâi hi anfon dim at Daniel . . . Ond darn o bapur? Papur : pa mor blydi gwirion oedd Hen Lafur yn medru bod? Mor wirion â Ken, yn amlwg – roedd y dystiolaeth yn ei llaw, ac enw defnyddiwr a chyfrinair wedi'u sgriblan arno – popeth y gwyddai pob plentyn ysgol gynradd i beidio â'i wneud. Diolchodd Lowri am hen dechnoleg yr hen Lafurwr. A beth am y darn i LabRats yr oedd Ken newydd ei anfon? Cipolwg brysiog gawsai Lowri ar y darn – roedd arni ormod o ofn i rywun arall ddod i lawr y grisiau a'i gweld – ond gwelsai ei fod yn yr un naws ddamniol â llawer o'r cyfraniadau eraill i'r blog.

Rhyw broc cyffredinol at Lafur, ie, ond corff y darn oedd ymosodiad ar Daniel a'r difrod yr oedd o fel ymgeisydd yn wneud i'r ymgyrch ym Mhowys Fadog gyda'i 'syniadau Llundeinig' a'i bellter oddi wrth y bobl gyffredin, a chyfeiriadau at ambell gam gwag geiriol mewn areithiau a wnaethai yn gynnar yn yr ymgyrch. Dim byd a adroddwyd hyd yn oed yn y wasg leol, hyd y gallai Lowri gofio, felly mae'n rhaid bod gan yr awdur wybodaeth fwy mewnol, o fod yn y cyfarfodydd ei hun, fwy na thebyg. Daniel a'i ddiffygion, yn hytrach nag ymosodiad ar Lafur yn gyffredinol.

Rhwyg mewnol a malais personol, mêl ar fysedd y gwrthbleidiau, yn enwedig y Ceidwadwyr gyda chryfder annisgwyl Ruth yn y rhan yma o'r byd, ac i'r Blaid gyda'u peiriant ymgyrchu oedd wedi ei fireinio i fanteisio ar bob gwendid o eiddo'r gelyn.

Y gelyn. Gwnaeth hynny i Lowri wasgu'r papur yn

ei dwrn yn dynnach yn sydyn, cyn llacio ei gafael eto. Dyna'r peth. Arf delfrydol i'r Blaid ei ddefnyddio i ymosod – dim ond iddi hi ei roi yn eu dwylo. I ymosod ar Lafur. I ymosod, yn y pen draw, ar Daniel.

Cododd dan ochneidio, a cherdded at ei chyfrifiadur. Mi allai gysylltu ag Alun, wrth gwrs, neu ag unrhyw un o'r tîm lleol, rhoi'r peth yn eu dwylo hwy, heb orfod poeni o gwbl sut y daethai'r wybodaeth i'w meddiant. Peth call i'w wneud, a' rhai o'r ymgyrchwyr lleol yn eithaf cyfarwydd â Ken, fe allai'r peth ei ddifrodi yntau, a hynny'n gwneud dim drwg i'r Blaid yn lleol, ar y Cyngor; roedd yn rhaid edrych ymlaen y tu hwnt i'r etholiad, wedi'r cwbwl. Etholiad lle byddai siawns Daniel gymaint â hynny'n wannach, o ddatgelu ffynhonnell storïau LabRats. Roedd ei bysedd yn hofran, heb gyffwrdd. Pwysodd yn ôl. Alun a'r criw lleol allan ohoni, felly. Oedodd. Fedrai hi ddweud wrth Alun? Oedd, wrth gwrs, roedd o'n ddigon o realydd i fedru pwyso a mesur manteision ac anfanteision gwneud drwg i wrthblaid trwy ddulliau fel hyn. Allai hi awgrymu iddo fo bwysleisio mwy am ochr Ken yn y cyfan? Ond nid ymgyrch Ken fyddai'n cael ei difrodi, ac mi fyddai'n rhaid i Alun felly gael gwybod.

Symudodd Lowri bron yn gorfforol i ffwrdd oddi wrth y peiriant. Mynd at Alun efo stori dda am aelod o blaid yn defnyddio dulliau dan din i wneud drwg i aelod o'r un blaid? Ddim yn meddwl, rywsut. Caerdydd, 'ta? 'Os oes unrhyw broblem, cysylltwch yn syth. Felly hefyd gydag unrhyw eitem newyddion – Swyddfa'r Wasg eisie gwybod, ac fe allwn ni helpu!' Cofiodd y cyfarwyddiadau a'r anogaeth i bob ymgeisydd, a hithau'n fwy parod i gydymffurfio â swyddogion ei phlaid y dyddiau hyn, ers iddyn nhw gael pobl oedd yn medru gweithio yr un mor hawdd yn Gymraeg ac yn Saesneg. Brwydr fach y gwnes i ei hennill. Neu beth am gadw'r Blaid allan ohoni'n gyfan gwbl, a phasio'r wybodaeth trwy rywun arall? Cyfryngau: wrth gwrs, mi fyddai unrhyw un am wybod y ffynhonnell. Un o'r pleidiau eraill? Chwarddodd yn sychlyd am ben ei gwiriondeb ei hun. O damia, gwneud unrhyw beth i oedi cysylltu ydw i, yntê? Safai'n stond, ei meddwl yn rasio. Mi fyddai unrhyw rai, swyddogion pleidiau, y wasg, unrhyw un, yn falch o'r wybodaeth. Ac mi fedra i roi hwnnw iddyn nhw, i'n helpu ni. *Job done*. A'r drwg wedi ei wneud i Daniel.

Oedd modd gyrru neges? Oedodd. Byseddu'r ffôn yn ei phoced, ac yn ei llaw arall, yr oedd y darn papur. Tynnodd ei dwylo'n glir o'r ddau. Y papur, a phosibiliadau peryg. Y ffôn, a phosibiliadau cysylltu. Roedd hi'n cadw'n glir. Lle'r oedd o, tybed?

* * *

JessJ: U there?

Dan Dare: Yep, just checking summat with Mike re this story.

JessJ: Oh yeah, saw Mike the other day.

Dan Dare: He mention if he was any forrarder?

JessJ: ????

Dan Dare: The story he's investigating 4 me

JessJ: Oh, that. No, we were a bit involved with things here at home, actually. U know there wd be some really interesting possibilities 4 u once this is all over

Dan Dare:	Thanx 4 the vote of confidence . . .
JessJ:	Oh babes! U know what we've talked about – stepping stone 2 higher things, is all. And anyway . . .
Dan Dare:	Anyway?
JessJ:	Wd b good move, with a base in Cardiff as well as here. Really be cooking with gas then
Dan Dare:	Jess, base wd be *here*
JessJ:	Well, constituency office, obvs . . .
Dan Dare:	And more
JessJ:	More?
Dan Dare:	You know this. Being here, grounded here. The one thing to nail all the LabRats lies.
JessJ:	LabRats? Oh, the blog. Right. But only local interest, surely? Not come up in any of the nationals or the discussions here, not seen any tweets either . . .

Diolch byth, oedd ymateb cyntaf Daniel wedi iddo derfynu'r sgwrs – ac nid cyfeirio at LabRats yr oedd, chwaith. Edrychodd o'i gwmpas, ochneidio. 'Unwaith y bydd yr etholiad drosodd', dyna oedd y mantra bellach, y mantra oedd yn cael ei ailadrodd ganddo ef – a Lowri hefyd, sylweddolodd. A sylweddolodd beth arall. Gwawriodd arno mai at Lowri, nid at Jessica, yr oedd ei feddyliau yn troi.

Dydd Iau, 28 Ebrill 2016
'Un cyfweliad radio, tri datganiad i'r wasg, un drafodaeth bord gron yn y capel cymunedol, cant a mil o strydoedd wedi'u trampio, y nifer statudol o drydariadau wedi'u gneud, blog wedi'i gyfoesi, pedwar

pentra anghysbell heb eu cyffwrdd eto a rheiny sy nesa ar y rhestr.'

Tynnodd Lowri ei hesgidiau, a griddfan.

'Wythnos nodweddiadol ym mywyd eich ymgeisydd Plaid Cymru ymroddgar?' holodd un o'r tîm o ddyfnder y gadair freichiau.

'Diwrnod, fwy tebyg,' atebodd Lowri. 'Ac ydw, gan dy fod ti'n holi, mi rydw i'n barod am banad.' Ni symudodd yr un o'r tri arall. Cododd Lowri unwaith eto, a llusgo'n anfoddog i gegin y fflat. Daeth llais un o'r bechgyn ar ei hôl:

'Cofia bod yr holiadur ene isio'i ateb i'r Cronic.'

'Wedi'i neud o,' gwaeddodd Lowri dros glindarddach y mygiau. 'Ticio pob bocs polisi fel ymgeisydd bach da.'

'Ddim y cwestiwn ola, yr un ysgafn maen nhw'n roi i mewn ar y diwadd. "Beth, yn eich barn chwi, yw nodweddion hanfodol ymgeisydd da?" Tisio i mi lenwi fo i ti?'

'Dim rhaid, mêt, mi fedra i ddeud rŵan wrthat ti: sgwydda llydan, tafod aur, wynab pres, stumog ledar, traed o ddur, pledran ddiwaelod. Mymryn o ddiddordeb mewn politics yn help – hynny a chas perffaith tuag at yr hil ddynol yn hollol hanfodol, ac yn bownd o ddigwydd erbyn diwadd yr ymgyrch beth bynnag. Rŵan, pwy sy'n mynd i'n helpu i gario'r mygia 'ma?'

Teimlai Lowri'n falch o'r chwerthin a'r clebran a'r ochneidiau o ryddhad a ddaethai yn sgil y coffi a'r bisgedi. A pheidio meddwl, ar unrhyw gyfri. Nodwedd arall hanfodol, meddyliodd, gan ddiolch am brysurdeb y dyddiau diwethaf. Nid nad oedd hi wedi gwneud un dim ond meddwl, wrth gwrs, a'r darn gwybodaeth o hyd fel colsyn bach byw y tu mewn iddi. Heb eto fentro cynnau'r tân yn unman. Gwên barod. Nodwedd arall, meddai wrthi'i hun, gan baratoi i wynebu ei thîm. Ond wrth iddi ddod i mewn i'r ystafell fyw gyda gweddill y coffi, sylwodd fod rhywbeth arall yn mynd â'u sylw, a'u bod yn tyrru o gwmpas Eira wrth y bwrdd; honno a'i ffôn yn ei llaw.

'Lows, tyrd yma rŵan, sbia. Ti'n meddwl bod hyn yn wir?'

Amneidiodd Eira at y neges ar ei sgrin, a gwthiodd Lowri un o'r hogiau o'r neilltu i gael gwell golwg.

@ruthfletcher on Twitter
Cyng. Llafur Ken Bithell yn bwydo straeon i wefan wrth-Lafur LabRats yn ymosod yn gyson ar Daniel Cunnah, ymgeisydd Llafur Powys Fadog. #labourfail

Cymerodd Lowri ei gwynt. Roedd y tân wedi ei gynnau bellach. Ond y colsyn yn ddiogel ganddi hi o hyd.

Pennod 13

LOWRI, DANIEL

Dydd Gwener, 29 Ebrill 2016

Roedd y trydar yn fyddarol. A'r aildrydar, a'r blogiau a'r datganiadau a'r sylwadau. Roedd wynebau ym mhobman, Daniel yn wynebu'r cyfryngau, ei Gymraeg yn well, ei ddicter dan reolaeth, ei wyneb cyhoeddus. Facebook wedi mynd yn wallgo ac yn gorfoleddu ac yn gwneud esgusion.

'Mae gennon ni *procedures* i ddelio hefo hyn, ac yn naturiol, tydw i ddim yn rhan o unrhyw broses ddisgyblu: mae f'egnïon i oll wedi eu canolbwyntio ar ennill Powys Fadog i Blaid Lafur sy'n berthnasol i ni yn y Gymru gyfoes.'

'Go dda, was; pellhau ei hun oddi wrth Ken, a rhoi cic iddo fo 'run pryd. Mae'r boi yn dysgu, tydi?' Roedd hanner sylw Alun ar yr eitem newyddion, a hanner arall ar ei sgrin. 'Ond dio ddim wedi llwyddo i wneud tolc o gwbwl yn ein sefyllfa ni yn yr arolygon, hyd y gwela i. Rwyt ti'n dringo, Lowri. Ti'n gwybod hynny?'

A fynta'n llithro. Heb sôn am fod yn brifo. Roedd Lowri'n giamstar erbyn hyn ar roi'r wên broffesiynol briodol i guddio ei theimladau. Tasa hi'n gwybod beth oedd y rheiny, meddyliodd, gan gofio'r ias a deimlasai ddoe o'r ymateb da ar y drysau, yr ymgyrch yn genedlaethol yn mynd o nerth i nerth. I hyn roedd hi'n da, wedi'r cyfan, y gwthio parhaus at y nod, yr ymgyrchu, y cerdded strydoedd, yr ymgais dro ar ôl tro i argyhoeddi, y wobr fu ar adegau yn ymddangos mor bell, a rŵan o fewn cyrraedd y Blaid – o fewn ei chyrraedd hithau hefyd. Dringo. Ac wrth ddringo, cicio'r cerrig mân yn syth i wyneb y dringwyr islaw. Ymysgydwodd. Nid hi wnaeth hynny, wrth gwrs. Ac fel petai i gadarnhau hynny, wyneb Ruth oedd ar y sgrin yn awr. Daeth ei llais hyderus yn glir, yn ateb cwestiwn petrus yr holwr am foeseg gollwng cyfrinach LabRats.

'Amherthnasol, siŵr o fod. Yr hyn sy'n bwysig i bobl Powys Fadog yw'r tricie a'r dadle mewnol ymysg Llafur – y blaid sy'n gweud eu bod nhw am gynrychioli'r ardal yma. Gwneud ffafr â phobl Powys Fadog wnes i, ddyweden i, trwy ddangos iddyn nhw beth yw gwir flaenoriaethe Llafur. A'r rheiny yw ymladd ymysg ei gilydd, nid ymladd dros y gore i bobl gyffredin, onest yr etholeth.'

'Mae hitha'n dringo hefyd, ti'm yn meddwl?'

Gorau po fwyaf o sylw a dynnai hi oddi wrth Daniel, meddyliodd Lowri wrthi'i hun; ac yn sicr, roedd Ruth wedi gwneud pethau'n hawdd iddi yn hynny o beth – ac mewn ffyrdd eraill hefyd. Roedd Alun yn amneidio'i gytundeb.

'Cysylltiadau ganddi hi. Bosib iawn mai dyna sut y llwyddodd hi i dyrchio i waelod y gyfrinach: y *whizz-kids* cyfrifiadurol yna o'i dyddia hi yn y Ddinas. Ac ella hyd yn oed ei chysylltiada teuluol.'

'Be ti'n feddwl?' Roedd hanner meddwl Lowri o hyd ar stori'r gohebydd.

Diffoddodd Lowri'r sain wrth i'r newyddiadurwr gloi ei stori, 'Mae rhestr gyflawn o'r ymgeiswyr i'w gweld ar ein gwefan.' Roedd Alun eisoes wedi troi ei sylw at ei ffôn, ond atebodd dros ei ysgwydd.

'Jest meddwl am ei thad. Dwyt ti ddim yn dringo i haenau ucha'r gwasanaeth sifil heb gael rhyw syniad am sut i ddefnyddio dylanwad. A dwi ddim yn gweld pam y dylai Syr Jeremy Fletcher fod yn eithriad.'

'Mmm, bosib. Ond dwn i'm, chwaith. Yn un o'n sesiynau hyfforddi ni, pan sonis i amdani hi, yr awgrym ges i oedd nad oes 'na gymaint â hynny o Gymraeg rhyngddyn nhw. Sy'n eironig o gysidro mai Sais ydi o ac mai fo fynnodd ei bod hi'n cael addysg Gymraeg pan oedd o yng Nghaerdydd.'

'Wel, o leia dyma fi'n gwybod y gwir rŵan am be dach chi'n neud yn y sesiyna hyfforddi ymgeiswyr. Diolch byth nad oes gen ti sesiwn hel clecs arall rhwng rŵan a'r etholiad.'

'Gwybodaeth gefndir, mêt. Nabod y gelyn.'

'Hmmm.' Doedd Alun ddim yn swnio fel petai wedi ei argyhoeddi. 'Os mai hi *ydi'r* gelyn go-iawn. Mae hi'n siarp, dwi'm yn deud, ond mi dybiwn i mai tipyn o *wild card* ydi hi er hynny, ac mai ar Lafur y dylan ni bwyso o hyd. Unrhyw glecs – sori, gwybodaeth gefndir – am Daniel Cunnah yn y sesiynau bach difyr yma?'

Dangosodd Lowri ddiddordeb ysol yng nghynnwys ei bag ymgyrchu.

'Dim mwy nag oedd am LabRats,' atebodd, gan wneud ei gorau i swnio'n ddidaro. 'A wyddon ni ddim rŵan faint o goel i roi ar hynny, chwaith.'

'Wel, mae'r cwbwl wedi bod o help i ni, cofia. Isio dal i daro sydd, o ba gyfeiriad bynnag. A ninna a Ruth Fletcher ydi'r unig rai fedra ddifrodi Llafur, hyd y gwela i. Ma gin y Lib Dems eu problemau eu hunain, ac am Gwynne Roberts . . .'

'Ti'n ei roi o a'r Lib Dems mewn dau gategori gwahanol, felly?'

Gwenodd Lowri wrth godi ei bag ymgyrchu dros ei hysgwydd. Cododd Alun yntau.

'Rhyddfrydwr Cymreig hen-ffasiwn ydi Gwynne, bendith arno fo. Nid nad oes gen i barch ato fo, cofia, ond yn yr etholiad yma, dan ni yn y byd go-iawn. A sôn am y byd go-iawn – ti'n barod am yr ymweliad ffatri pnawn yma? Rydan ni'n lwcus ar y naw cael y cyfla, cofia – chydig flynyddoedd yn ôl, fasa neb ond Llafur yn cael mynd yn agos at y lle.'

'Alun, dwi'n barod, trystia fi. Byd go-iawn, oréit? Wela i di yno ymhen 'rawr.'

* * *

Ac wrth gwrs, mynd yno yn gynnar yr ydw i oherwydd mod i'n awyddus i beidio ag ymddangos wrth glwyd y ffatri yn flêr, a 'ngwynt yn fy nwrn. Gwenodd Lowri wrth lywio'i char ar hyd y lonydd cefn. Un peth i'w ddweud o blaid bod yn ymgeisydd: dach chi'n dŵad i adnabod darnau o'r wlad fel cefn eich llaw. A fasa hynny ddim yn ddrwg o beth i fwy ohonan ni, meddyliodd, a hithau'n pasio arwydd y dreflan fechan lle bu hi a'r tîm yn canfasio prin ddeuddydd yn ôl. Synnu o ddod ar draws Cymry yno, a chywilyddio ati'i hun yn syth wedyn am synnu. Rhan o Gymru ydi o, fel pob man arall, wedi'r cwbwl, a Chymry brodorol

213

yma, fasa'n medru dysgu digon i ni am y lle.

Arafodd, brecio wrth weld car Daniel eisoes yn y gilfan o'i blaen. Manteision bod yn frodor.

'Wyt ti'n siŵr ein bod ni'n saff fan hyn?'

Ymryddhaodd Lowri ymhen peth amser o fraich Daniel, a syllu braidd yn bryderus trwy ffenest flaen ei gar.

'Mor saff ag yden ni yn unman.'

Trodd Lowri ato; roedd tinc dwysach ei lais mor wahanol i orfoledd y munudau cyntaf fel y teimlai'n drwsgwl. Ceisiodd ysgafnhau.

'Wel, o leia mi rydan ni'n dau wedi cofio gwneud i'n ceir edrach fel ceir cyffredin am y tro.'

Enynnodd hynny chwerthiniad bach.

'Mmmm, ie, dau gar mewn *lay-by*, un yn bosteri Llafur i gyd, a'r llall yn blastar o rai Plaid Cymru.'

'Heb sôn am y corn siarad sgen i yn y cefn, a'r bocsus taflenni gen titha. Dychmyga'r sgandal.' *Awtsh! Lowri: cau dy geg!* Ond wedi ennyd o sbio ar ei gilydd mewn mudandod llwyr, chwerthin wnaeth y ddau.

'Ocê, Daniel, sori: ddeudon ni dim gwleidyddiaeth ac yn bendant dim LabRats, 'ndo?'

'Tan ar ôl yr etholiad?'

'A fydd hynny ddim yn hir.'

'Wythnos . . . Ia, wn i be ddeudodd Harold Wilson, ond tydi hyd yn oed gwleidyddion Llafur ddim yn iawn bob tro.'

'Wow – cyfaddefiad!'

'Amser i gyfaddefiade, falle. O leia dwi'n medru gwneud hynny efo ti, a gwybod – wel, gwybod y byddi di'n deallt.'

'Ella mai dim ond y rhai ohonan ni fuodd trwy'r felin sydd yn dallt go-iawn.'

'Trwy'r felin?'

'Wleidyddol o'n i'n feddwl.' Ofnai Lowri fod ei hateb wedi bod yn rhy sydyn, a bwriodd yn ei blaen. 'Wel, wsti, ni'r ymgeiswyr sy'n dallt sut mae hi go-iawn, 'te? Er ein bod ni o bleidia gwahanol, dan ni i gyd dan yr un pwysa, ella'n teimlo 'run fath, weithia. Teimlo nad oes gan y bobol ar y tu allan – pwy bynnag ydyn nhw – ddim gwir syniad am sut beth ydi o. Fod pob ymgeisydd mewn gwirionedd ar ben ei hun bach yn y pen draw. Waeth faint o gefnogaeth sydd gynno fo neu hi – gan gefnogwyr neu . . . neu . . .'

'Neu deulu?' Y distawrwydd yn llais Daniel eto. Mentrodd Lowri edrych i fyw ei lygaid.

'Neu deulu.'

'A dene'r cwestiwn 'ndê? Cwestiwn fydd hefo fi ar ôl yr etholiad, beth bynnag ddigwyddith.'

'Reit.' A saib. Fedrai Lowri ddim osgoi gollwng y cwestiwn nesaf i'r dyfnder gwag oedd wedi ymagor yn sydyn. 'Be oedd y cynllun gwreiddiol, felly? Cyn hyn i gyd? Cyn . . . cyn ni?'

Gwelodd Daniel yn sythu, a theimlodd am funud y dylai gamu'n ôl.

'Sori, 'sdim rhaid . . .'

'Na, mae'n iawn. Roedd ene gynllun. Fi yn AC llwyddiannus, cyn belled â bod hynny ddim yn amharu gormod ar yrfa Jess yn Llunden. Reit handi, a deud y gwir – gyment haws teithio i Lunden o Gaerdydd nag o Bowys Fadog. Felly mi fetsen deithio'n ôl *adre* yn amlach.'

Ac 'adre' yn cael ei boeri allan mor chwerw nes peri

i Lowri gymryd ei gwynt. Bu'r rhuthr o ddatgeliad yn gymaint o fraw iddi fel mai hanner clywed ei eiriau nesaf a wnaeth.

'A tithe?'

'Sut?'

'Oedd ene gynllun? Oes ene un, tae'n dod i hynny?'

'Rŵan?'

'Neu cynt.'

'O, cynt.' Anadlodd yn ddwfn. 'Rown inna'n mynd i ennill, wrth gwrs. Ac ia, Caerdydd yn naturiol. Rhwng y Bae a Phowys Fadog – cystal lle ag unman i fwrw gwreiddia, er na fues i rioed yn un am wreiddia, wedi byw mewn cymaint o lefydd. Licio petha felly. Ac ocê, dwi'n reit lwcus. Neb i wneud cynllunia ar fy rhan.'

'Neb?'

'Neb.' Teimlai y dylai ysgafnhau rhywfaint ar ei phendantrwydd. 'O, dwi'm yn deud bod 'na – wel – rai wedi bod yn y gorffennol. Yn fy nghynnwys i mewn cynllunia; ac yn rhai y baswn inna wedi leicio'u cynllunio i mewn i 'mywyd i. Ond pan wyt ti'n cael dy ddal i fyny yn dy waith, ac yn ei fwynhau o, yn teimlo dy fod ti wir yn gwneud gwahaniaeth, wel, rwyt ti'n dod i weld be sy'n bwysig. A hyd yn oed rai blynyddoedd yn ôl – hyd yn oed rŵan, tae'n dod i hynny – mae merched yn dal i orfod gneud rhai dewisiada caled. A bywyd personol yn gorfod cael ei wthio i gefn y ciw. Felna mae hi, 'de?'

'Fel ene oedd hi i ti pan oeddet ti'n gweithio yn Brussels?'

'Mwy neu lai.'

Rhoes ei hateb y teimlad pendant i Daniel ei bod yn cau'r rhan honno o'r sgwrs, y rhan honno o'i bywyd, i lawr yn glep. Edrychodd y ddau ar ei gilydd. Daniel oedd y cyntaf i dorri ar y tawelwch.

'Yn wleidyddol, felly, den ni'n mynd ymlaen.'

'Dim dewis arall.'

'Ac ar ôl yr etholiad?'

'Beth bynnag ddigwyddith?'

'Beth bynnag ddigwyddith, fydd fi gyn dewis.'

* * *

Wedi caniatáu ysbaid gall i Lowri adael i fynd tua'r ffatri, ac wedi ailosod ei sticeri ar ffenestri ei gar, taniodd Daniel yr injan, troi'n ofalus i'r briffordd, ac yn ôl i gyfeiriad y tŷ. Mynd adre, meddyliodd, am mai dyna oedd y lle bob amser iddo. A chofio ymateb Jess ambell waith pan fyddai'r ymadrodd yn llithro allan yn ddiarwybod. Tynhaodd ei afael ar yr olwyn lywio, ac anadlodd yn ddwfn. Dewis. Digon gwir. Dewis dweud wrth Jessica nad rhywbeth i'w gymryd yn ganiataol oedd cael ei ethol yn Aelod Cynulliad. Gwenodd fymryn wrth ddychmygu ei hosgo didaro. A'r dewis arall? Nid oedd dychmygu osgo Jessica mor hawdd y tro hwn, ac yr oedd ei wên yntau wedi caledu beth. Ond dewis, er hynny. Dewis aros. 'Adre' sibrydodd dan ei wynt, wrth arafu ger y tŷ, tynnu i mewn. Ac agor y drws gydag ochenaid o ryddhad.

Roedd ganddo rywfaint o amser iddo'i hun cyn troi allan am y swyddfa a chyfarfod o'r pwyllgor ymgyrch. Yn y gawod, roedd y dŵr yn tasgu ar groen llosg ei wegil. Croesawai yntau'r ias, gadael i'w feddyliau lifo gyda'r dŵr, gyda'r trochion. Pa ddewis? Wyddai o ddim. Oedd o'n malio? Ddim cymaint ag a ddisgwyliai, a ofnai, efallai. Gwyddai mai dewisiadau lu, nid un, oedd yn ei wynebu, o aros yma. Adre. Anadlodd yn ddwfn wrth sychu, rhwbio, glanhau. Adre. Mwy nag un dewis. Ond eu gwneud nhw fel fo'i hun, efallai. Fel Daniel. Oedd yn perthyn yma.

Peth fymryn yn chwithig o hyd, er hynny, oedd camu i'r gegin a gweld ei liniadur ar y bwrdd. Ddylsai o ddim bod mor od, chwaith, meddyliodd, wrth hel ei bethau ar gyfer y pwyllgor: erfyn gwaith oedd o wedi'r cwbl, ar yr union fwrdd lle bu arfau gwaith ei fam, ei chlorian, ei phowlenni – a hyd yn oed pethau ei dad pan fyddai'r rheiny'n bygwth gorlifo dros bobman.

'Trefor Cunnah, yn enw pob rheswm, nei di hel dy hen bethe odd'ar fy mwrdd glân i: cer â nhw i'r stydi, neno'r dyn . . .'

Gan deimlo braidd yn euog ei hun, cododd Daniel ei beiriant oddi ar y bwrdd, ond cyn ei gau, sylwodd fod neges yn fflachio. Wrth gwrs, roedd o eisoes wedi anfon neges at Mike – er, go brin na fyddai hwnnw wedi clywed erbyn hyn am gamp Ruth Fletcher yn datgelu ffynhonnell LabRats i'r byd. Cip sydyn, rhag ofn fod ganddo rywbeth ychwanegol. Eisteddodd yn y gadair freichiau a lawrlwytho dogfen ei gyfaill. Sganio'n frysiog – oedd, hanes Ruth a LabRats yn dew dros bobman – ymddiheuriadau, 'rhen foi, rown i'n dŵad yn agos, ond dyna ni, *pipped at the post* . . .

Damage limitation is the name of the game rŵan, ond den ni'n dy drystio di i wneud hynny, paid â phoeni. A phaid â meddwl mai ar Lafur yn unig mae pla o lygod mawr yn disgyn, does ond rhaid cofio'r bit ene ffeindies i am yr eneth Plaid Cymru tra on i'n tyrchio ar dy ran di. Hithe ddim yn fyr o shafftio'i chyd-bleidwyr pan oedd o'n siwtio ei gyrfa wleidyddol hi. Cofio'r golden boy ene oedd gen y Blaid rai blynydde'n ôl rown abowt dechre datganoli? Cyn i ti ddod nol i'r hen gartref, bosib. Yr arweinydd-nesa-ond-un, y Chris Prysor ma, oedd wedi gneud gwyrthie i'r Blaid, cael y Cymoedd a'r heartlands at ei gilydd? A phawb yn dyfalu pam y diflannodd o mor sydyn i Ewrop ac oddi ar y scene? Wel, pwy oedd yn Ewrop ar y pryd? A pwy ddoth yn ei hôl i Gymru fach yn reit blydi handi syth iddo fo fynd yno efo high hopes? Neb ond Ms Lowri Meirion – i gamu'n syth mewn i seis tens Mr Prysor, medde nhw. Ond dyna ni, clecs, dŵr dan y bont, etc. Pob hwyl i ti yn hela dy lygod mawr, Danny boy.

Mike.

Pennod 14

LOWRI, DANIEL, RUTH
Dydd Sadwrn, 30 Ebrill 2016

'Pawb yn hapus ac yn llawen?'

Gwenodd Lowri ar ei thîm. Am unwaith, roedd ei dewis bobl hi a'r Blaid yn lleol wedi dod at ei gilydd heb fawr o gynnen, a phawb yn ymddangos yn rhyfeddol o unfryd. Roedd y Sadwrn Sblennydd o daflennu'r stadau, gweithio'r farchnad a defnyddio'r corn siarad ar bennau'r strydoedd wedi gweithio yn – wel – ysblennydd – gyda'r negeseuon electronig cyson yn cael eu hanfon drwy'r dydd i ategu'r ymgyrch. Grŵp bychan bellach oedd wedi suddo ar ddiwedd y pnawn i soffas a chadeiriau un o gaffis y dref. Cododd Lowri ei phaned i ffarwelio â Deiniol, un o'r ymgeiswyr rhanbarth, oedd ar fin gadael gyda'i griw, cyn dychwelyd at ei ffôn i drydar un arall o'r gyfres o negeseuon calonogol, a darllen negeseuon tebyg o rannau eraill o'r wlad. Cododd ei phen i nodio ar Alun.

'Mae'r de'n edrych yn well bob dydd.'

'Twtsh o ymgeisydd-eitus? Watsia dy hun.' Roedd rhybudd yn llais Alun.

'Naci, Alun, darllan negeseuon y pleidia erill yr ydw i rŵan. Ac ar ôl bod yn siarad efo rhai o'r criw pan oeddwn i lawr ddechra'r wythnos, a bod allan efo nhw. Roedd hi'n well na heddiw, hyd yn oed: mae 'na rwbath yn digwydd go-iawn, creda fi.'

Edrychodd y ddau i lygaid ei gilydd.

'Fel '99?' Oedodd Alun. 'Mi fedri di ei wneud o, 'sti, Lowri.'

'Medra. Ond gad i mi fwrw golwg ar be mae'r gelynion yn ddeud.'

A throdd Lowri ei chefn ar y tîm i chwilio drwy ei negeseuon. Mwy na digon, yn naturiol, erbyn y cyfnod hwn yn yr ymgyrch, ac erbyn hyn, roedd hithau'n eu ffeilio'n awtomatig ac yn gwneud pwyntiau yn ei phen. Gweld beth oedd yn galondid, pa bwyntiau negyddol oedd angen eu hateb. Digon o negeseuon, ond dal i chwilio a wnaeth Lowri. Newidiodd o'i ffôn ymgyrchu at ei ffôn personol. Dim yno chwaith, ond doedd hi ddim yn poeni'n ormodol. Rhan o'r ias y tu mewn iddi oedd yn ei thanio a'i chynhesu oedd yr edrych ymlaen at y rali heno – ei haraith yn barod, a'i hysbryd yn uchel. Ac efallai wedyn – neu hyd yn oed cyn hynny: cyfle i sleifio ymaith.

Gwyddai y byddai'n rhaid iddi fod yn fodlon ar sleifio ac ambell gyffyrddiad llechwraidd yn y cyfnod hwn yn yr ymgyrch. Pob tîm i fod i gyrchu at y nod ar ei lwybr ei hun, heb ymyriadau allanol. Ymyriadau . . . Gwenodd Lowri, yna difrifoli. Dyna'r bai, hwyrach, myfyriodd. Edrychodd ar y tîm, wrth i rai ddechrau hel eu cwpanau at ei gilydd, ystyried symud. Mi gaen nhw rywfaint o orffwys heno, debyg. Ond nid hi. Na Daniel, Ruth na Gwynne, chwaith. Mi fydden nhw ill pedwar yn cymryd eu gwynt ar gyfer cymal ola'r ras, yn methu ymlacio na llacio'r un gewyn tan y canlyniad. *Does neb ond ni yn dallt.* Cododd Lowri, nodio ar y criw, gwrthod cynnig Alun o lifft gan ddweud ei bod am bicio i'r fflat am fymryn o seibiant cyn y rali.

Edrych ymlaen yr oedd hi wrth anelu at y fflat. Roedd ganddi deimlad da am y rali, ac am weld Daniel, gan sylweddoli'n glir fod gorfoledd a buddugoliaeth gyda'r naill yn bownd o greu problemau gyda'r llall. *Delio â hynny ar ôl yr etholiad.* Ei mantra hi a Daniel y dyddiau hyn, meddyliodd gyda gwên gam. Pasiodd un o bosteri mawr prin Gwynne Roberts ar ochr y ffordd, a meddwl tybed pa ddisgwyliadau oedd ganddo fo y tu hwnt i ddydd Iau? 'Sbosib y byddai o'n dal ati? Ond wedyn, sawl gwaith y dywedasai pobl hynny amdani hi? Am y Blaid? Da y cofiai Lowri ambell i sylw a ddaeth i'w chlustiau yn y cyfnod pan adawsai am ei swydd yn Ewrop. Gallai wenu am hynny yn awr. A lledu wnaeth ei gwên wrth ddynesu at y fflat, a sylwi fod car Daniel y tu allan. Sticeri, hefyd. Teimlai fel chwerthin. Os oedd o mor feiddgar â hynny, tybed fasa fo hyd yn oed yn barod i fentro i mewn i'r fflat? Agorodd drws y car, a chamodd Daniel allan. Datrys y broblem, felly. Yna sylwodd ar ei wyneb. Oerodd.

'Daniel. Problem?'

'Dwed ti.'

'Be? Rhywun wedi ffeindio?'

'Allet ti ddweud hynny.'

'Yli, fasa'n well i ti ddŵad i mewn am funud?'

'Dwi ddim yn meddwl. Haws i ti neud tro gwael hefo

fi tase pobol dan yr argraff ein bod ni mor agos, base? Ond jest dy warnio di – fel y gwyddost ti, dwi'n siŵr – mai rhwbeth i *public consumption* oedd y datganiade wnes i am chware teg a chadw safone uchel mewn gwleidyddieth. Os wyt ti'n dewis chware'n fudur, mi ffeindi di mod inne'n giamstar ar hynny hefyd.'

Roedd llais Daniel yn siarp, y croen o gwmpas ei wefusau'n wyn, a'i lygaid yn oer. Safai Lowri yn agos, agos ato. Roedd o'n dechrau symud yn ôl tuag at y car, a gwnaeth hynny iddi faglu i siarad. Daeth ei llais allan yn anfwriadol wichlyd.

'Daniel, dwi'm yn dallt.'

'Nac wyt?'

Tinc lleiaf o liw yng ngwynder ei groen. Ond ei lais yn oer o hyd.

'Oréit. Deud wrtha i. Does neb wedi ffeindio dim am – amdanan ni, nac oes?'

'*Ni?*'

'Daniel, plis. Rwbath efo LabRats sydd wedi dy wylltio di? Tricia – ym – Ken?'

Chwarddodd Daniel yn chwerw.

'O, na, ma'r gyfrinach *ene* allan yng ngole dydd, tydi? Hen beth cas sy'n dueddol o ddigwydd i gyfrinache.'

Llygaid yn cyfarfod. Safodd Lowri ei thir.

'Dwn i'm am be wyt ti'n sôn, Daniel. Ti'n swnio fel tasat ti wedi ffeindio rwbath amdana'i. Cyfrinach? Siŵr o fod. Reit. Dwi'm yn mynd i drafod dim – ac yn sicr, ddim allan fan hyn. Dwi isio gorffwys cyn y rali heno: rali efo llwyth o'n hymgeiswyr ni sy'n mynd i ennill dydd Iau – ia, ac ennill yn y Cymoedd ac yn y dinasoedd – ac yn fama, Daniel Cunnah. Am ein bod ni'n blaid aeddfed sy'n sefyll dros Gymru; dros bawb yng Nghymru – ac yn blaid sy'n gwybod sut i fyw yn y byd.'

Gwelodd Lowri Daniel yn cymryd cam yn ôl, ond yr oedd ei llais yn galetach erbyn hyn, roedd hi'n gafael yn dynnach, dynnach yn ei bag ymgyrch. Daliodd ati.

'Ac mae byw yn y byd yn golygu chwara yn ôl rheola'r byd, a pheidio bod yn neis-neis bob munud awr. Ac mae pobol yn dallt hynny, hyd yn oed os ydyn nhw'n cael eu brifo dros dro. Rŵan gad i mi fynd i'r rali. Croeso i ti ddŵad hefyd, rwyt ti'n Gymro, meddat ti, cofio? Tyrd draw ar bob cyfri, i'n gweld ni'n ennill. Ne cadwa draw, dos 'nôl i dŷ dy rieni i fyw dy fywyd sy mor rhydd o gyfrinach a thricia budron.'

Roedd drws y fflat wedi clepian a Lowri wedi mynd cyn i Daniel syflyd. Edrychodd i fyny, yna'n ôl at ei gar. Estynnodd ei fraich allan gan ddiolch bod y car yno, i'w gynnal. Anadlodd yn ddwfn, i atal y cryndod cyn camu i mewn. Eistedd yn llonydd cyn tanio'r injan. O ffenest uchaf y fflat, syllodd Lowri nes i'r car a'i sticeri ddiflannu'n ddim.

*　*　*

Breciodd Ruth yn ffyrnig ar y gyffordd wrth i'r car arall saethu ar ei thraws. Prin y llwyddodd i weld ei liw, heb sôn am unrhyw rif: rhyw argraff o goch, dyna i gyd, meddyliodd wrth gael ei gwynt ati. Braf fyddai wedi medru gweld sticer neu boster, i'w galluogi i roi pin bach arall o ddifrod yn swigen un o'r gwrth-bleidiau, a chymryd yn wastad, wrth gwrs, nad un o'i chefnogwyr hi oedd y gyrrwr gwallgo. Ddowt ganddi am hynny, hefyd: byddai'r rhan fwyaf o'r criw ifanc eisoes wedi mynd adref, a fedrai hi ddim meddwl am yr un o'r gweithwyr lleol yn gyrru mor feiddgar. Er y base un neu ddau ohonyn nhw'n eitha balch o'i gweld hi'n ystadegyn arall yng nghyfrif y damweiniau ffyrdd.

Trychineb ofnadwy . . . goryrru hollol anghyfrifol gan bobl ddi-hid ein cymdeithas heddiw . . . diwedd ar fywyd addawol un o'n gwleidyddion ifanc disgleiriaf . . . Ac yn awr, diolch byth, fe allwn ni ddychwelyd at bethe fel yr oedden nhw, peidio â chrwydro cweit mor bell oddi wrth y cyfarwyddyd gawn ni o'r Swyddfa Ganolog, a dewis rhywun – ym – llai lliwgar *– i sefyll tro nesa. Un ohonom ni.*

Wel, wy'n gallu ymateb yn gyflymach na 'ny, bois bach. I hen ddynion wedi oeri'u trad ac i ffylied ar y ffordd. Daeth i ben ei thaith, a bron cyn eistedd i lawr, ailsefydlu ei phresenoldeb ar-lein fel na fyddai neb, o daro cipolwg, wedi sylwi o gwbl ar ei habsenoldeb o Bowys Fadog am rai oriau ar Sadwrn olaf yr ymgyrch. Ond wrth i'w bysedd lithro dros y sgrin, cysur Ruth oedd na fu hi'n absennol mewn gwirionedd. I feddwl fod yno bobl o hyd oedd yn tybio nad oedd hi'n ymgyrchu os na allent ei gweld yno, yn y cnawd. Ysgydwodd ei phen, twt-twtio wrth orffen ac anfon postiad diweddaraf ei blog.

Diwrnod da, felly: gweld busnesau bach ar waith – ac ar waith rwy'n olygu – yn creu cyfoeth yn yr ardal; croeso mewn ffermydd sydd heb weld yr un o ymgeiswyr y pleidiau eraill yn ystod yr etholiad; a blasu cynnyrch lleol Powys Fadog yn y farchnad. Yn y cyfamser, 'nôl ar Blaned Politics, mae'r arolygon barn yn parhau i edrych yn dda i Geidwadwyr Cymru.

Y ddau beth cynta'n hollol wir – ddywedodd hi ddim nad heddiw y digwyddodd y naill beth na'r llall. Ac ar dir go ddiogel gyda'r ddau olaf hefyd – pa farchnad nad oedd yn gwerthu cynnyrch lleol, a phryd na fu rhyw arolwg barn neu'i gilydd yn obeithiol i'w phlaid? Ochneidiodd, fe allai wneud hyn yn ei chwsg, mewn gwirionedd. Ond yr eironi oedd fod cyffro'r etholiad er hynny yn ei gwaed, dim ots ai yn Llundain neu ym Mhowys Fadog yr oedd hi. Wrth gwrs, roedd hi'n dda o beth iddi bicio i Lundain heddiw i gadw llygad personol ar y busnes, atgoffa'r hogiau mai ei bys hi oedd ar y pỳls o hyd – rhaid oedd cadw'r busnes i fynd. Busnes, a phethau eraill, wrth gwrs. Gwenodd. Ond hyd yn oed yno, ac yn sicr yn ystod y daith yn ôl y prynhawn yma, rhyfedd fel y deuai ei meddwl yn ôl i'r etholaeth. Rhyw le od, nad oedd yn ffitio'n gyfforddus i ddarlun unrhyw rai o'r sylwedyddion na'r gwleidyddion, tae'n dod i hynny. Heb fod yn gadarnle'r iaith nac yn Gymoedd sanctaidd. Dinesig – heb fod yno ddinas; lle gallech gymryd tro annisgwyl ger stadau llymion, a chael eich hun ymhen dim yn nhawelwch cefn gwlad. A'r bobl – y rheiny'n annisgwyl hefyd. Ddim yn ffitio. Dim syndod, efallai, ei bod hi'n cael ei denu atynt ac at y lle.

Ymysgydwodd, wrth i fwy o negeseuon ymddangos. Polau, hysbysiadau, trydariadau, ymatebion. Y rali gan Blaid Cymru heno: cam clyfar, roedd yn rhaid iddi gyfadde, yn ymddangos ar un olwg fel rhywbeth i leddfu hiraeth y traddodiadwyr, ond mewn gwirionedd, gyda'r podlediadau a'r neges yn fyw o bell gan yr arweinydd, yn taro'r botyme i gyd. Yn wahanol i rai o'i chefnogwyr, doedd Ruth ddim yn galarnadu am hyn, na hyd yn oed yn rhincian dannedd o fod wedi darllen y polau (y rhai go-iawn) oedd yn gynyddol obeithiol eu rhagolygon i Blaid Cymru. Wrth gwrs, fe fyddai hithau'n dal ati ac yn gorfoleddu yn y frwydr, bob munud ohoni. Ennill? Byddai angen gwyrth neu ddaeargryn arni, er bod pethau felly yn digwydd, hefyd. Ond hwyrach y byddai'n taro cip yn awr ac yn y man ar y podlediad. Yn y cyfamser, roedd sgrin arall yn ei denu. Byseddodd drwy ei ffefrynnau, ac mewn dim roedd turbopoker.com i fyny ar ei sgrin. Roedd mwy nag un math o gyffro i'w gael. Cyffro cyfrif ei harian, cynllunio beth i'w wneud. Ei reoli.

* * *

Wyddai Daniel ddim beth yn union a'i gyrrodd allan o'r tŷ i stelcian yng nghyffiniau Neuadd y Glowyr. Ddwywaith, buasai ar fin tanio'r injan, rhoi'r gorau i'r holl syniad dwl, a'i droi hi'n ôl at y tŷ. *Dos yn ôl i dŷ dy rieni.* Brathodd ei wefus, tynhau ei afael ar yr olwyn lywio, aros lle'r oedd. Roedd ei ffôn yn ei law. Cododd ei olygon, edrych o'i gwmpas; hyd yn oed yma, yn y lôn fechan oedd yn arwain at gefn y neuadd, ofnai y gallai'r golau ddenu sylw. Dim. Neb. Saff, felly. Fe ddylasai wybod – toedd o a'i ffrindiau'n hen gyfarwydd â chwarae yn y lonydd hyn, gyda'r oedolion wrth eu busnes yn y neuadd, a'r golau a'r sŵn yn treiddio allan at yr hogiau diofal yn y cefnau? Yr hogiau. Ochneidiodd yn ysgafn. Faint ohonyn nhw oedd ar ôl yn y cyffiniau rŵan? Colli nabod, a phethau'n newid. Fo a Jerry, yr unig rai, bron. Stwyriodd wrth gofio ei fod wedi addo anfon neges at Jerry yn nes ymlaen am drefniadau'r dyddiau nesaf – hwyrach y gallai ychwanegu nodyn am heno, hefyd – am ran o'r noson, beth bynnag.

Cododd ei ben yn sydyn wrth weld rhywun yn cerdded tuag at y neuadd, yn oedi, yna'n pasio, yn prysuro yn ei flaen. Eisteddodd Daniel yn ôl: neb pwysig – Gwynne Roberts, os nad oedd o'n camgymryd. Atgofion am ralïau a chyfarfodydd cyhoeddus wedi ei ddenu o at y neuadd, tybed – hyd yn oed os mai plaid arall oedd yn cyfarfod yno? Bwriodd olwg i weld faint oedd o'r gloch, a syllu ar y sgrin. Diolch am y gwahoddiad, Lowri, ond ddo'i ddim i ffau'r llewod y funud yma. Saffach eu gwylio nhw o'r tu allan.

Teimlai'n well yn ei gwylio ar y sgrin na phetai yno yn y neuadd, ac nid yn unig am ei fod yn ei gweld yn well, heb na phostyn na phobl ar ei ffordd. Gallai ymlacio rhywfaint yn nhywyllwch y lôn gefn, heb sbio dros ei ysgwydd rhag ofn y byddai un o'r nashis yn y neuadd yn ei nabod. Doedd dim angen iddo gadw'i lygaid yn bryderus ar y gynulleidfa – dim ond ar yr ymgeisydd. Ar Lowri. Straeniodd i glywed sain y podlediad, ond y cadeirydd oedd wrthi ar hyn o bryd. Daliodd Daniel ambell i air, hanner clywed yr ystrydebau cyffredin – ymgeisydd ifanc (wel, oedd, petaech chi'n ei chymharu â'r cadeirydd); brwdfrydig, gwaed newydd. Digon cyfarwydd. Oni ddywedodd Seth yr un peth yn union, yr un *geirie*'n union, wrth ei gyflwyno yntau droeon? Ochneidiodd. Yr hyn den ni fel ymgeiswyr yn gorfod ei ddiodde. Yna tynhaodd ei afael ar ei ffôn. Symudodd y lliwiau, y lluniau ar ei sgrin, wrth i'w fysedd lithro ac i wyneb Lowri ymddangos yn sydyn, fel petai'n syllu i fyw ei lygaid.

Addasodd fymryn ar y llun. Ceisiodd atal ei ddwylo rhag crynu.

O'r diwadd. 'Gyfeillion – diolch.' *Ddim yn siŵr ai i mi mae'r gymeradwyaeth 'ta am bod Dafydd Robaitsh wedi cau'i geg ac ista i lawr. A, wel, pris bychan oedd ei neud o'n Gadeirydd, a sicrhau bod o yn yr un capal, os nad yn union yn canu o'r un llyfr emyna bob tro.*

'Reit: "hanesyddol" medda'r Cadeirydd heno am ein bod ni'n cwarfod yma yn Neuadd y Glowyr, ac y mae o'n iawn. Ac mi rydan ni wedi cael ein hatgoffa hyd syrffed gan rai o lefarwyr Llywodraeth Cymru dros y dyddia dwytha am waddol hanesyddol y lle yma . . .'

Mynd â'r frwydr reit i dy diriogaeth di, Daniel: ddangosa'i nad oes arna i ofn.

'Ond mae'r hen yn gorfod ildio i'r newydd. Rwbath i'w greu yn ogystal â'i glodfori ydi hanes, a does dim rhaid i mi'ch atgoffa chi am genhedloedd sydd yn ac wedi creu eu hanes yn ddiweddar.'

Creu hanes? Mentrus, hogan. Ond dyna dan ni am neud, 'te? Os ydi'r Alban yn llwyddo, hyd yn oed wedi'r gnoc.

'. . . ar waetha gwrthwynebiad unedig yr hen bleidia i gyd, cofiwch.'

Gallai Daniel glywed y gymeradwyaeth i hynny yn glir, hyd yn oed yn y car. Ond yna wedi'r codi hwyl, roedd hi wedi tawelu. Ac yntau'n gwrando. Ar resymeg, ar ffeithiau – ac ambell i gic. Ac yna:

'Wrth gwrs fod yna benderfyniada anodd i'w gneud. Ac fel Aelod Cynulliad, mi fuaswn i'n barod i'w gneud nhw. Hyd yn oed os bydd hynny'n golygu y bydda i yn amhoblogaidd. Tydw i ddim yn ddiarth i hynny, cofiwch.'

Oedd yna furmur o chwerthin yn dod o'r sgrin pan ddywedodd hi hynny? Roedd Daniel yn clustfeinio.

Fydd o'n mynd i chwarae'n fudur – codi sgerbwd Chris? Wel, tyff, mêt. Weithiodd popeth allan yn iawn yn y diwedd, 'ndo?

Rŵan roedd hi'n sôn am yr angen i fod â golwg ar y tymor hir, y darlun mawr, ac fel yr oedd hwnnw'n dŵad ynghyd o'r diwedd, mewn cyfres o bolisïau a symudiadau fyddai'n cyfiawnhau gweithredoedd oedd wedi ymddangos ar y pryd yn annoeth, hyd yn oed yn lloerig.

'Ac mi welwn fore Gwener sut y bydd hynny'n dwyn ffrwyth yn y de' – bonllef arall. 'A sut y mae mentro fel y gwnaethon ni i weithio dros Gymru yn Ewrop – gweithredu fel petaen ni eisoes yn genedl – wedi dwyn ffrwyth. Hen Wlad Newydd? Ie, a'r bobl orau sydd wedi dychwelyd i Gymru, i gyfrannu eu doniau i'r Blaid, ac i Gymru.'

A'u henwi nhw. Pam lai? Y gynulleidfa – y rhai ohonyn nhw sydd ddim eisoes yn gwybod – yn gwrando. Gweld y sylwedyddion hefyd yn brysur wrth eu sgriniau. Mi gychwynna'i efo'r enwa cyfarwydd, y rhai rydan ni'n gwybod sydd wedi dychwelyd i Gymru i roi mwy na hwb yn barod i ni. Ac wedyn y lleill. Rhagarweiniad ardderchog i neges yr arweinydd, 'nbydd? A slap i ti, Daniel, pan glywi di.

Yn y car, roedd Daniel yn clywed yr enwau, yn clywed y bonllefau ddaeth pan gyhoeddwyd hwy. Cwpl o bobl amlwg oedd wedi cyhoeddi eu cefnogaeth i'r Blaid – a'r dyrnaid o ffigyrau dylanwadol oedd wedi dychwelyd i ymuno â'r frwydr, 'i roi ffurf i'r Gymru newydd' oedd un ymadrodd a glywodd uwchlaw'r curo dwylo. Ac yn eu plith, enw Chris Prysor. Roedd wyneb Lowri yn llenwi'r sgrin erbyn hyn. Roedd y ffôn yn llonydd yn llaw Daniel. Pwysodd yn ôl yn sedd y car. Bet wallgo? Blyff? Ynteu a oedd hi'n siarad efo rhywun arall y tu hwnt i'w chynulleidfa?

Anadlodd yn ddwfn. Caeodd y sgrin. Câi wybod yn nes ymlaen beth oedd neges yr arweinydd: roedd hi'n hen bryd iddo droi am adref cyn i'r gynulleidfa ddechrau gadael y neuadd. Cofiodd am ei addewid i Jerry, a chrafangu eto i deipio. Oedodd. Reit, Ms Meirion. *Rwyt ti'n Gymro, meddat ti.* O, ydw.

Ymgyrch
Nawn ni gwarfod fory bore i roi trefn ar y dyddie nesa? Lot o syniade. Ymlaen i'r chwildro!
D

Gwenodd wrth wasgu yn y lled-wyll i anfon, heb weld nad at Jerry, ond at yr enw nesaf ar ei restr cysylltiadau, y danfonasai'r neges.

Pennod 15

DANIEL, RUTH, LOWRI
Dydd Sul, 1 Mai 2016

From: JessicaJ@btinternet.com
To: DanielCunnah@Lab4PowysFadog.org.uk
Re: Ymgyrch
WTF? Have you gone **completely** native?
Jess

Bore da, mae'n saith o'r gloch a dyma'r newyddion.
Arolwg barn yn rhoi Plaid Cymru dri phwynt ar y blaen i Lafur.
Tyrfaoedd eisoes yn ymgasglu i fwrw pleidlais yng Nghatalwnia.
Enwi'r milwr ugain oed o Gymru a laddwyd yn y Dwyrain Canol . . .

Gambl. Gwenodd Ruth, dal ei gwynt, yna gweld y sgrin o'i blaen. Anadlu eto. Tair mil ar ei hennill, felly. Ac am unwaith, roedd hi'n mynd i ddilyn y cyngor call, a gadael tra oedd hi ar i fyny. Roedd gambl arall o'i blaen yr wythnos hon, ac fe roddai hynny iddi ei dogn o gyffro – am y tro. Gwiriodd ei chyfrif, gweld bod yr

232

arian eisoes wedi cyrraedd. Digon i'w chadw draw oddi wrth y dibyn dros dro, felly, a pheth dros ben os gallai hi fod yn ddigon deheuig i jyglo'r cyfrifon. Cliciodd eto, gwenu wrth ddwyn y gwahanol sgriniau i fyny. Wel, fel gwleidydd . . . Symudodd swm bychan i un o'i chyfrifon personol. Digon i brynu anrheg iddi'i hun, o bosib. Digon i brynu pellter oddi wrth bawb – yn gorfforol, felly, hwyrach. Bwthyn bach yn y wlad? Gwenodd. Ie, bryna i dŷ haf, a gwneud sbloets mawr o'r peth – unrhyw beth i godi gwrychyn y nashis. Lle fase'r lle gore? Pen Llŷn? Rhywle bach neis yn Sir Gaerfyrddin wledig? Caeodd y sgrin. Na. Nid fan'ny. Unrhyw le ond fan'ny.

Bore Mawrth, 3 Mai, 2016

Safodd Daniel, a syllu i ffenest y siop, yna taro cipolwg ar ei oriawr. Gwyddai ei fod yn gynnar, ond gwyddai hefyd na allai fod wedi aros yn hwy yn y tŷ, yn mynd o gwmpas 'fel gafr ar drane', chwedl ei fam. A dyna lle'r oedd yn mynd, beth bynnag, picio i'r cartref, ar ddechrau'r wythnos bwysig yma, a doedd o ddim am fynd yn waglaw. Rhosynnau coch: neith bresant iawn. Does ene ryw gân werin ne rwbeth sy'n sôn am rosys cochion? 'A *photo op* da i ti, beth bynnag,' fel y dywedasai Jerry. Brathodd Daniel ei wefus wrth gofio fel y bu bron iddo â harthio ar Jerry druan am fod mor sinigaidd. Lwcus ei fod o yno, wyneb yn wyneb, ac wedi gweld y jôc mewn pryd. Lot i ddeud dros y cyswllt personol, 'does, myfyriodd, a chofio eto am y canfed tro yr e-bost, y llithriad bach, tyngedfennol – a'r ymateb. Tynhaodd ei wefusau. *Native* . . .

Gwelodd arwyddion stwyrian yn y siop, a mentrodd droi bwlyn y drws.

'Bore da. Meddwl cael bwnsied o flode – rhosod coch, os oes gennoch chi rai. Presant.'

'Siŵr iawn; rhoswch chi funud, gawn ni weld be sy 'ne. Rhywbeth neis i'r *lady friend*?'

'Mam.'

'Sori?'

'Y blode – presant i Mam.'

'O, i Anti Myfi, siŵr iawn – gwbod pwy ydech chi, ŵan.'

Cyswllt personol. Gwenodd Daniel wrth i'r wraig drefnu'r tusw, y deiliach a'r rhubanau.

'Dene chi. A chofiwch fi ati, newch chi? Dilys, merch Enid Tŷ Capel – ond siŵr na fydd hi'n fy nghofio i.'

'Fasen i ddim mor sicr, wchi – cof rhyfeddol gen Mam. Ac mae hi wrth ei bodd pan fydd yr "hen blant", fel mae hi'n eu galw nhw, yn ei chofio. Diolch i chi.'

'Dim raid i chi, siŵr. O – a phob lwc i chi, 'de. Fydda i yn siŵr o fotio dros un ohonon ni.'

Oedodd Daniel y tu allan i'r siop, yn teimlo dipyn siriolach nag a wnaethai rai munudau ynghynt. Un ohonon ni: oedd, roedd ene fantais yn hynny. Hyd yn oed os oedd o'n golygu ei fod yn *native*. Tynhaodd ei afael ar y tusw, camu'n benderfynol i gyfeiriad ei gar. Troes y gornel – a dod wyneb yn wyneb â Lowri. Roedd rosét yn amlwg ar ei chôt, a daliai swp o daflenni o'i blaen. Safodd y ddau. Syllodd hithau ar y blodau.

'Hmmm – dewis di-fai o gywir yn wleidyddol, o leia.'

A symud fel petai am fwrw yn ei blaen, ond camodd yntau i'w llwybr. Syllodd hithau arno.

'Tydw i ddim mewn unrhyw fŵd i gael darlith arall

am onestrwydd mewn bywyd gwleidyddol – na phreifat – i ti gael dallt. A rhag ofn nad oeddat ti wedi sylwi, mae gen i waith i'w wneud. Ar fy ffordd i wneud drop efo'r rhain.' Ac amneidiodd at yr hafflaid papurau, ceisio edrych dros ysgwydd Daniel.

'Doeddwn i ddim – hynny ydi, iawn – wna i mo dy stopio di. Ym . . . mynd i gwarfod dy dîm, debyg?'

'Ia. Ac oréit, dwi ddim yn arbennig o awyddus i unrhyw un ohonyn nhw ein gweld ni yn *cymdeithasu.*'

Gwingodd Daniel wrth glywed ei phwyslais coeglyd ar y gair. Ond safodd ei dir.

'Mae hyn yn wirion. Gwranda, dwi'n cymryd nad oes neb ohonyn nhw'n gwybod – wel – ti'n gwybod . . .'

'Amdanan ni?' Daeth eco chwerw o'u sgwrs flaenorol i feddwl Daniel. Ond roedd Lowri yn mynd yn ei blaen. 'Coelia neu beidio, mae gynnon ni amgenach petha i sôn amdanyn nhw y dyddia yma. 'Ta wyt ti'n meddwl y bydd rhoi rhosyn coch i bob un o'r etholwyr yn mynd i ennill y dydd i ti? Nid felly mae'n edrych yn y polia, mae arna i ofn.'

'Anghofia hynny am funud. Drycha.' A chydiodd Daniel yn ei braich nes peri iddi dynhau ei gafael yn sydyn ar y papurau. 'Tyrd i'r car am funud – munud dwi'n feddwl, wir.'

Roeddent ar y palmant, wrth ochr car Daniel, a Lowri erbyn hyn yn edrych mewn mymryn o fraw. Ond cymerodd Daniel ei wynt.

'Ocê, lle wyt ti'n cwarfod y tîm? A' i â ti yno. Paid â phoeni, mi stopia i rownd ryw gongol rhag iddyn nhw 'ngweld i, os base hynny'n dy siwtio di. Ac i ti gael deallt, ar y ffordd i fynd â rhain i Mam roeddwn ni. Rŵan, wyt ti am ddŵad i mewn 'ta ddim?'

Cymerodd Lowri un olwg syfrdan arno, yna camu i mewn i'r car. Gafaelodd yn dynnach yn ei phapurau.

'Wrth y Sgwâr. Hannar awr wedi naw ddeudis i y baswn i'n eu gweld nhw.'

'Iawn.' Cychwynnodd Daniel y car, mynd yn araf i lawr un o'r strydoedd cefn. 'Awn ni'r ffordd ddistaw – *scenic route*, os leici di – ac mi fedra i d'ollwng di tu 'nôl i Siloam ar y Sgwâr, fel na fydd neb ddim callach. Ond jest dwed wrtha i, be ydi'r busnes yma efo Chris Prysor?'

'Hynny oedd yn dy gorddi di? Wel, siawns nad wyt ti'n gwbod ei fod o'n dŵad yn ôl i Gymru: mae hynny wedi bod yn y newyddion, tydi? Rhan o'r Swyddfa Fenter Ewropeaidd – menter y mae dy lywodraeth di wedi bod yn ddigon parod i hawlio rhan o'r clod amdani, os ca'i ddeud. Creu swyddi aballu – yr unig wahaniaeth fydd mai swyddi go-iawn fyddan nhw, fydd o help i'r economi . . .'

'Dwi'n dallt hynny i gyd, 'sdim rhaid i ti ailadrodd. Ond y boi ei hun. Un ohonach chi?'

'Wel, waw, prin bod hynny'n gyfrinach, nac ydi? Sori, ond mae'r amser pan oedd rhaid i ti fod yn perthyn i un blaid i gael swydd ddeche yng Nghymru ar ben, washi. A sut bynnag, nid y fo ydi'r unig aelod amlwg o'r Blaid i fod wedi dychwelyd i Gymru i weithio drosti hi. Pam pigo ar Chris Prysor?'

'Pam y gwnest ti?'

Roedd tawelwch yn y car am ennyd. Edrychodd Lowri yn syth o'i blaen.

'Pigo?'

'Gwneud tro gwael ag o, felly.'

'Pwy sy'n deud hynny?' Yna, cyn iddo gael cyfle i

'*Typical*: y tro cynta i mi fentro danfon neges yn Gymraeg!'

Y ddau ohonyn nhw wedi chwerthin, a hithau wedi dweud heb feddwl: 'Nei di'm gadael i un cam gwag dy droi di odd'wrth yrru negeseuon yn Gymraeg?'

Dyna un peth y basa'n rhaid iddi ddysgu ei ffrwyno, agor ei cheg cyn rhoi ei meddwl ar waith. Pwysig iawn tasach chi'n AC. Tasa . . .

Rhoes y ffôn yn ei phoced allan o afael temtasiwn. Well peidio meddwl am betha felna, tan ar ôl . . . Ond roedd y 'tan ar ôl' wedi cyrraedd.

Dydd Iau, 5 Mai 2016. 11.00 p.m.

Erbyn hyn, roedd y sŵn dros y gwifrau'n cynyddu fesul munud, a phobl yn dechrau crynhoi yng nghyffiniau'r Ganolfan Hamdden. Roedd gweith-garwch y cynrychiolwyr a'r asiantwyr yn cyrraedd uchafbwynt, a llygaid pawb, yng nghanol y rosetiau, yn chwilio am bedwar ffigwr yn unig.

Daethai'r BMW glas i faes parcio'r ganolfan yn gynnar ond yn awr, wrth i'r blychau cyntaf gael eu dwyn i mewn i'w cyfrif, cynrychiolwyr y Ceidwadwyr yn unig oedd yno, heb yr ymgeisydd. Llygaid yn chwilio. Yna gyda rhuthr sydyn, agorodd un o ddrysau allanol y neuadd fawr, a chamodd Ruth i mewn. Sefyll. Twr o rosetiau glas a gwyrdd yn pwyso tuag ati, a hithau'n sefyll ei thir. Cododd ei golygon, anfon ei gweithwyr yn siarp a brysiog i oruchwylio'r didol a'r cyfrif. A hwythau wedi'u gwasgaru, yr oedd yn parhau i sefyll yno, yn edrych o'i chwmpas. A'r dorf yn chwyddo.

Roedd carfanau'r Blaid Lafur a Phlaid Cymru eisoes wedi ymgasglu, a'r gwylwyr yn graff o gwmpas y byrddau. Yr ymgeiswyr yn bwrw golwg ar ei gilydd, cerdded yn ôl a blaen, weithiau hyd yn oed yn dod yn agos at gyffwrdd. Yna symudiad arall o gyfeiriad y drws, a cherddodd dyn i mewn. Rhai yn troi eu pennau, gweld nad oeddent yn ei adnabod, troi'n ôl eto at eu papurau neu eu teclynnau. Ond roedd y newydd-ddyfodiad wedi oedi wrth ochr Ruth. Troes hithau.

'O, 'nes i mo'ch nabod chi am funed.'

Gwenodd Gwynne arni.

'Rydech chi'n fwy siarp na'r rhan fwya yma. Dwi newydd basio un o'n cynghorwyr ni allan yn y cyntedd, a ddaru o ddim sbio ddwywaith arna i.'

'Siarp odw i.'

'Ddim yn rhy siarp i dderbyn cyfarchion pen-blwydd, gobeithio – er mod i ryw awr yn gynnar, falle?'

Edrychodd Ruth arno'n syn.

'Synnu bod chi'n gwybod. Ond – wel, diolch.'

'Diddordeb mewn pobol, dyna i gyd.'

'Rheswm da dros fod mewn gwleidyddieth.' Edrychodd Ruth yn syth i wyneb di-farf Gwynne, cyn troi oddi wrtho, camu ymlaen at y byrddau i gadw golwg ar y cyfrif.

Dydd Gwener, 6 Mai 2016. 1.30 a.m.

Erbyn yr oriau mân, tyfasai'r cyffro nes bod modd ei gyffwrdd. Daethai bloedd gan Lafur yn gynharach, ond erbyn hyn, o gwmpas carfan Plaid Cymru yr oedd y tyndra – a'r gorfoledd. Roedd Lowri'n welw, yn dal ei hun yn dynn rhag gwenu gormod na mynegi unrhyw emosiwn wrth i'r newyddion ddod atynt o bob cyfeiriad. Daeth Alun yn ôl ati o ben arall y neuadd.

'Mae o ar fin ein galw ni ato fo.' Amneidiodd tuag at y swyddog canlyniadau.

'Canlyniad?'

'Ddim yn siŵr. Ond sbia . . .'

Roedd tri grŵp arall cyffelyb yn swatio'n glymau yr un fath. Ffonau wrth eu clustiau, llygaid yn symud, cip ar y naill, sbecian yn slei ar y llall. Roedd Lowri yn ceisio edrych i bobman ond yr un lle. Yna, mwy o symud, amneidio, a'r ymgeiswyr a'r asiantwyr yn cael eu galw drosodd at y swyddog. Dyma ni.

Ond mwy o ymgynghori, pennau at ei gilydd yn ffyrnig:

'Be wyt ti'n feddwl?'

'Faint?'

'Werth ei wneud?'

'Ydi.'

Lleisiau'r ymgeiswyr oedd drechaf. Tybiodd Lowri iddi glywed llais Daniel yr un mor bendant, ac iddi weld Seth yn nodio. Y swyddog canlyniadau'n cytuno. Roedd yn ymwybodol fod Alun yn cydio yn ei braich,

'Mi gysyllta'i â Chaerdydd i ddeud wrthyn nhw be ydi'r sefyllfa, a gweld be ddeudan nhw.'

'Ia, dyna fasa ora. Ac – Alun – jest rhag ofn, pob gair yn Gymraeg efo nhw, reit? Fedri di weld faint o glustia sy rownd fan hyn.'

Nodiodd Alun, troi at ei ffôn. Gofalu mai 'ailgyfrif' fyddai'r gair, nid 'recount'. Anadlodd Lowri'n ddwfn, edrych o'i chwmpas, sylwi ar y pwyntiau llonydd yng nghanol llif gweithgarwch y lliwiau. Ar Ruth, oedd wedi camu'n ôl ac yn sefyll ar ei phen ei hun. Ar – na, doedd hi ddim wedi camgymryd, Gwynne Roberts oedd hwnna, heb ei farf ac yn edrych ddeng mlynedd yn iau. A Tecwyn, ei asiant yntau, yn cadw rhyw bellter rhyfedd oddi wrtho. Pellter. Roedd hi rŵan wedi dal llygaid Daniel. A syllodd y ddau ar ei gilydd.

Dydd Gwener, 6 Mai 2016. 2.30 a.m.

Daethant ynghyd yn bedair carfan, wedi cau i mewn at ei gilydd. Closio. A phawb yn edrych tuag at yr wyth ar ochr y llwyfan, eu pennau'n gwyro dros y papurau yn llaw'r nawfed. Edrych ar ei gilydd, nodio, cytuno, ac yna'r wyth yn ymrannu eto. Pedwar pâr yn cerdded yn ôl at eu carfanau eu hunain, pennau ynghyd eilwaith, gewynnau'n tynhau, gwasgu'n dynn ar unrhyw siom neu lawenydd. Ac edrych eto tua'r llwyfan. Nodiodd y swyddog. Pedwar yn camu i fyny i'r llwyfan.

'Yr wyf i, Swyddog Canlyniadau dros etholaeth Powys Fadog yn etholiadau Cynulliad Cenedlaethol Cymru, yn cyhoeddi fod cyfanswm y pleidleisiau a fwriwyd fel a ganlyn . . .'